감상담 이사님
책땅 2019.6
박 산균 드림

여우를 품은 남자

여우를 품은 남자

초판 1쇄인쇄 2019년 5월 27일
초판 1쇄발행 2019년 5월 30일

저   자 박산윤
발행인 박지연
발행처 도서출판 도화
등   록 2013년 11월 19일 제2013－000124호

주   소 서울시 송파구 성내천로 39
전   화 02) 3012－1030
팩   스 02) 3012－1031
전자우편 dohwa1030@daum.net
인   쇄 (주)현문

ISBN ｜ 979－11－86644－83－6*03810
정가 15,000원

도화道化, fool는
고정적인 질서에 대한 익살맞은 비판자,
고정화된 사고의 틀을 해체한다는 뜻입니다.

박산윤 소설집

여우를 품은 남자

도화

차 례

작가의 말

　　겨울 동안 미겔 데 세르반테스의『돈키호테』를 읽었습니다. 슬픈 얼굴의 기사 돈키호테 데 라만차가 말라빠진 로시난테를 타고 시종 산초 판사와 함께 벌이는 모험담을 읽으면서 많이 웃었습니다. 요즘 매스컴을 통해 접하게 되는 뉴스들이 왠지 모르게 어깨를 움츠리게 하고, 기분을 꽉꽉하게 만들어 거의 웃을 일이 없었기 때문에 더 그런지 모르겠습니다. 오랜만에 눈가에 눈물이 번질 정도로 웃다가 문득 우리의 현실이 마법에 걸려있는 것이 아닌가 하는 생각이 들었습니다.

　　산초 판사가 돈키호테에게 현실을 사실대로 알려줘도 광기에 빠져있는 돈키호테의 눈에는 모든 상황들이 나쁜 마법사의 마법에 걸려있는 것으로 보입니다. 거기다가 돈키호테도 돈키호테이지만 더 무서운 것은 산초의 맹목성입니다. 그는 처음엔 현실을 사실적으로 바라봅니다. 자기가 본 것을 토대로 주인을 비웃기도 하고 설득하려고도 합니다. 하지만 주인이 전리품으로 빼앗은 섬의 총독자리나 왕국의 백작자리를 주겠다는 황당무계한 약속 앞에서 결국 자신도 주인과 똑같은 망상에 빠져듭니다. 지금 우리의 모습이 바로 산초 판사와 같지 않을까요?

개개인마다 추구하는 가치와 이념이 다르겠지만, 멀쩡한 현실을 왜곡하여 변형시키고 심지어 그것을 진실인 양 우기기까지 하는 돈키호테적 현실인식과 맞부딪힐 때, 특히 동시대를 살아가면서 같은 공간에서 같은 상황을 경험하고도 사람마다 그것을 다르게 해석하고 다르게 기억하는 것이 바다가 갈라지듯 갈라지는 것을 목격할 때, 꼭 나쁜 마법사가 마법을 걸어놓고 조롱하는 느낌이 드는 것은 저뿐일까요?

저는 소설을 쓰기 시작하면서 주변 사람들이 어떻게 살아가고 있나 하고 새삼스럽게 관심을 가지기 시작했습니다. 제가 '새삼스럽게'라는 표현을 사용하는 것은 예전에는 사람들을 꽃이나 새처럼 자연이라는 캠퍼스 위에서 태어나고 성장하고 번식하고 죽어가는 자연물로만 여겼기 때문입니다. 다시 말해 이 땅 위에 하나의 생명체가 태어나고 죽는 과정을 한 치의 오차도 허용하지 않는 자연의 법칙에 따라야 하는 것은 생명을 받은 자의 숙명이라고 생각했습니다. 그렇기 때문에 어떤 환경조건에서 태어나든 태어난 자는 태어나는 순간부터 자기에게 주어진 시간을 착실하게 살아가야 한다고 받아들였습니다. 아니 모든 것을 견디고 살아내야 된다는 생각이 더 컸습니다.

가치중립적 태도를 끝까지 견지하는 자연 앞에서 사막에 떨어진 겨자씨 같은 존재자가 생을 지속 가능하게 하기 위해 때론 속이기도 하고 속기도 합니다. 저는 이것을 무조건 올바르지 않다고 생각하지 않습니다. 개인의 생명을 앗아가지 않고 영혼을 겁박하지 않는다면, 생존기술 가운데 하나라고 생각합니다. 하지만 현재 우리 사회의 리더들이 가진 현실에 대한 인식력을 보면 현실성이 전혀 없어 폐기처분되어야 할 편력기사의 모험담을 너무 많이 읽은 나머지 광기에 빠져있는 돈키호테의 도플갱어 같다는 생각이 드는 것은 왜일까요?

혹독한 세태 속에서 이러저러한 상처를 안고 살아가지만 신의 섭리를 크게 거스르지 않고 살아가는 사람들의 이야기를 작품 속에 담고 싶었습니다. 얼치기 관찰자가 흐릿한 탐사경을 통해 들여다본 다양한 군상들을— 자만으로 똘똘 뭉친 사악한 인간, 자기가 만든 프레임에 갇혀 절망하는 인간, 분노하는 인간, 허영에 찌든 인간, 상처를 치유하는 인간, 화해하는 인간, 사랑을 품은 인간, 이용당하고 버려지는 인간, 자기 정체성을 찾아가는 인간, 고독을 극복해내는 인간—작품 속에 그려보았습니다. 그들의 다양한 행태를 쫓아가려고 노력했습니다만 저의 카메라렌즈가 제대로 초점을 맞추었는지…

　제가 소설이라는 세계에 제대로 뿌리를 내릴 수 있도록 아낌없이 지도해주시고, 추천사를 써주신 이채형 작가님과 저의 글에 해설을 써주신 김성달 작가님께 먼저 감사를 드립니다. 그리고 저의 졸작을 소설집으로 엮어 출간할 수 있게 여러 방면에서 도와주신 도서출판 도화 편집장님께도 심심한 감사를 드립니다.
　끝으로 옆에서 묵묵히 도와준 저의 남편과 두 딸 산하, 윤하에게 이 작품집을 바칩니다.

2019. 2. 9　박산윤

섬에서 섬으로

오늘도 아영은 커피숍의 통유리를 통해 호수를 내다보고 있었다. 그녀의 눈앞에서 조물주는 호수에 채색하는 것을 즐겼다. 겨울에는 수묵화로 표현했다가 봄에는 수채화를, 가을에는 채도가 높은 유화물감으로 붓질을 했다. 그때마다 아영은 눈이 누리는 호사에 감사했다. 하지만 조물주도 여름에는 심술을 부렸다. 붓을 씻은 푸르죽죽한 물을 호수에 아무렇게나 휙 뿌렸다. 구정물처럼 탁해진 호수에 뙤약볕이 내리쪼이면 그녀는 자기도 모르게 숨이 막혀왔다.

지금은 짙푸른 물위에 하늘이 내려앉아 있었다. 그녀도 호수 속에 들어와 있는 기분이다. 둑 근처에 자리 잡은 부레옥잠에 앉아 할딱거리는 개구리 눈에 졸음이 그득했다. 물뱀이 개구리를 노리다가 오리 떼에 놀라 부들더미 속으로 재빨리 몸을 감추었다. 그녀는 영업할 준비를 끝내고 커피를 내렸다. 감미로운 커피향이 그나마 갑갑한 기분을 풀어줬다.

커피숍은 통나무로 지은 작은 단층짜리 건물이다. 아영은 건물주는 아니지만 이 건물을 좋아했다. 뒤에는 은사시나무숲을 조성하여 북국의 자작나무숲을 떠올리게 했고, 앞에는 시원하게 펼쳐진 호수를 안고 있었다. 그녀가 예전에 독일에서 살 때 북유럽을 여행하다 보면 자주 시야에 들어오는 도시 근교의 주말 오두막 같은 분위기를 풍겼다. 그래서 실내 곳곳에 독일에서 사용하다가 가져온 손때 묻은 자잘한 소품들로 채우는 등, 인테리어도 앤틱한 독일풍으로 연출했다. 그녀는 커피를 다 마시고 밖을 한 번 더 내다보고는 약간 샐쭉한 표정을 짓더니 일어섰다.

정오가 되자 후텁지근한 바깥 공기를 몰고 김 화백이 들어섰다. 아영의 입가가 비틀어지더니 곧바로 장미꽃처럼 화사한 미소로 바뀌었다.

"해피 데이."

"미투."

김 화백은 은근한 웃음을 입가에 흘리며 덧붙였다.

"당신은 시스루가 잘 어울리오. 호숫가에 사는 요정 같소."

"김 선생님도 뉴요커 같아요. 패션 잡지에서 막 빠져나온… 호호호."

아영은 김 화백의 말투를 그대로 흉내 냈다. 그도 호수 근처에 작업실을 가지고 있었다. 가정집 옥탑방을 세 얻어 살았다. 작은 화실에서 기거를 하며 작업을 했지만, 그의 말투는 뉴욕의 소호 거리를 어슬렁거리는 어투였다. 그는 늘 반쯤 동공이 풀린 눈으로 호숫가를 산책했다. 아영이 손님 맞을 채비를 끝내고 커피를 내려 마시면서 통유리를 통해 내다보면 항상 그 시간에 호숫가를 거닐다가 커피숍이 건너다보이는 벤치에 앉아 그도 이쪽을 바라봤다. 거리가 멀어서 그의 표정까지 살필 수는 없었지만 긴 머리를 늘어뜨린 히피 같은 실루엣을 보고 그라는 것을 짐작했다. 그는 벤치에서 거의 두어 시간 정도 멀거니 앉아 있다가 마지막 순례지마냥 커피숍에 들렀다. 그리고 이곳에서 커피와 토스트로 점심을 때우고 오후 시간을 죽치고 앉았다가 돌아갔다.

"요즘, 작업은 잘 되세요? 날씨가 더워서 화실 작업이 힘들죠?"

"당신, 누굴 기다리는 거요? 늘 창가에 앉아서….."

"아무도 기다리는 사람 없어요. 아니 김 선생님을 기다리는지도. 제 염력이 매일 선생님을 이리로 오시게 하는지 모르잖아요."

아영은 김 화백의 말을 들으면서 자기가 정말 누군가를 기다리고 있는 것이 아닌가 하는 생각이 들었다. 이곳에서 일을 하고부터 홀에 손님이 없으면 늘 창가에 앉아 호수를 바라보는 것이 습관처럼 됐다. 사계절이 바뀌는 것을 보아온 지도 두 해나 됐다. 물가에 서 있는 벚나무들이 성큼 자랐다.

아영은 밤에 호수를 내다보는 것이 좋았다. 마지막 손님이 계산을 하고 떠나면 커피숍이 섬같이 느껴졌다. 호수 바닥에서 기어 올라온 점액질의 어둠이 다른 사물들을 모두 삼켜버리고 오직 그녀만을 위해 무인도를 오픈해주는 것 같았다. 그럴 때면 그녀는 기타를 꺼냈다. 모노드라마의 배우처럼 기타선율을 따라가며 그녀의 지난날들을 반추했다. 관객의 박수가 없어도 괜찮았다. 이 순간만큼은 세상에서 가장 행복한 기타리스트였다.

김 화백은 창가 자리를 찾아 앉으면서 다시 한번 아영을 훑어봤다.

"허 사장하고 여기서 만나기로 했는데, 아직이네."

"약속 있으세요?"

"음, 작품 좀 보자고 해서."

평소와 다르게 당당한 어조로 말했다.

"어머! 좋으시겠다. 선생님의 작품이 좋으니까 잘 될 거예요."

아영은 오랜만에 김 화백에게 좋은 일이 있을 것 같아 진심을 담아 격려를 했다.

"당신, 그림에 대해 뭘 좀 알고 있소?"

"그림에 대해서는 문외한이에요. 그래도 예술가 정신은 사랑해요."

"예술가 정신을 사랑한다? 허 사장보다 낫소. 그 사람 무조건 그림을 많이 달라고 하더군. 돈은 적게 주려고 하면서…. 천박한 속물이지."

그는 목덜미를 덮은 기름때가 낀 머리카락을 쓸어 올리

면서 한심하다는 표정으로 그녀를 건너다봤다. 그때 출입
문이 열리고 허 사장이 들어섰다. 부동산 임대업을 하는
인물이다. 이 커피숍의 건물주이기도 한 그는 대학에서
부동산학을 전공한 그 분야의 전문가였다. 대학생 때부터
부동산 경매에 뛰어들어서 돈을 번 사람답게 그쪽 분야에
서는 성공한 축에 들었다.

　"어서 오세요, 허 사장님! 오늘 너무 멋지고 세련되세요."

　"흐흠, 바쁘신데 저 같은 사람에게 전화를 다 주시고."

　두 사람의 이중창에 허 사장이 링 위를 걷는 격투기 선
수처럼 거들먹거리면서 들어왔다. 그는 사십 대 중반의
나이인데도 그렇게 보이지 않았다. 중간 정도의 키에 어
깨가 넓은 다부진 근육질의 몸매로 균형이 잘 잡혀있었고,
구두에서부터 재킷에 이르기까지 패션에도 많은 신경을
썼다. 특히 그가 씨익 웃을 때 하얀 이와 함께 양쪽 볼에
생기는 보조개가 그의 마초적 얼굴을 장난꾸러기 같은 인
상으로 만들어줬다. 그는 때때로 그런 미소로 다른 사람
들의 마음을 무방비 상태로 무장해제 시켰다. 항간의 소
문에 의하면 아줌마부대를 끌고 다니면서 부동산 경매에
대한 현장 강의를 한다고도 했다.

"우리 아영 씨, 안녕. 김 화백님 일찍 나오셨네요."

허 사장은 아영에게 장난스럽게 반말을 했다. 그녀의 나이가 그보다 많다는 것을 부동산 임대 계약서를 쓸 때부터 이미 알고 있는데도 그랬다.

커피숍 차릴 건물을 임대하려고 그의 사무실을 찾았을 때부터 그는 약간 반말투를 사용했다. 아영은 불쾌했지만 내색하지 않았다. 임대 나온 건물이 마음에 들기도 했지만 심신이 많이 지쳐있었다. 그때 그녀는 그의 말투를 독특한 개인의 언어습관일 수도 있겠다고 생각하며 넘겼다. 지금 김 화백도 그런 그에게 말려들지 않으려고 나름대로 애를 썼다. 그렇지만 허 사장은 연줄에 매달린 연을 가지고 놀듯이 실을 감았다 풀었다 반복하면서 능수능란하게 상대방을 요리했다.

"화백님 작품은 특히 여성 고객들에게 인기가 많아서… 언제 한번 초빙을 해서 그림에 대한 특강을 듣고 싶어 하는 분들이 무척 많습니다. 하하하."

"환쟁이가 어디 말주변이 있나요. 저는 남들 앞에서 강의를 해본 경험이 없어서…"

"그건 그렇고, 제가 운영하는 경매강좌 사이트에 온라

인 미술품 경매파트를 만듭니다. 기획 목적은 작품은 좋은데 제대로 고객들에게 알려지지 않은 작가들을 발굴하여 그들에게 도움을 드리려고 합니다. 김 화백님도 그런 작가들 중 한 분이라고 생각하여 참여해 주십사 하고 말씀드린 겁니다."

김 화백은 허 사장의 사업 계획을 들으면서 표정이 일그러졌다. 이제까지 그는 그림을 경매 시장에서 판매해 본 적이 없었다. 아무리 세상이 변했다고 해도 그림을 온라인 경매로 매매한다는 것은 예술에 대한 모독이라고 생각했다. 그는 돈이나 벌려는 천박한 인간의 꾐에 넘어가서는 안 되겠다고 생각하는지 자리를 박차고 일어났다.

"일단은 생각해보지요. 난 이제까지 내 작품을 시장 바닥 노점상 물건처럼 내놓은 적이 없어서…"

말끝을 맺지 못하고 먼저 일어나서 나가는 김 화백의 왜소한 뒷모습을 보면서 허 사장이 비웃었다.

"거지 같은 놈, 먹고 살기도 힘든 놈이 뻗대기는… 아영 씨 생각은 어때? 누이 좋고 매부 좋은 프로젝트 아닌가?"

"그러게요. 서로 윈윈하는 것은 좋은데."

"돈 없이도 뭐가 되는 줄 아는가 본데, 나 같은 사람이 도와준다고 하면 아이고 할아버지 하면서 고마워해야 할 판에. 굶어 죽어도 예술가 흉내를 내겠다고. 하기 싫으면 말고. 지 놈 아녀도 할 사람 많다고. 아직 아날로그적 사고에서 벗어나지를 못해서. 지금이 어떤 세상인 줄 알아야 되는데, 안타깝네."

아영은 허 사장의 말이 맞는 것 같아도 선뜻 동의하고 싶지는 않았다. 그녀는 더 이상 그와 같이 앉아있고 싶지 않아 자리에서 일어났다. 호수를 둘러싸고 있는 산책로를 따라 흐느적거리면서 걸어가는 김 화백의 모습이 시야에서 사라질 때까지 내다봤다. 시선을 밖으로 두고 서 있는 그녀를 허 사장이 옷자락을 잡아당겨 다시 자기 옆자리에 앉히면서 새로 생긴 일식집에 초밥을 먹으러 가자고 했다. 그녀는 더러운 이물질을 털어내듯 그의 손을 떨쳐버리고 싶었지만, 실제로는 그러지 못했다. 그렇다고 그를 선뜻 따라나서고 싶지도 않았다. 외모가 좀 지저분해도 김 화백하고 토스트로 점심을 때우는 것이 마음은 훨씬 편했다. 그녀는 한 번 더 눈으로 김 화백이 걸어간 길을 힐긋 바라보고는 눈을 내리깔더니, 허 사장에게 밥 먹으러 가자고 했다.

허 사장을 따라간 일식집은 업무타운에 위치한 오 층짜리 상가건물의 이 층이었다. 허 사장은 식사의 시작부터 끝날 때까지 자신이 기획한 미술경매 사업에 대해 떠들었다. 아영은 커피숍에 오는 손님들 중에 이런 유형의 인간들을 많이 보았기 때문에 대충 귓등으로 들었다. 허 사장은 좀 전에 김 화백에게 했던 이야기를 계속 이어 갔다. 김 화백의 그림이 일류가 아니라는 것, 자기 말을 잘 들으면 인생 역전도 가능하다는 것, 자기가 경매 업계에서는 마이더스의 손이라 것. 나중에는 이 상가도 경매로 낙찰받은 자기 소유라는 것을 자랑으로 늘어놓고는 다른 약속이 있다고 하면서 일어나자고 했다. 커피숍으로 돌아오는 차 안에서 그는 아영에게 슬쩍 던지듯 김 화백을 설득해보라고 한 번 더 말했다.

7월에 다가서는 날씨는 아스팔트를 달아오르게 하고 호수의 물을 부글부글 끓게 만들었다. 다음 날, 아영은 창가에 앉아 커피를 마시면서 호숫가 벤치를 살폈다. 김 화백이 어김없이 자리를 지키고 있었다. 그리고 정확히 두어 시간 뒤에 그는 커피숍에 나타났다. 아영은 그와 인사를 나누면서 약간 측은한 마음으로 그의 표정을 살폈다. 어제 모습에서 조금도 달라져 보이는 것이 없었다. 인사말도, 헤어스타일도, 옷차림도, 주문하는 커피 종류도…. 그녀는 속으로 생각했다. 어쩜 저렇게 변화가 없을까. 어지러울 정도로 빠르게 변화하는 세태 속에서 살아가려면 현실의 요구를 이렇게까지 거부하기도 어려울 텐데. 그녀는 그를 보면서 왠지 모르게 짜증이 났다. 오늘따라 더 강하게 그의 헤어스타일부터 바꿔버리고 싶었다. 그가 커피숍에 들어와서 나갈 때까지 혼자서 온갖 변화를 상상해봤다. 그가 돌아간 후 그녀는 더 이상 참지 못하고 미용실을 찾았다. 이제까지 고수해 왔던 긴 머리칼을 단발로 잘랐다.

밤이 되자 통유리에 어둠이 몰려왔다. 아영은 호수를 향해 섰다. 낯선 여자가 그녀와 마주 보고 서 있었다. 그녀는 여자를 흘겨보면서, 하루 종일 기분을 우울하게 했던 김 화백을 떠올렸다. 자신이나 그나 모두 자신들의 섬 속에 갇혀있다는 생각이 들었다. 호수의 구석진 곳에 떠있는 부평초 같은 섬. 그 속에서 각자 자신의 모습만 응시하고 있는 사람들. 그녀는 호수 바닥의 뻘같이 모든 의욕을 집어삼키는, 자신 속에 똬리를 틀고 있는 권태와 마주하는 것을 애써 피했다. 정전이 된 듯 팔에서 힘이 빠져나갔다. 그녀는 연주하던 기타를 케이스에 넣고 커튼을 닫아버렸다.

다음 날은 허 사장이 김 화백보다 일찍 커피숍에 나타났다. 바흐의 〈커피 칸타타〉가 라디오에서 흘러나왔다. 아침 숲의 산새처럼 재잘거리는 조수미의 맑은 음색을 즐기면서 창가에 앉아 호숫가의 김 화백을 관찰할 때였다. 그는 옆에 와 앉으면서 아영의 시선을 따라 눈길을 보냈다. 그녀의 시선 끝에 김 화백이 달려있는 것을 발견하고 얼굴색이 변했다가 곧 본래 색으로 돌아왔다. 그는 생각에 잠겨 잠시 눈동자를 굴리더니 보조개가 살짝 파이는 미묘한 웃음을 머금었다. 다른 때보다 더 한층 매끄러운 목소리로 그녀에게 말했다.

"아영 씬 오드리 헵번 스타일이 정말 잘 어울려. 진즉에 그렇게 바꾸지 그랬어. 역시 사람은 변화가 필요해. 내 옆의 여자가 아영 씨가 아니고 새로운 애인 같아."

"너무 오버하신 것 아니에요. 누가 너무 과하게 칭찬을 하면 전 두렵거든요."

아영은 그의 말이 듣기 거북스러워 약간 까칠하게 대답했다. 그는 눈을 가늘게 뜨고 그녀를 찬찬히 훑었다. 그녀는 그의 눈길에서 뜨거운 불길을 느꼈다. 얼른 몸을 피했다. 순간 그가 그녀의 손목을 낚아챘다. 호숫가에서 밀대걸레같이 헝클어진 긴 머리카락을 덮어쓰고 상체를 앞으로 약간 숙이고 앉아 있는 김 화백을 손가락질로 가리키면서 비아냥댔다.

"저 자식은 저기서 뭐 하는 거야. 낚시질하는 것도 아닌 것 같은데. 우리 아영 씨 낚으려고 하는 것 아니야. 자기는 여기서 지켜보고. 애절하네. 은하수를 사이에 두고. 그래도 견우, 직녀보다는 낫네. 하루에 한 번씩은 만날 수 있으니까. 아니 나르키소스와 에코라고 하는 것이 더 낫겠다."

"허 사장님, 그런 말 하지 마세요. 남들이 들으면 정말인 줄 알겠어요."

"그건 그렇고, 그림이야기는 해 봤어? 반응은 어때? 아영 씨 말은 들을 것도 같은데."

"누가 저 같은 사람의 말을 듣겠어요. 아직 이야기해보지 못했어요. 나중에 오면 이야기해볼게요. 그런데 왜 하기 싫다는 사람의 작품을 굳이⋯."

"저 인간, 몰골은 볼품없어도 그림은 돈 될 만하지. 또 예술품이라는 것이 별것 있나. 모두 거기서 거기야. 어떤 컬렉터를 만나느냐가 관건이지. 나 같은 능력자를 만나면 보잘것없던 것도 다이아몬드로 바뀌지. 아영 씨도 잘 생각해봐. 엉뚱한 곳에 한눈팔지 말고. 인간이나 물건이나 능력자를 만나야 돼."

아영은 그가 자신을 능력자라고 하는 말에 피식 웃었다. 부동산 경매 전문가가 예술에 대해 함부로 말을 하는 것이 귀에 거슬렸다.

"살아보니 세상살이가 그렇게 단순하지 않은 것 같아요. 허 사장님이 아직 어려서 그런지 세상의 다양성을 너무 무시하는 것 같네요. 저기서 자라는 풀 한 포기도 자기 생각이 있을 건데, 하물며 예술의 세계를 마음대로 가지고 놀아도 된다고 생각하는 것은 너무 독선적인 발상이 아닐까요. 아무래도 이번 아이템으로 돈 벌기는 아직 이른 것 같네요. 김 화백님의 작품을 마루타로 이용하도록 돕고 싶지는 않아요. 저도 생각 좀 해 봐야겠어요."

허 사장의 인상이 싹 바뀌었다. 그는 아직 많이 남은 커피를 벌컥거리면서 거의 입에 들이붓다시피 마셔버리고 다른 볼일이 있다고 얼버무리고는 일어서 나갔다. 그때 마침 김 화백이 들어오면서 나가는 허 사장과 마주쳤다. 허 사장은 김 화백을 쳐다보더니 재빨리 인사말을 중얼거리고 총총걸음으로 차에 올랐다.

김 화백이 실내로 들어서면서 먼저 아영의 표정을 살피며 그녀의 헤어스타일에 대해 칭찬을 했다.

"당신, 오늘은 〈하오의 연정〉에 나오는 아리안느 같소."

그녀는 김 화백의 인사말이 귀에 들어오지 않았다. 그 대신에 허 사장이 정색을 하고 나가는 것을 보고 당황했다. 이 상황이 나중에 어떤 결과로 돌아올지 예측할 수 없었기 때문이다. 언젠가 그가 말하기를, 돈을 버는 목적이 모든 사람들을 그의 발아래 꿇어 앉히기 위해서라고 하던 것이 기억났다. 그때는 농담으로 들었지만 멀지 않아 자기 앞에 현실로 나타날 것 같았다.

"당신, 무엇 때문에 넋이 나가 있소? 허 사장은 바쁘게 사라지고. 남녀가 만나는 자리에 불꽃이 튀는 것은 당연지사지만…. (아영의 눈치를 살피며) 이건 농담이고. 저 사람은 탐욕으로 가득 찬 것 같소. 경계하는 것이 좋겠소. 늘 욕망 때문에 허덕이는 영혼이오."

"김 선생님은 뭘 봤다고 야단이세요. 사람 속도 모르고."

아영은 엉뚱하게 김 화백에게 볼멘소리를 했다. 그런데 이상하게 그를 보는 순간 팽팽하게 당겨졌던 신경줄이 스르르 이완됐다. 그녀는 혼란스럽던 마음을 평상심으로 정돈하고 배시시 웃으면서 그를 쳐다봤다.

"당신은 그렇게 웃는 것이 아름답소. 그렇다고 너무 순진하게 웃지 마시오. 그 웃음이 유혹하는 자를 유혹하는 웃음이란 걸 모르시오. 너무 경계 없이 내 속으로 막 치고 들어오면 나는 도망칠 수밖에 없소. 난 정직하거든. 아무래도 난 그만 그림 그리러 가야겠소. 오늘 누드모델이 화실로 오기로 했거든. 허허허."

"선생님, 죄송해요. 제가 좀 과민했나 봐요. 평소에 허 사장을 동생같이 편하게 생각했던 제게도 책임은 있어요. 알고 보면 그도 결핍이 많은 사람이어요."

"그렇소. 결핍의 이면이 성공이니까."

자기도 모르게 입술에 침을 바르고 있던 아영이 김 화백에게 진지한 어조로 말을 했다.

"김 선생님은 지금까지 살아오면서 결핍이 없었나요?"

아영의 말에 김 화백이 몸을 움찔하며 등받이에 기대고

있던 상체를 앞으로 숙였다가 일으켜 세웠다. 그리고 무슨 생각을 하는지 한참이나 눈을 감고 있더니 한일자로 꾹 다물고 있던 입을 무겁게 열었다.

"있었소. 결핍의 연속이었소. 결핍을 채우기 위해 허 사장이 돈을 선택했다면 난 예술을 선택했소. 어떻게 보면 허 사장은 그 나름대로 성공했다고 자부할 수 있소. 하지만 예술의 세계는 사막과 같소. 한 번 들어서면 아무것도 의지할 것 없는 모래밭에서 헤매다가 내려 쪼이는 뙤약볕 아래 백골로 끝나는 곳이오. 그곳에서 신기루를 보고 오아시스를 발견했다는 기쁨에 잠시 전율이 일어나기도 하지만, 그것도 잠시 다시 사막의 한 가운데서 헤매고 있는 자신을 발견하오. 난 낙타같이 사는 놈이오. 지금 베두인의 낙타처럼 사막을 횡단하고 있소. 나의 여행이 언제 끝날지 모르겠지만 난 아직 멈출 수 없소. 내가 잔뜩 싣고 있는 세상에 대한 질투심을, 경멸을, 나약함을 버릴 수 없소. 나의 착각이라 해도 좋소. 달팽이가 평생 자기 집을 짊어지고 다니듯 내가 짊어지고 다니는 이것들을 떼어낼 수가 없소. 이것들을 버릴 수 있을 때 난 사막에서 벗어날 수 있을 것이오."

김 화백의 독백이 아영에게 파문을 일으켰다. 그녀는 여름날 호수처럼 부글거리는 것이 무엇인가를 그제야 알았다. 그녀도 그것을 쏟아내고 싶었다.

"누군가에 대해 연민을 느꼈던 것은 사실이에요. 그것이 실은 제 자신에 대한 연민이었다는 것을 요즘에야 알게 됐어요. 전 이제까지 무엇인가를 은폐하려고 전전긍긍했어요. 어느 순간부터 정신은 사라지고 껍데기만 남았는데, 그 껍데기를 붙잡고 정신이라 우겼지요. 저는 결핍을 다른 것으로 해석하려고 했어요. 그것으로 숨길 수 있는 것이 아니었는데."

"당신과 나는 공통점이 많군."

김 화백의 짤막한 논평에 대해 아영도 동의를 했다. 잠시 동안 하루살이 떼가 군무를 추는 창밖을 내다보면서 커피를 홀짝거리던 그녀가 먼저 입을 열었다.

"육체가 늙고 감성이 늙어가도 변하지 않은 것이 있는 것 같아요."

"흠흠. 그것이 우리 같은 사람들을 고통스럽게 만드는 것이 아니겠소."

아영과 김 화백은 토스트와 커피로 점심식사를 하면서

시간 가는 줄 모르고 이야기를 했다. 오랜만에 마음이 움직인 그녀는 그에게 자기 이야기를 털어놓았다.

그녀는 고등학교를 졸업하고 곧바로 독일로 유학을 갔다. 자기 자신과의 싸움이 가장 힘들었던 유학생활을 끝내고 20여 년간을 그곳에 그대로 눌러앉아 연주 활동을 했다. 그런데 생활이 안정되면서 매너리즘에 빠져들었다. 매너리즘은 지독한 권태를 불러왔고, 권태는 우울을 동반했다. 그녀는 귀국을 결정했다. 귀국 이유는 예상 밖으로 단순했다. 한국어로 시원스레 욕설을 뱉어내는 사람들의 목소리를 듣고 싶어서였다. 한국으로 돌아온 그녀는 당분간 연주활동을 접을 생각이었다. 그래서 그녀가 살았던 북독일의 작은 도시 브레멘과 분위기가 비슷한 이곳의 커피숍을 임대해서 소박한 일상을 꾸렸다.

김 화백이 돌아가고 난 후 저녁 무렵에 허 사장이 다시 등장했다. 아영은 여느 때와 다르게 감칠 맛 나는 포근한 목소리로 그를 맞았다. 그는 아영의 환대에 입이 벌어지면서 같이 저녁을 먹으러 나가자고 했다. 그녀는 그의 의도를 알아채고 낮에 김 화백이 커피숍에 왔을 때 그를 설득해 놓았으니까 저녁 식사 자리에 불러 직접 확인하라고 했다. 그는 말 나온 김에 쇠뿔도 단김에 빼라는 그녀의 재촉에 김 화백을 불렀다. 김 화백도 웬일로 양복으로 말쑥하게 차려입고 나타났다.

김 화백과 허 사장 사이에 계약이 체결됐다. 허 사장이 복잡한 양식의 계약서를 펼쳤다. 김 화백은 복잡한 계약서 내용을 낱낱이 읽기가 귀찮은지 제대로 읽지도 않고 사인을 했다. 그녀가 보기에 어떤 항목은 조율이 필요한 부분도 있었다. 말하자면 그림 판매대금 분배비율 같은 것은 작가 쪽이 많이 불리했다. 김 화백도 그 항목에 대해서는 불만을 제기하긴 했다. 그러나 온라인 경매에 대해 경험이 없는 그는 제대로 대응을 못했다. 옆에서 지켜보는 그녀가 오히려 안달이 날 지경이었다. 결국 김 화백이 끌려가는 형세로 계약이 체결되고, 모든 계약 내용은 누가 봐도 불공정하다고 느껴질 정도로 허 사장에게 유리하게 작성됐다.

아영은 허 사장과 김 화백에게 온라인에서 작품을 경매하는 동안 그녀의 커피숍에서 오프라인 전시회를 동시에 열자고 제의했다. 그들은 그녀의 제안을 흔쾌히 받아들었다.

그녀는 커피숍을 미술 갤러리로 개조하면 실내 인테리어에 손상이 갈까 봐 걱정이 됐다. 그녀의 걱정을 재빠르게 눈치챈 허 사장이 커피숍에 그림을 전시할 수 있도록 조명만 좀 더 보완하고 통유리 창을 가벽으로 처리하면 된다고 가벼운 어조로 해결책을 제시했다. 김 화백은 아영에게 큐레이터 역할을 맡아달라고 했다.

아영은 전시회를 제대로 열어야겠다고 마음먹었다. 그녀는 전시회의 제목을 '섬에서 섬으로'로 정하고, 김 화백의 초대전 형식으로 계획을 세웠다. 최근에 거의 개인전을 열지 못했던 김 화백은 상기된 얼굴로 전시회를 준비했다. 그녀는 전시회 준비를 하는 동안 기타를 다시 꺼냈다. 김 화백의 전시 오프닝 행사 때 그녀의 기타연주도 협찬할 생각이었다. 오랜만에 무대에 올릴 곡을 선정했다. 영업이 끝나고 밤늦게까지 연습을 했더니 손가락에 물집이 생겼다가 터졌다.

오프닝 행사에 김 화백의 지인들보다 허 사장을 따라온 아줌마들이 더 많았다. 김 화백의 수줍어하는 인사말에 이어 허 사장의 장황한 축사가 이어지는 동안 그녀는 기타 줄을 조율했다. 마지막으로 무대에 섰던 날이 언제인지 까마득했다. 독일에서 떠나온 후 여러 사람들 앞에 서는 것이 처음이었다. 손가락을 풀고 호흡을 조절했다. 김 화백을 위한 조연일 뿐이라고 마음을 진정시켰다. 그녀는 테레가의 〈알함브라 궁전의 추억〉을 연주했다. 김 화백의 탐미적인 화풍에 우수가 짙은 기타 선율이 스며들었다. 때마침 보름달이 호수에 양탄자를 깔았다. 그녀의 연주는 아름다운 물의 궁전으로 추억여행을 떠났다. 그곳에 두고 온 젊은 날의 로맨스가 아직 살아 숨 쉬었다. 그녀의 굳었던 감성에 피가 돌았다. 양철처럼 수다스럽던 아줌마들의 숨소리가 부드러워졌다. 그림 사이를 유영하던 기타 연주음이 영화 '금지된 장난'의 주제곡인 〈로망스〉로 바뀌어 달빛과 함께 호수 속으로 사라졌다.

전시회를 하는 동안 그림에 대한 사람들 반응이 너무 좋았다. 커피숍에 오는 손님들 중에 그림을 구매하는 사람들이 늘어났다. 다른 작가들 작품에 비해 그림값이 많이 다운돼 있었기 때문이기도 했지만, 디지털 문화에 지쳐있는 사람들의 긴장감을 느슨하게 풀어주는 김 화백의 작품 세계가 그들의 구매욕을 불러일으켰다. 그러자 예상치 못한 상황이 벌어졌다. 허 사장의 미술품 경매 사이트에 올라간 그림이 이미 오프라인에서 팔려나가고 없는 경우가 생겨났다. 허 사장은 자신의 경매 사이트를 살리기 위해 커피숍 전시를 중단하라고 지시했다. 그런데 김 화백의 생각은 달랐다. 처음부터 탐탁잖게 여기던 경매 사이트 그림을 오히려 내리라고 했다. 두 사람 사이에 다툼이 일어났다.

허 사장이 김 화백에게 손해 배상을 청구했다. 계약 내용을 위반했다는 거다. 김 화백이 일이 이렇게 된 것은 고의가 아니라고 했지만, 그는 오프라인에서 판매된 그림값을 계약서 내용대로 분배를 하라고 억지를 부렸다. 비록 커피숍에서 팔았지만 엄연히 온라인 경매 사이트에서의 판매와 동일한 것이라고 하며 변호사를 선임했다. 김 화백이 한발 물러섰다. 허 사장에게 손해를 본 것만큼 보전해주겠다고 했다. 하지만 허 사장은 계약서에 명시된 대로 판매한 그림값의 칠십 퍼센트를 내놓으라고 윽박질렀다. 아영은 그러는 허 사장이 날강도 같다는 생각이 들었다. 눈 뜨고 있는 사람의 코를 베어 가는 것보다 더 심하다 싶었다. 그렇지만 그녀는 드러내놓고 김 화백을 거들어주지는 못했다.

두 사람의 분쟁이 점점 격화됐다. 허 사장이 아영의 커피숍에 전시된 김 화백의 작품에 대해 철거를 하지 못하도록 가압류를 신청했다. 제 버릇 개 못 준다고 그는 자기 방식대로 일을 처리했다. 이에 화가 난 김 화백도 어느 날 커피숍 영업이 끝나는 밤늦은 시간에 트럭을 타고 와서 전시했던 작품을 모두 철거해버렸다.

　아영은 김 화백이 떼어낸 작품을 트럭에 싣는 것을 커피숍 안에서 내다봤다. 그가 보물단지처럼 다루던 그림들을 포장도 하지 않은 채 트럭의 짐칸에 아무렇게나 던져 넣었다. 그녀는 그림이 파손될까 봐 걱정이 되어 김 화백에게 다가가 말했다.

　"김 선생님, 그림을 왜 포장도 안 하고 실으세요? 파손될 수도 있는데."

　"괜찮소. 시골에 있는 친구 화실로 가져가오. 그곳에서 소각할 거요."

　"그건 또 무슨 말씀이세요? 그림을 태우신다고요? 왜요? 선생님 자식 같은 작품일 텐데."

　"그렇소만. 난 이번 사건을 겪으면서 나란 놈을 다시 들여다보게 됐소. 물론, 이놈들 모두 나의 분신과 같소. 그러나 그것을 낳은 사람의 정신이 썩어버리면 작품도 한낱 쓰레기에 불과하오. 난 한평생 예술가연하면서 살았소. 이제 나의 위선에 넌더리가 나오. 진실을 추구한다고 떠들면서 오히려 진실을 왜곡하고, 나와 이해관계가 없으면 진실이 지옥으로 처박히고 있는 현실인데도 대응 한 번 제대로 못하고, 세상 탓만 하면서 돼지처럼 먹이통만 뒤졌으니…. 내가 평생 이놈들(예술)을 우려먹었으니, 이젠 보낼 때가 됐어요."

아영은 더 이상 무슨 말을 해야 할지 몰라 입을 다물었다. 어쩌면 이것이 그가 자존심을 지키는 마지막 방법일 수 있겠다 싶었다. 김 화백은 트럭의 조수석에 앉아서 창밖의 그녀에게 수줍은 미소를 지었다.

여름이 절정으로 치닫고 있었다. 계약 위반으로 구속되었던 김 화백은 벌금형을 받고 풀려났다. 더 왜소해진 몸으로 돌아온 그는 여전히 호숫가 벤치에 앉아 있었다. 그렇지만 더 이상 커피숍에는 오지 않았다. 그 대신 호숫가에서 머무는 시간이 더 길어졌다. 아침부터 오후가 훨씬 기울어질 때까지 벤치를 떠나지 않았다. 아영은 매일 통유리를 통해 그의 동태를 살폈다. 뜨거운 햇살 속에 우두커니 앉아 있는 그가 어쩌면 저 벤치에서 언젠가 사라질지도 모른다는 생각이 불쑥 들었다. 그때마다 호숫가로 눈길이 갔다. 그렇게 살피지 않으면 그사이에 그가 정말 사라질까봐 불안해서다. 홀 안에서 이것저것 일을 하다가도 한 번씩 일삼아 벤치를 건너다봤다. 그가 졸고 있는지 아니면 뙤약볕에 백골로 풍화되고 있는지 몰라도 그 자리를 지키고 있어 주는 것이 고마웠다.

그림 사건이 터지고 난 후 한동안 오지 않던 허 사장이 아주머니들 몇 명을 이끌고 들어왔다. 출입구에서부터 호들갑을 떠는 한 무리의 여자들 뒤에 서서 따라 들어오면서 아무 일도 없었던 것처럼 아영에게 인사를 했다. 그녀도 태연하게 인사를 받았다. 그녀는 표정 관리를 하며 그에게 불편한 기분을 주지 않으려고 최대한 화사한 웃음을 지었다. 그가 데리고 온 여자들에게 커피를 내갔다. 여자들의 수다 중에 커피숍 건물 임대 기간에 대한 이야기가 들렸다.

"허 사장님, 이 커피숍 임대 기간이 언제까지예요? 호수가 너무 마음에 들어요. 재임대하면 제가 하고 싶어요."

한 여자가 허 사장에게 임대 기간이 언제까지냐고 물었다.

"왜? 얼마 안 남았어. 장 여사가 한다면야, 다음에는 꼭 그쪽에게 임대하지 뭐. 하하하."

허 사장의 거침없는 대답이 화살처럼 날아왔다. 아영은 얼굴에 경련이 일어났다.

여름이 막바지에 들어서고 있었다. 날씨가 불안정한 날이 많아졌다. 소나기가 자주 내렸다. 소나기가 지나가고 나면 호수는 물이 끓는 가마솥같이 물안개가 자욱하게 피어올랐다. 그럴 때는 김 화백의 모습이 유령처럼 보였다. 아영은 그를 내다보면서 그가 커피숍에 다시 나왔으면 하고 바랐다. 가끔씩은 그가 문을 열고 들어오면서 짓궂은 농담을 하는 소리가 들리는 것 같아 출입구를 돌아보기도 했다. 그러던 어느 날 택배 기사가 배달을 왔다. 김 화백의 그림이었다. 그림의 오브제는 노란수선화였다. 그런데 수선화 꽃잎이 떨어져 호수 속으로 가라앉고 있었다. 호수 바닥은 암흑의 세계이지만 개흙 속으로 물고기 길이 나 있고, 길이 끝나는 곳에 임산부의 자궁 같은 아늑한 느낌이 들도록 따뜻한 색으로 채색이 됐다. 그녀는 그림의 포장지를 풀어 놓고, 혹시나 해서 호수 쪽을 건너다봤다. 그때까지 앉아 있던 김 화백이 사라지고 없었다. 그녀는 불길한 예감이 들었다. 김 화백이 늘 앉아 있던 벤치를 향해 달려갔다. 호숫가에는 물안개가 자욱해서 한치 앞을 분간할 수 없었다.

밤이 되자 호수 바닥에서부터 어둠이 기어 올라왔다. 살아 있는 생명체같이 꿈틀거리며 통유리에 들러붙었다. 손으로 만지면 몸속으로 파고 들어와 핏줄을 따라 돌면서 숨통을 조일 것 같았다. 아영의 몸에서 신열이 났다. 호수를 내다봤다. 어둠 속에 웅크리고 앉아 있는 여자와 눈길이 마주쳤다. 예전에 김 화백이 '당신과 나는 공통점이 많군' 하던 말이 생각났다. 그녀는 벽에 걸린 김 화백의 수선화 그림을 찬찬히 들여다봤다. 호수 속으로 떨어지는 꽃잎이 순간 낙타로 변했다. 낙타는 물고기 길을 따라 나아갔다. 달팽이같이 짐을 지고 헤엄치고 있는 낙타를 보면서 그녀는 나지막하지만 격정적인 어조로 '태풍이 왔으면 좋겠어! 호수를 한번 뒤집어 놓았으면 해. 바닥에 무엇이 있는지 보고 싶어'라고 중얼거렸다.

조물주의 심술이 풀렸다. 청량한 바람이 선들거렸다. 여름내 무겁게 내려앉았던 하늘이 높이 올라가고, 호수의 물색이 투명해졌다. 아영은 김 화백이 살던 집주인의 연락을 받고 그의 화실을 찾아갔다. 집주인은 그녀에게 그가 집을 나가서 돌아오지 않는다고 했다. 그동안 월세도 많이 밀렸다고 욕을 했다. 집주인은 세를 놓아야 하는데 짐 정리할 사람이 없다고 하면서 열쇠를 건네줬다. 그녀는 그의 방으로 들어갔다. 방 안에는 사람이 살았던 곳인가 싶을 정도로 가재도구가 거의 없었다. 한쪽 구석에 놓인 간이침대와 옷가지 몇 개가 전부였다. 나머지 공간은 전부 화구와 크고 작은 이젤들이 서 있었고, 액자에 끼우지 못한 그림들이 쌓여 있었다. 그녀는 집주인에게 밀린 월세부터 냈다. 혹시나 그의 가족에 대해 알 수 있을까 싶어 소지품을 살펴봤다. 낡은 사진첩 속에 가족사진은 없고, 뉴욕에 있는 작업실에서 일군의 화가들과 찍은 사진이 섞여 있었다. 그녀는 꽁지머리를 한 섬약하게 생긴 그의 젊었을 때 사진을 유심히 들여다봤다.

　아영은 커피숍 임대 기간이 끝나는 시점에 맞추어 전

시회를 열어야겠다고 마음먹었다. 김 화백의 동의를 얻지
는 않았지만 그의 작품에 그녀의 기타 선율을 입혀 세상
에 내놓고 싶었다.

우아한 부족으로 살아남기

현관문을 열었다. 얄밉이 야옹 하고 살금살금 다가와서 발라당 몸통을 뒤집으며 배꼽을 보였다. 성란은 발끝으로 얄밉의 얼굴을 쓱쓱 문질러주고 양말을 벗어던졌다. 지하 여장군이 쓰러지듯 소파에 드러누웠다. S시 재개발 입주권 거래가 될 듯하다가 무산이 됐다. 시장이 바뀌고 재개발정책이 뒷걸음질 치자 대기표까지 다투던 매수자들이 모두 달아났다. 이런 날은 유난히 하루가 길고 피곤했다.

성란은 초콜릿색 인조가죽 소파에 두 다리를 뻗자 잠의 나락으로 빠져들었다. 그녀의 코 고는 소리에 작은 거실이 들썩거렸다. 얄밉이 놀라서 눈을 동그랗게 뜨고 야옹했다. 고양이 울음소리 같은 코 고는 소리가 천장에 부딪혀 바닥으로 떨어지면서 놈의 귀청을 때렸던 거다. 놈의 야옹, 야옹하는 다급한 소리에 놀라 잠에서 깨어난 그녀는

"야! 잠 좀 자자. 시도 때도 없이 야옹 질이야."

하고 소릴 질렀다.

카카오톡이 울렸다. 혼골패(미라클 부동산에서 관리하는 아줌마부대로 혼마골프채 패밀리) 총무였다. 정기 월례회 참석 확인 메시지가 떴다. 성란은 카카오톡에 대고 '왕싸가지'라고 욕을 했다. 총무는 그녀와 나이가 비슷했다. 골프 모임에 나갈 때마다 모든 것이 총무와 비교되는 것이 은근히 짜증이 났다. 총무만 생각하면 얄밉이 더 미웠다. 핸드폰을 만지작거리면서 검색을 했다. 신용카드 청구서가 날아와 있었다. 그녀는 청구서를 확인하면서 쫑알거렸다.

"이게 다 그 여자 때문이야. 미운털."

그녀는 소파에서 일어나면서 발밑에 졸고 있는 얄밉을 걷어찼다. 놈이 야옹 하고 빨래건조대 위로 올라앉았다.

"야, 내려와. 골프장 갈 때 입을 옷이야. 명품이란 말야. 재수 없게."

성란은 전자레인지에 햇반을 넣어 세팅을 해 놓고 라면

을 끓였다. 일단 허기진 배부터 채워야 했다. 그녀는 배고
픔이 제일 서러웠다. 할머니가 사용하던 카세트 플레이어
를 켰다. 배호의 노래 〈누가 울어〉가 흘러나왔다. 그녀도
따라 흥얼거렸다. 라면 물이 끓는 동안 얄밉에게 먹이를
줬다. 네발을 모두 숨기고 빨래건조대 위에 앉아서 졸던
놈이 먹이통을 향해 나비처럼 사뿐히 내려앉았다. 내려앉
을 때의 우아한 동작과 달리 놈은 허겁지겁 먹이통을 비
웠다. 그녀도 정신없이 라면 건더기를 입안으로 집어넣었
다. 라면사리를 다 먹어치우고 국물에 밥을 말았다. 그사
이에 식사를 끝낸 놈이 그녀 바로 앞에 앉아서 앞발로 정
신없이 입을 닦았다. 그녀는 라면국물에 말은 밥을 입안
으로 퍼 넣다가 놈의 하는 짓이 우스워 밥 한 숟갈을 놈의
코앞에 들이밀었다. 처음에는 두 눈을 동그랗게 뜨고 의
심의 눈초리를 보내더니, 차츰차츰 다가와서 코끝으로 냄
새를 맡았다. 드디어 걸려들었다. 매운 신라면 국물에 말
은 밥을 한 알도 남기지 않고 말끔하게 먹어치웠다. 마음
이 약간 찔렸다. 그녀는 놈의 머리를 쓰다듬었다. 놈이 야
옹야옹 하며 더 먹으려고 덤볐다. 한 숟갈을 더 줬다. 밥
을 다 먹고 냄비를 싱크대에 집어넣고 돌아서는데 발바닥

이 미끄덩거렸다. 바닥을 보는 동시에 놈을 걷어찼다. 놈이 토해 놓고 그녀를 쳐다보고 있던 참이었다. 그녀에게 걷어차인 놈은 곧바로 빨래건조대 위로 날아올랐다. 그녀는 화가 나서 빨래건조대를 걷어찼다. 빨래건조대가 넘어지면서 거실바닥에 브래지어, 팬티, 거기다가 골프모임에 입고 갈 셔츠까지 내동댕이쳐졌다. 그 사이 놈은 그녀의 키가 닿지 않는 높다란 장식장 위로 올라가 그녀가 팔짝팔짝 뛰는 모습을 가만히 내려다봤다. 그녀는 까치발로 서서 먼지떨이로 놈을 때리려고 애를 썼다. 그러다가 제풀에 지쳐 주저앉았다. 놈은 무심한 동작으로 세수를 했다.

얄밉의 원래 이름은 디아나이다. 캣숍에서 처음 대여를 해 오던 날, 몇 시간 만에 얄밉으로 개명을 당했다. 먹이를 먹고 나면 오른발 왼발을 번갈아 가며 입을 닦는 것이 신기하기도 하고, 얄밉기도 해서 디아나 대신 얄밉으로 불렀다.

며칠 전이었다. 총무가 단체 카카오톡에 자기 집 고양이 사진을 올려놓고 혈통 자랑을 했다. 총무의 고양이 사진 밑에 여러 가지 댓글이 달렸다. 그중에 우아하게 사는 여자의 필수품 가운데 하나가 족보 있는 고양이를 키우는 것이라는 글이 있었다. 순식간에 그 댓글 아래 공감 글로 도배가 됐다. 초등학교 교문 앞에서 팔던 노란 병아리가 생각났다. 병아리를 산 친구는 인기가 좋았다. 그녀도 사고 싶어 할머니에게 졸랐다가 '지랄도 풍년일세'라는 핀잔만 들었다. 퇴근길에 당장 캣숍에 들리기로 마음먹었다. 며칠만 고양이를 대여하기로 했다. 햇살이 잘 들어오는 거실에서 고귀한 피를 가진 고양이와 함께 한가로운 오후를 보내는 동영상을 만들어 올리면 '좋아요'가 쫙 올라올 것 같았다.

퇴근 무렵에 비가 내렸다. 도로변에 은행 열매들이 누런 똥 덩어리처럼 떨어져서 고약한 냄새를 풍겼다. 차를 캣숍 앞에 세우고, 가게 유리문을 밀고 들어갔다. 다양한 종류의 고양이들이 눈을 말똥거리며 쳐다봤다. 밖에는 비바람이 몰아치는데 가게 안은 천국이었다. 포근한 실내에 들어서자 성란은 고양이가 되고 싶었다. 적당한 난방과 쾌적한 공기는 물론이고, 인테리어조차 호화로웠다. 고양이들 앞에서 사람들은 발걸음도 조용조용, 말소리도 소곤소곤 거렸다. 그들은 고양이에 대해 최고의 예찬을 늘어놨다. 고양이들의 숨겨진 혈통까지 낱낱이 연구하였을 뿐만 아니라, 놈들의 애정행각까지 소상하게 스토리로 만들어 브리핑했다. 그 자리에서 고양이를 사지 않으면 그녀 자신이 미개한 천민이 될까 봐 가슴이 두근거렸다. 근사하게 생긴 남자 종업원의 설명이 장황하게 이어졌다. 그의 말을 중간에 싹둑 잘랐다. 끝까지 들어주기가 너무 피곤했다. 그녀는 아예 카카오톡에 올라온 총무의 고양이 사진을 보여줬다. 종업원이 똑같은 종의 고양이를 찾아냈다. 그녀는 단번에 그놈을 선택하겠다고 말했다. 종업원은 그녀가 선택한 고양이의 족보를 기계적으로 한 번 더 읊었다.

성란은 집에 도착하여 첫 먹이를 줄 때까지 캣숍에서 받아온 계약서에 기록된 대로 놈을 '디아나'라고 불렀다.

"디아나, 야나, 이름 참 예쁘다. 음, 사냥의 여신답게 넌 이제부터 먹고 자는 것을 너 스스로 선택할 수 있어. 삶은 선택이야. 얘, 너도 때로는 혼자서 꼬물거릴 공간이 필요했지. 자기 집이 있다는 것이 그래서 좋은 거야. 혼자만의 고독을 즐길 권리 같은 것이지. 아무리 천국이라도 똑같은 우리에 갇혀서 24시간을 똑같은 형태로 소비하는 것은 지옥이야. 우리에게는 그것을 거부할 용기가 필요해."

그녀는 이혼을 한 후 처음으로 솔직하게 자신의 속내를 디아나에게 털어놓았다.

성란은 디아나의 사진을 찍어 카카오톡에 올렸다. 제일 먼저 총무의 반응이 떴다.

"어쭈구리, 이름이 뭐예요?"

"디아나."

"디아나! 디지나, 크크큭."

총무의 반응에 그녀의 신경이 날카로워졌다. 자기 집 고양이와 같은 혈통이라서 무시하지 못할 건데 싶었다.

"왜 그러세요?"

"같은 아파트단지라도 가격이 천차만별인데, 얼마짜리죠? 우리 집 가보는 제일 비싼 암컷인데. 하하하."

순간 '딩동댕'하는 소리가 머리를 때렸다. 보름짜리 대여비만 계산하고 디아나의 진짜 가격은 물어보지 않았던 거다. 그녀는 자기 머리 대신 디아나의 머리를 쥐어박았다. 놈은 빨래건조대 위로 냉큼 뛰어올랐다. 그녀를 내려다보는 눈길이 암팡졌다. 의식적으로 놈의 시선을 피하면서 먹이통에 그녀가 마시던 우유를 부어줬다. 놈은 요리

조리 옮겨 다니면서 선뜻 먹이통에 다가오지 않았다. 그
녀는 캣숍에 전화를 걸어 디아나에 대해 좀 더 상세하게
설명해달라고 했다. 좀 전의 남자 종업원이 여전히 싹싹
하게 처음부터 맨 마지막에 나오는 디아나의 진짜 가격까
지 장시간에 걸쳐 설명을 했다. 전화기를 오른손 왼손으
로 번갈아 가며 바꿔 들었지만 팔에서 쥐가 날 정도였다.
종업원의 마지막 멘트인 놈의 가격을 듣자 '할머니'하는
소리가 저절로 튀어나왔다.

그녀는 다시 카카오톡을 열었다. 이미 총무는 사라지고
없었다. 그렇지만 그녀는 디아나의 매매 가격을 올렸다.

"안말여 회장님, 굿 샷!"
"유난희 사모님, 나이스 샷!"
캐디에게 굿 샷이란 카트길 옆이다. 부동산 업자들이
꿈속에서도 사랑하는 소위 말해 역세권이다. 성란은 골프
장에 오면 한껏 우아해지는 기분이다. 강남의 청담동 주
민이라도 된 것 같다. 그녀는 골프공의 딤플을 만졌다. 긴
장감을 가라앉히기 위해서다. 공의 몸에 빽빽하게 패인
홈이 딤플인데 공기의 저항을 줄여 공이 더 멀리 날아가

게 해 준다. 그녀는 오늘 사용할 공에 하트 그림을 그리면서 중얼거렸다. 누구에겐들 딤플이 없겠나. 이미테이션 목걸이가 햇볕에 반짝인다. 그녀의 딤플들이 이제부터 그녀를 더 멀리 날아가게 해줄 것이다. 오성란은 죽을힘을 다해 티샷을 날렸다.

"오성란 사모님, 어머 어쩌죠. 숲속으로 날아가 버렸어요. 그쪽은 코스의 경계선을 넘어간 OB 지역이고, 뱀이 많이 나오기 때문에 공을 포기해야겠어요."

성란은 속으로 '아이 씨! 누가 모르나' 하면서도 입으로는 캐디에게 벌타 없이 티샷을 한 번 더 치는 멀리건을 달라고 사정을 했다. 캐디는 멀리건은커녕, 아예 공을 주워 올 생각도 하지 않고 OB티에 가서 치라고만 했다. 캐디가 카트에 시동을 걸자, 그녀의 얼굴이 벌겋게 달아올랐다. 그렇다고 교양인이 개 같은 매너를 보일 수 없었다. 다른 여자들은 날씨 얘기로 시작하여 골프웨어에 이르기까지 한 바퀴 쭉 돌리며 수다를 떨었다. 총무와 눈이 마주쳤다. 거리낌 없이 웃고 있는 눈이 그녀를 쳐다봤다. 그녀는 카트에 엉덩이를 걸치고 앉았지만 숨이 차올랐다. 회장이 그녀에게 초코바 하나를 권하면서 OB티에서는 실수하지 말라고 했다. 그녀는 두 손으로 초코바를 받아서 주머니에 넣고 엄지손가락으로 꾹 눌러서 부러뜨렸다.

지난번 골프라운딩에서 총무보다 스코어가 좋지 않았다. 그래서 이번에는 첫 홀 티샷을 할 때 마음속으로 별렀다. 오늘은 기필코 밟아 주리라. 그런데 성란의 공이 졸참나무가 우거진 낭떠러지 숲속으로 날아가 버렸다. 그녀는 마음속으로 총무가 실수하기를 빌었다. 총무는 아직 구력이 짧기 때문에 세컨샷에서 라이가 좋지 않으면 거의 대부분 실수를 했다. 실수만 해 준다면 웬만하면 첫 홀은 비길 수 있을 거라 생각했다. 하지만 총무는 실수를 하지 않았다. 그린 위에서 퍼트라도 실수하기를 학수고대하며 그녀가 생각에 빠져 있는데, 캐디의 하이톤 목소리가 들렸다.

"유난희 사모님, 나이스 파!"

"와우, 웬일이야. 어젯밤에 서방님하고 딴 방 썼나 봐."

"호호호, 회장님 죄송해요. 어쩌다 보니까, 소발에 쥐잡기로 파 잡았어요."

총무의 웃음소리가 간드러졌다. 같은 조인 회장과 조진미는 보기를 했고, 그녀는 더블보기를 하여 첫 홀부터 꼴찌를 했다. OB만 내지 않았으면, 조에서 꼴찌는 면했을 텐데 하고 생각하니 벌써부터 멘탈이 흔들렸다. 성란은 총무의 오두방정도 눈꼴이 시렸고, 만개한 사쿠라 같은 그녀들의 요란한 말잔치가 귀에 거슬렸다.

회장의 남편은 고위직 공무원이고 총무는 전직 교수의 후처이다. 성란이 세신사 출신이라고 팀에서 은근히 따돌렸다. 사람들에게 사기 치는덴 이데올로기가 역사를 찜쪄먹는 시대에 별 쓸모는 없지만 그녀도 역사학을 전공했고, 대기업에 다니던 남편이 있었다. 늦은 나이에 재혼인 남자와 결혼을 했다가 성격 차라는 표면적 사유로 이혼을 했다. 이혼 당시 캐리어 하나만 끌고 아파트를 나왔다. 택시에 짐을 실을 때 두려움 옆에 흥분이 동승했다. 원룸에 짐을 풀고 세신사 학원에 등록을 했다. 동네 목욕탕 세신사들의 수입이 짭짤해 보였다. 사실 성란이 이혼을 하게 된 것은 동네 목욕탕 낙찰계에 끝번으로 끼어들었다가 중고 쏘나타 한 대 값을 날려 먹어서였다.

그날도 남편을 출근시키고 동네 목욕탕 사우나에서 수다를 떨었다. 아침 시간이라 단골들 외에는 한산했다. 세신사 여자가 성란에게만 소개한다는 듯 은밀한 어조로 낙찰계를 소개했다. 끝번이 되면 은행이자 몇 배가 된다는 말에, 중고 쏘나타를 타고 동해안 해안 도로를 달리는 꿈을 꾸며 돈을 집어넣었다. 그런데 성란의 바로 앞번호에서 일이 터졌다. 남편에게 중고 쏘나타 한 대를 사기 위해 그랬다고 했지만 그는 끝내 이혼 서류를 내밀었다.

성란은 동네 사람들 만날 일이 거의 없는 호텔 목욕탕 세신사로 취업을 했다. 그곳에는 온갖 부류의 여자들이 드나들었다.

하루는 다른 세신사와 함께 두 여자를 눕혀놓고 오일 마사지를 했다. 두 여자의 대화가 흥미로웠다. 대화 속에 갭 투자니 분양권 전매니 하는 어휘가 오갔다. 얘기 속에 굴러다니는 돈의 단위가 억억이었다. 그녀들이 바로 혼골패 멤버였고, 혼골패 회장이 미라클 부동산 대표였다. 성란은 그녀들을 통해 부동산 투자가 돈이 된다는 것을 알았다. 입에 군침이 돌았다. 회장이 올 때마다 특별서비스를 했다. 회장과 친해지자 갭 투자가 재미있느냐고 은근슬쩍 물었다. 회장이 썩소를 지었다. 다음에 왔을 때 좀 더 본격적으로 물고 늘어졌다. 그제야 구미가 당기는지 돈이 있느냐는 표정으로 바뀌었다. 성란은 놓치지 않고 바짝 대들었다. 세 번째 왔을 때 비싼 오일을 듬뿍 발라 정성이 최

대한 전해지도록 손가락을 움직였다. 오랜만에 오르가즘을 맛본 여자처럼 아주 만족해하며 매물로 나온 것이 하나 있다고 했다.

그때까지 번 돈에 대출까지 받아 오천만 원으로 다세대 주택에 갭 투자를 했다. 회장이 시키는 대로 했더니 단기간에 제법 쏠쏠하게 단맛을 봤다. 돈 놓고 돈 먹기라는 생각이 들자 성란은 세신사를 때려치웠다. 큰돈을 벌 수 있도록 도와주겠다는 회장의 말에 미라클 부동산의 아줌마부대로 들어갔다. 회장을 우상처럼 모시고 다니며 일을 배웠다.

전반부가 끝나고 후반부가 시작됐다. 전반부 스코어가 총무보다 2타 뒤졌다. 후반부에 어떻게 해서든 타수 차를 좁혀야 했다. 10번 홀은 짧은 파5홀이었다. 티샷을 준비했다. 이번에는 총무의 볼이 워터해저드로 날아갔다. 캐디가 호들갑을 떨었다. 총무가 계란 한 판 날아갔다고 오마이 갓! 하며 괴성을 질렀다. 성란의 볼은 페어웨이 중간에 잘 떨어졌다. 라이가 좋았다. 그녀는 세컨샷을 위해 5번 우드를 챙겨 들고 페어웨이를 걸어가면서 속으로 치밀하게 계산을 했다. 5번 우드로 세컨샷을 치고, 피칭 웨지로 그린에 올리면 충분히 버디찬스를 잡을 거다. 숨을 내쉬고, 몸에서 힘을 뺐다. 샷이 끝날 때까지 머리를 잡아놓고 치자고 중얼거렸다. 허공을 가르며 시원하게 날아가야 할 공이 수루룩 기었다. 잔디 위를 뱀처럼 기어간 공이 벙커에 빠졌다. 맙소사 하고 뒤늦게 머리를 쳐 봐야 버디 기회는 새가 되어 날아가 버렸다.

공이 워터해저드에 빠진 총무는 해저드 티에서 다시 쳤다. 때마침 자기 공이 벙커에 빠지는 바람에 성란은 총무가 공을 몇 번 쳤는지 미처 확인하지 못했다. 홀 아웃을 하고 캐디가 스코어 카드를 작성했다. 의외로 총무도 보기를 기록했다. 그녀는 머릿속으로 아무리 역추적을 해봐도 총무의 타수가 잘못 기록된 것 같았다. 하지만 남의 타수에 대해 확실한 증거도 없이 의문을 제기할 수 없었다. 아무도 캐디의 기록에 대해 가타부타 말을 하지 않았다. 더블보기를 한 조진미가 조 꼴찌를 했다. 나중에 조진미가 그녀와 단둘이 있을 때 조그맣게 속삭였다. 캐디가 총무의 공이 워터해저드에 빠졌는데 벌타를 타수에 넣지 않고 계산한 거라고. 아마추어 골퍼들 사이에 '스코어를 잘 내는 비결은 클럽의 길이에 반비례하는 것이 아니라 캐디의 볼펜 길이가 좌우하는 거야'라는 우스갯소리가 있다. 말하자면 엿장수 가위소리 같은 거다.

몇 홀이 더 지나가고, 그늘막에서 잠시 쉬었다. 앞에 대기하고 있는 카트가 두 대나 더 있었다. 그녀는 급한 화장실부터 먼저 들렀다가 뒤늦게 그늘막 안으로 들어갔다. 회장이 좋아하는, 두부김치에 막걸리를 앞에 두고 여자들의 수다가 펼쳐졌다.

"회장님, 차 바꾸었어요? 지난번 차도 탑이었는데, 이번 차가 더 럭셔리하세요."

총무가 입에 침을 튀겼다.

"영감님이 나한테 무슨 잘못을 저질렀는지, 하나 뽑아 줬어."

회장의 약간 거들먹거리는 답변에 조진미와 그녀는 그저 부럽다는 표정만 지어 보였다. 총무가 다시 말을 받았다.

"저도 뽑아야겠어요. 지금 것은 껍데기는 멀쩡해도 연식이 좀 오래됐어요. 회장님 차 너무 마음에 들어요. 하지만 제 주제에 같은 그레이드는 못할 것 같구요. 그 밑에 클래스를 알아봐야겠어요. 호호호."

조진미는 젓가락으로 김치만 뒤적거리고, 성란은 차 얘기를 듣자 속이 쓰려 막걸리만 홀짝거렸다. 구석진 곳에 파킹을 해뒀지만 총무가 그녀의 차를 거론할까 봐 걱정이 됐다. S시 재개발 입주권 거래가 성사되면 골프장에 올 때 외제차를 렌트하는 짓은 그만두고 싶었다.

골프라운딩이 끝나고 라커룸 옆에 붙은 욕탕으로 향했다. 옷을 벗고, 안경을 벗고, 인조 속눈썹을 뗐다. 밋밋한 눈매가 드러났다. 얼굴을 클렌징 오일로 문질렀다. 눈썹이 지워지고 입술이 윤곽을 잃었다. 낯선 사람이 거울 속에서 지켜보는 것 같아 얼른 유리문을 열고 안으로 들어갔다.

간단한 샤워를 끝내고 건식 사우나실로 들어섰다. 안경을 벗어버린 눈은 초점이 맞지 않았다. 사우나실 전체가 한 덩어리로 흔들렸다. 회장과 총무가 먼저 들어와서 자리를 잡았다. 혼골패 회원 외에도 몇 명의 여자들이 더 있었다. 총무는 모래시계를 세워놓고 요가를 했다. 팔다리의 근육이 탄탄하고, 움직임이 유연했다. 회장은 바닥에 타올을 깔고 누워서 뱃살을 문질렀다. 젖통이 마룻바닥에 닿을 정도로 밑으로 처져서 흘러내렸다. 성란은 혹시나 밟을까 봐 발끝을 조심해서 디뎠다. 세심하게 눈치를 살피면서 그녀들 사이에 끼여 앉았다. 눈이 어둠에 익숙해졌다. 약간 떨어진 코너에 앉은 두 여자가 소곤거렸다. 차갑게 식힌 타올로 얼굴을 감싸고 조는 척하면서 귀를 기울였다.

"○○지구 재개발 들어간대요. 이번에 한 건 할까 싶은데 같이 하시겠어요?"

"분양권 매매가가 높게 형성되긴 하겠지만, 입지가 그만한 곳이 드물어요. 저도 생각 중이어요. 소문 들었어요? 화폐개혁할 거라던데."

얼굴이 돼지상인 여자가 '화폐개혁'이란 단어를 조그맣게 말했다.

"어머, 그래요? 전혀 몰랐어요."

피부가 유난히 하얀 여자가 화들짝 놀라면서 받았다. 돼지상이 손가락을 입술에 갖다 대며 다짐을 하듯 덧붙였다.

"이참에 똘똘한 것 하나에 묻어야겠어요. 사업시행계획인가도 끝났대요. 감정가도 높대요. 시공사 브랜드 가치가 있으니까 많이 몰릴 거예요. 분양가가 비싸도 이름 값을 하니까요."

"맞아요. 어수선할 땔수록 최상급 브랜드를 사야 돼요. 브랜드야말로 신이죠."

○○지구 분양권 매매에 총력을 쏟고 있는 회장이 여전 히 배를 마사지하면서 빙긋이 웃었다.

총무가 눈치 없이 나댔다.

"내가 아는 사장님이 그러는데, ○○지구는 원래 화장 터를 낀 공동묘지였대요. 지금도 토목공사를 하면 뼈다 귀들이 마구 쏟아져 나온대요. 아유, 무서워. 아무리 네임 밸루가 높다 하더라도 비 오는 날 밤에 혼자 있을 때를 생 각하면….

사우나 안의 여자들이 무관심한 척하면서 다 듣고 있었 던 모양이다. 다른 여자가 끼어들었다.

"그럼, △△지구는 어때요? 설마 무덤자리는 아니겠죠?"

"아니, 그곳은 임야죠. 배산임수라서 풍수도 좋아요. 프리미엄도 많이 붙을 거라고 봐요. 미라클 부동산에 가 시면 정확한 정보를 얻을 수 있어요. 나도 많이 이용해요."

아차 싶었는지 총무가 회장을 돌아보며 미라클로 마무

리했다.

　재개발 들어간다는 OO지구는 성란이 어렸을 때 살았던 동네다. 멀찍이 떨어져 앉은 뒷산에 화장터와 공동묘지가 버티고 있어 그동안 개발이 안 됐다. 그곳은 바람의 방향에 따라 퀴퀴한 냄새가 항상 마을을 감싸고돌았다. 특히 장마철 습도가 높을 때 그 냄새를 맡으면 영혼마저 끈적거렸다. 차가 다니지 못할 정도로 좁은 골목에는 유난히 길고양이들이 많이 살았다. 밤에 고양이들끼리 싸움이 붙어 날카롭게 울어댈 때는 몸이 오그라들 정도였다. 그런 날은 방광에 오줌이 차올라도 바깥마당에 붙은 변소에 갈 수 없었다. 귀신이 붉은 혓바닥을 날름거릴 것 같아 할머니를 깨우면 할머니는 욕부터 했다. 할머니는 욕을 입에 달고 살았다. 칭찬도 욕이고, 꾸중도 욕이었다. 어릴 때 고모가 살고 있는 아파트를 찾아갔던 적이 있었다. 큐브를 촘촘하게 세워 놓은 것 같은 아파트단지 안에서 길을 잃고 헤맸다. 성란이 할머니에게 투정을 부렸다.

　"우리도 아파트에 살았으면 좋겠다. 할머니!"

　"지랄도 풍년일세. 네 애비가 아파트 공사판에서 허리가 부러지도록 등짐을 져 올렸건만, 시루 속 콩나물같이 빽빽이 들어찬 아파트 중에 우리 집 한 채 없으니."

하고 할머니가 혼잣말로 중얼거렸다. 성란은 '애비'라
는 말에 눈물이 핑 돌아 할머니 옆에서 일부러

"지랄도 풍년일세. 지랄도 풍년일세."

하며 팔짝팔짝 뛰었다. 성란은 불현듯 그곳에 가보고
싶었다.

사우나를 끝내고 라커룸으로 나왔다. 총무가 회장에게
저녁 식사를 대접하겠다고 했지만 회장이 아들 내외와 약
속이 있다고 손사래를 쳤다. 회장의 차가 사라지자, 총무
도 너스레를 떨며 뒤따라 떠났다. 성란은 배가 고팠다. 클
럽하우스 식당은 너무 비싸서 선뜻 들어설 엄두가 안 났
다. 차를 몰고 어렸을 때 살았던 동네의 시장 골목으로 들
어갔다. 부동산 중개업소가 진을 치고 있었다. 성란이 어
렸을 때 자주 갔던 칼국숫집을 찾았다. 저녁 식사 시간대
가 많이 지나서 테이블이 한산했다. 설거지를 하던 주인
여자가 반겼다. 칼제비를 주문했다. 주인 여자가 칼국수
에 수제비 반죽을 뜯어 넣으면서 그녀의 핸드백을 눈여겨
봤다. 그녀는 얼른 가방을 당겨서 무릎 위에 올려놓고 겉
옷으로 감싸 덮었다. 도둑이 제 발 저리다고 핸드백이 대

여한 것이라는 것을 주인 여자가 혹시라도 알고 속으로 비웃는 것이 아닌가 싶어서다. 눈치 빠른 주인 여자가 사람 좋은 웃음을 웃으면서, 다음 달에 딸의 상견례가 있는데 무슨 옷을 입고, 무슨 가방을 들고 가야 할지 모르겠다고 했다. 안사돈 될 사람의 수준에 맞춰야 되는데 걱정이란다. 주인 여자는 물어보지도 않았는데 딸이 대기업에 다닌다고 자랑했다. 딸의 체면을 깎으면 안 된다고 마디가 굵고 끝이 뭉툭한 두 손을 마주 비비며 미안한 표정을 지었다. 성란은 주인 여자에게 귓속말로 그녀가 특별한 날 이용하는 명품백 대여점을 알려줬다. 그녀는 뜨거운 국물을 후후 불며 빠른 속도로 그릇을 비워나갔다. 주인 여자가 수제비 한 국자를 더 부어줬다.

얄밉의 먹이통에 살코기 통조림을 부어줬다. 속 썩이던 S시 재개발 입주권을 프리미엄 없이 팔아치웠다. 정부정책이 손바닥 뒤집듯 하고, 물건이 제때에 소화되지 않아 그동안 골머리를 앓았다. 다른 사람들처럼 여윳돈이 있는 것도 아니어서 그녀는 항상 똥줄이 탔다. 퇴근길에 매일 아이컨텍을 하던 벤츠 전시장을 애써 외면했다. 머리도 식힐 겸 마트에 들렀다. 성란은 식품이 가득 채워진 공간에 들어오면 왠지 행복했다. 냉동식품 몇 가지를 샀다. 유명 셰프가 TV 먹방에 나와서 피부에 좋다고 추천하던 음식들이다. 마트를 돌다 눈에 띄는 캣푸드 코너에서 통조림도 샀다. 사람이 먹는 통조림 종류만큼이나 고양이용 통조림도 종류가 다양하고 비쌌다.

알밈의 대여기간이 내일이면 끝난다. 반납을 하기 전에 마지막으로 선심을 썼다. 장식장 위에 올라앉아서 그녀의 행동을 지켜보던 놈이 나비같이 날아서 거실바닥에 착지했다. 놈은 그녀와 한바탕 난리를 치른 라면밥 사건 후, 그녀가 퇴근을 해서 청소기를 돌린다든가, 빨래를 넌다든가 할 때면 재빨리 장식장 위로 사라졌다. 그녀는 발끝으로 놈의 머리를 살살 간지럽혔다. 놈도 좋다고 머리를 들이밀어 놓고는 얌얌 거렸다. 놈은 먹이통을 다 비우고 나자 어김없이 세수를 했다. 그녀는 그 모습을 핸드폰에 담았다. 그때 카카오톡이 울렸다. 총무였다. 대뜸 만나자는 내용이다. 그녀는 '또, 무슨 개수작이야. 회장년 발싸개 같은 인간이' 하고 무시했다. 세수를 끝낸 알밈이 기지개를 켜더니 한발 두발 캣워킹을 시작했다. 소파에 누워있는 그녀를 할끔할끔 돌아보며 거실을 몇 바퀴나 돌았다. 놈도 내일이면 떠나는 줄 아는지, 문설주며 소파다리에 머리통을 비볐다. 밖에는 밤비가 내렸다. 배호의 노래 〈누가 울어〉가 할머니의 넋두리처럼 집 안에 떠돌았다.

그녀에게 이별의 이미지는 두려움이다. 남편과의 이혼도 그랬지만, 어린 성란에게 아버지의 죽음은 할머니의 넋두리 속에서 되새김질되었고, 어머니에 대한 기억은 할머니의 욕설과 함께 저장이 됐다. 네 애비는, 네 어미년은 하는 단어를 그나마 얻어들을 수 있었던 할머니마저 저세상으로 떠났다. 가족에 대한 기억은 추운 겨울날 새벽의 싸늘한 방바닥처럼 서러웠다. 날도둑 같은 세태 속에서 그녀에게 저장된 기억마저 왜곡될까 봐 두려웠다.

총무로부터 전화가 왔다. 신호음이 오랫동안 울리도록 성란은 받지 않았다. 벨 소리가 제풀에 꺼졌다가 다시 울렸다. 얄밉이 발을 멈추고 야옹 하며 쳐다봤다. 그제야 마지못해 받았다. 총무의 목소리가 싸하다.

"지금 뭐하쎄요?"

"왜 그러세요? 무슨 일 있으세요? 화장실에서 큰 볼일 보느라고. 요즘 먹는 게 시원찮아 그런지 시간이 엄청 걸려요."

"술 한잔해요. 할 얘기도 있고…."

조진미하곤 몇 번 술을 마셨지만 총무와는 한 번도 따로 만나 술을 마신 적이 없었다. 이 밤중에 웬 술 하는 생각이 들었다.

"왜?"

전화는 이미 끊어졌다. 성란은 궁금해하며 집을 나섰다.

총무가 기다리는 사주카페로 갔다. 그녀는 주인 여자와 같이 앉아 있었다. 주인 여자를 선생님이라고 부르며 소개했다. 성란은 얼떨결에 허리를 깊숙이 숙이며 인사를 했다. 주인 여자의 사무실로 자리를 옮겼다. 화려하게 꾸며진 벽면 한가운데 여우박제품이 장식되어 있었다. 사주카페 장식품치고는 유별났다. 총무가 너스레를 떨었다. 그녀의 말에 의하면 '평소 점보는 것을 즐긴다. 공동투자하기로 한 빌딩에 중도금을 치르기 전에 점을 봤다. 점괘가 요상하게 나왔다. 공동구매자 중에 올해 삼재가 끼어있어 무엇을 해도 재수가 없는 사람이 들어있다. 그 사람과 함께 하면 큰 손실을 볼 거다'라는 것이었다. 그래서 아예 사주카페에서 미라클 멤버들의 사주를 보기로 했단다.

성란은 여우박제품에 박혀있는 흑진주알의 가격을 추측해 보며 푸줏간에 끌려온 소같이 주눅이 들었다. 주인 여자는 거북등뿔테 안경을 코끝에 걸치고 근엄한 얼굴로 성란의 아래위를 훑어봤다. 기분이 나빴지만 아무 말도 못하고 불리한 점괘가 나오지 않기만을 바랐다. 그 여자하고 총무가 서로 눈짓을 했다. 성란은 의심스러웠지만 대수롭잖게 여기고 밖으로 나왔다. 한참이 지난 후 여자의 제자가 흰 봉투를 소반에 담아 들고 왔다. 봉투 속에 들어 있는 A4용지를 꺼냈다. 성란은 자기도 모르게 손이 떨렸다. 총무가 먼저 말을 꺼냈다.

"성란 씨, 미안해요. 이번에 미라클을 위해 양보하세요. 난 평생 점괘를 믿어온 사람이야."

성란은 어안이 벙벙했다. '올해 삼재가 끼어있어 손대는 것마다 손해를 보는 사주입니다. 굿을 하든지, 부적을 쓰든지, 아니면 무리한 투자를 하지 마시오. 그렇지 않으면 하는 족족 손해를 봅니다'라고 쓰였다. 성란이 A4용지에서 눈을 떼지 못하고 있는데 총무의 마지막 총알이 날아왔다.

"이번 건 양보하지 않으면 이러한 사실을 회장님께 말

씀드리는 수밖에. 성란 씨 개인 투자는 우리가 관여할 바가 아니지만 미라클을 위해서는 무슨 조치를 취해야 하지 않겠어요?"

성란은 입도 뻥긋 못해보고 총무의 말에 전의를 완전히 상실했다. 굴욕감을 느꼈지만 총무에게 웃는 얼굴로 사정을 했다.

"회장님에게는 알리지 마세요. 그 건은 잘 알겠어요."

몇 달 전에 회장이 등기부 등본 하나를 보여줬다. 급매물로 나왔다고 했다. 회장이 혼자 탐내기에는 덩치가 컸다. 자기가 요리할 수 있는 물건이라면 처음부터 보이지도 않았겠지만. 이번 건은 개미 앞에 떨어진 너무 큰 떡덩어리였다. 매수자가 없으면 경매 들어갈 물건이라며 회장이 입맛을 다셨다. 동양화를 전공한 총무가 가치분석에 들어갔다. 그러더니 지분을 쪼개는 형태로 공동작전을 펴자고 했다. 이번 기회에 우리도 빌딩 주인이 돼보자는 회장의 말에 모두 의기투합했다. 막창집으로 자리를 옮겨 돼지곱창에 소주를 마시며 벌써 건물주라도 된 것 마냥 다들 들떴었다.

성란은 집으로 돌아오면서 여우에게 홀린 기분이다. 아

무리 생각해도 총무 혼자서 벌이는 일이 아닐 것 같았다. 그렇다면 왜? 큰 프로젝트에는 끼워주기 싫은 건가? 그들의 부족에서 세거하려는 이유가 무엇일까? 지금까지 몸을 아끼지 않고 뛰었는데 자격미달인가? 날이 밝으면 용한 점집을 찾아봐야겠다고 생각했다. 중고 쏘나타 한 대 값 때문에 쫓겨나서 여기까지 왔는데 이대로 주저앉을 수 없었다. 굿을 해서라도 그들 부족으로 살아남을 거라고 이를 앙다물었다.

성란이 현관 안으로 들어서는데 전화벨이 울렸다. 조진미였다. 전화기를 통해 흘러나오는 조진미의 얘기가 그녀의 예감과 맞아떨어졌다. 성란이 고함을 쳤다.

"뭐라고! 그 여우들이 짜고 친 고스톱이라고! 돈 많은 점쟁이 년을 멤버로 잡으려고 그랬다고! 큰 덩어리는 지들끼리 먹으려고 나를 미라클에서 쳐내려고 그랬을 거라고. 우린 버린 카드란 말이지. 그동안 회장년 시녀같이 살았는데. 우리 할머니가 살았더라면 혓바닥을 뽑아 튀겨버릴 년들."

성란의 격앙된 목소리에 얄밉이 자지러지게 울었다. 놈을 찾았다. 장식장 위에서 울음을 토해내고 있었다. 어릴 때 무서워서 잠 못 들었던 그 울음소리였다. 성란은 먼지떨이로 얄밈을 훑쳤다. 놈은 야옹 하고 더 깊숙한 곳으로 기어들어갔다. 그녀는 식탁의자를 가져다 놓고 올라섰다. 먼지떨이를 거꾸로 바꿔 잡고 놈의 앞발을 때렸다. 놈은 앞발을 당겨서 배 밑에 숨겼다. 이번에는 평소에 얄밉게 생각했던 놈의 입을 때렸다. 처음에는 눈을 살살 감으면서 고개를 이리저리 돌려 피했다. 그녀는 그것이 더 얄미워 한 번 더 입을 때렸다. 놈이 야옹 하고 날카로운 소리를 내며 입을 쫙 벌렸다. 그와 동시에 두 눈을 똑바로 뜨고 쳐다봤다. 기분이 야릇했다. 그녀는 이것 봐라 싶어 먼지떨이를 바로잡고 얄밈을 간지럽히기 시작했다. 놈은 머리를 푹 숙여 몸을 최대한 둥글게 말았다. 대들지도 못하고 구석에 콕 박혀서 상대의 공격을 견뎌내고 있는 모습이 누굴 꼭 닮았다. 성란은 재밌는 놀이를 발견한 아이같이 해코지를 하며, 놈이 포위망을 벗어나기를 은근히 기대하면서 더 괴롭혔다. 놈이 눈동자를 굴렸다. 눈빛이 날카롭게 변했다 싶더니 눈 깜짝할 사이에 그녀의 얼굴을 할퀴고 소파 위로 날아갔다. 안경이 거실바닥에 떨어져 렌즈가 깨졌다. 그녀는 얼굴을 움켜잡았다. 손바닥에 피가 묻어서 미끈거렸다. 콧등과 왼쪽 뺨 위로 기다랗게 발톱자국이 났다. 그녀는 욕실로 뛰어들어가서 얼굴을 거울에 비쳤다.

여우를 품은 남자

승진은 경찰서로 연행됐다.

"어허, 이 사람 벌써 몇 번째야. 이거 안 되겠네. 감방 갔다 와야 정신 차리지. 박승진 씨, 불법인 줄 알면서 왜 자꾸 올라갑니까?"

"…"

"그것도 첨성대 바로 앞에서 영업을 하면서 말이야. 이 제는 변명도 안 하네. 술을 마신 것도 아니고. 요즘 젊은 사람들의 뇌구조를 이해할 수 없어. 문화재보호법 위반 하면 감옥 가는 거 알아요? 몰라요? 실형 맞으면 2년 이 상이오."

경찰관이 왜 첨성대에 올라갔는지 밝히라고 했다. 피의

자 조서를 작성하는 경찰관 앞에서 그는 자신의 행적을 지난번과 똑같이 되풀이했다. 두 시간 정도 경찰관의 신문이 끝나고 유치장에 갇혔다. 그는 여러 잡범들 속에 섞여 앉아 자신의 가슴을 툭툭 치며 천진하게 웃었다.

승진이 몽골에 온 지 반년이 지났다. 군 입대를 빌미 삼아 2학년을 끝내고 휴학을 했다. 그는 시체 닦는 아르바이트를 해서 번 돈으로 천체 망원경을 사고, 남은 돈으로 몽골로 왔다. 때마침 울란바토르에서 살고 있는 나싼토그스와 연락이 닿았다. 한국에서 돌아온 그는 한국의 중고차를 수입하는 회사에서 일했다. 승진은 그에게 고비사막에서 별을 관측하고 싶다고 했다. 그는 사막에서 유목생활을 하는 그의 부모님을 소개해줬다. 초원지대를 이동하면서 생활하는 그의 부모님을 따라 사막생활을 경험할 수 있도록 배려해준 것이다.

고비사막은 사막이라고 하여 모래로만 이루어지지 않았다. 초지가 푸른 바다처럼 펼쳐져 있는 곳도 있었다. 호수가 있는 곳은 마을과 캠프촌이 형성됐다. 사람들이 사는 곳은 어디나 다르지 않았다. 척박한 땅에서 살아남기 위해 다들 아등바등거렸다. 승진은 나싼토그스에게 부탁을 하여 SUV 중고차를 렌트했다. 잠잘 곳으로 사용하기도 하고 밤에 별을 관측하기 위해서였다.

승진은 낮에는 나싼토그스 가족의 일을 도우며 지냈다. 밤에 그가 불빛이 없는 사막 속으로 들어갈 때 나싼토그스의 여동생인 올리나가 길 안내를 했다. 그녀는 승진과 함께 사막 속으로 들어가는 것을 좋아했다. 오빠와 남동생은 대도시로 나가서 교육을 받는 반면 올리나는 부모님을 도와 집 안일을 했다. 외국에 대해 호기심이 많은 올리나는 한국에 대해 우호적이었고, 가보고 싶어 했다.

그들은 그녀 부모님의 눈치를 보면서 매일 밤 사막 속으로 들어갔다. 승진은 도시에서 관측하기 어려웠던 별자리를 관측하며 시간 가는 줄 몰랐다. 올리나는 승진이 선물한 MP3를 귀에 꽂고 노래를 들으며 그의 옆에서 발등에 기어오르는 도마뱀을 쫓았다. 그는 그녀에게 천체망원경 보는 방법을 가르쳐줬다. 그녀는 망원경을 통해 달의 표면을 보고 오히려 실망하는 표정을 지었다. 어릴 때 할머니가 들려주던 옛날이야기 속에 나오는 달이 더 좋다고 했다.

사막 위로 떨어지는 유성우는 환상적이었다. 유성우를 관측하기엔 새벽시간이 좋았다. 하늘에서 쏟아지는 유성우 쇼를 보기 위해 승진이 차에 실려 있던 돗자리와 침낭을 꺼내 바닥에 펼쳤다. 유성우는 누워서 보는 것이 좋다고 하며 올리나에게 그의 옆에 누우라고 했다. 그녀는 거절을 했다. 바위 위에 암팡지게 자리 잡고 앉은 암여우처럼 두 팔로 무릎을 감싸 안고 앉아서 새벽까지 버텼다. 그러다가 어느 날부터 둘은 유성우가 내리기를 기다리며 섹스를 했다. 사막에 사는 여우의 울음소리가 가까이서 들리는 밤이 많았다. 그는 그때마다 두려움에 떨며 올리나의 몸에 자신의 몸을 더욱 밀착시켰다. 머리 위에서 유성우가 쏟아지고, 모래언덕을 타고 내려오는 여우 울음소리가 가까워지면 그는 공포감에 몸서리를 치며 사정을 했다. 올리나를 안고 사막 속에 누워 있으면 햄버거 속의 패티 같은 기분이 들었다. 사막의 어둠이 걷히는 것을 지켜보노라면 하늘과 땅이 원래 하나이고 작은 틈새에서 인간이 굼실거리는 것 같았다.

사막에도 가을이 왔다. 초지를 따라 이동을 하던 나싼토크스의 가족은 겨울을 나기 위해 마을 근처에 정착을 했다. 승진의 군입대 날짜도 가까워졌다. 그는 올리나와의 관계를 어떻게 할까 하고 고민했다. 그가 한국으로 돌아갈 준비를 할 무렵에 올리나에게 중매가 들어왔다. 몽골 사람들은 가을에 결혼을 많이 한다고 했다. 가을, 겨울은 이동을 거의 하지 않고 한곳에서 정착하기 때문이란다. 중매쟁이가 다녀간 날 밤에 올리나가 승진에게 사막 속으로 가자고 했다. 사막은 벌써 겨울풍경으로 바뀌고 있었다. 그들은 추위를 핑계 삼아 차에서 내리지 않았다. 라디오 음악프로그램의 디스크자키가 때마침 사랑하는 연인들에 대한 멘트를 이어갔다. 그녀가 울먹였다. 그는 위로할 말을 찾지 못했다. 울음을 그친 그녀가 결심을 한 듯 또박또박 말했다.

"한국에 가고 싶어요. 데리고 갈 수 있어요? 그곳에 가서 돈도 벌고 공부도 하고 승진 씨랑 같이 있고 싶어요. 승진 씨, 대답해 보세요. 왜 대답이 없어요. 우리는 동심결로 묶여있다고 생각했는데…"

그는 난처했다. 한국으로 돌아가면 군입대가 기다리고 있어 어떤 약속도 섣불리 할 처지가 못 됐다. 그는 그녀의 물음에 답변 대신 키스를 했다. 올리나가 승진을 밀어냈다. 그녀가 목덜미를 빳빳하게 세웠다. 여우처럼 오목하게 들어간 눈을 똑바로 뜨고 승진을 오랫동안 응시했다. 그는 그녀의 눈길을 피해 창밖으로 시선을 돌렸다. 이번에는 올리나가 승진의 얼굴을 그녀 쪽으로 돌려놓고 긴 키스를 했다.

올리나가 결혼할 남자는 다른 마을에 살았다. 그녀의 결혼 이야기로 집 안이 떠들썩했다. 중매쟁이가 다녀간 후 며칠이 지났다. 남자의 아버지가 푸른색 하닥(비단 수건)을 선물로 가져왔다. 여자 쪽에서 선물을 받으면 본격적인 결혼준비로 들어간다는 거다. 올리나의 의사와 상관없이 결혼절차가 진행됐다. 그녀의 얼굴에서 웃음이 사라졌다. 남자가 신혼살림을 차릴 새 게르를 다 세우면 두 사람은 곧바로 동거에 들어가기로 양가에서 합의를 본 모양이다. 몽골의 결혼식은 비용이 많이 들었다. 그렇기 때문에 결혼식을 하지 않고 이삼 년 동거생활을 한 다음 결혼식을 올리는 사람들이 많았다. 그들이 살 게르를 그녀의 부모님 게르 근처에 칠 준비를 했다. 올리나의 어머니는 승진이 떠나기를 바랐다. 승진도 게르가 완성되기 전에 떠나고 싶었지만 나싼토그스가 붙잡았다. 그녀의 신혼

살림을 축하하는 가족들만의 잔치에 참석해 달라고 몇 번이나 말했다. 결혼 준비가 시작되자 올리나는 의식적으로 승진을 피했다. 승진은 그녀에게 줄 선물을 준비했다. 그는 게르 만드는 일을 도우면서 올리나와 한 번 더 만날 기회를 찾았다.

게르 만들기가 끝나고 다음 날 올리나가 새 게르로 이사하는 것을 축하하기 위해 가족들이 모두 모였다. 그날 밤 모든 사람들이 잠든 한밤중에 승진과 올리나는 사막 깊숙이 들어갔다. 두 사람은 달리는 차 안에서 말이 없었다. 라디오에서 몽골노래가 흘러나왔다. 그는 올리나에게 배운 몽골노래가 나오자 따라서 흥얼거렸다. 그가 분위기를 바꿔보려고 노래를 부르고 농담도 했지만 그녀는 앞만 바라봤다. 푸른 풀과 색색의 꽃들로 가득했던 초원에 메마른 가을바람이 어둠 속에서 말몰이 채찍소리같이 울었다. 두 사람은 그들이 함께할 수 있는 마지막 시간이라는 것을 알았다. 승진은 출발할 때의 생각과 달리 그들이 처음 사랑을 나누었던 곳으로 차의 방향을 바꾸었다. 그녀도 얼굴을 찡그렸지만 집으로 돌아가자고 하진 않았다. 목적지로 가는 길에 어워(한국의 성황당)에 들렀다. 올리나가 시계방향으로 돌며 소원을 빌었다. 주근깨가 도드라져 보일 정도로 얼굴피부가 점점 빨개졌다. 상기된 뺨 위로 눈물이 흘러내렸다. 승진은 한 발 떨어져 서서 그녀를 지켜봤다. 무슨 말을 해야 할지 선뜻 떠오르는 말이 없었다. 그도 갈피를 잡지 못했다. 그녀가 세 바퀴째 돌았을 때 승진은 불쑥 그녀에게 한국으로 같이 가자고 말했다.

"여우야, 한국 갈까? 같이 가고 싶어. 지금이라도 너네 집 앞에 말몰이 장대를 세우면 안 될까?"

말몰이 장대를 세우는 것은 몽골의 전통적인 결혼풍습 중 하나이다. 남자가 결혼하고 싶은 여자의 게르 문 앞에 말몰이 장대를 세우고, 여자 쪽에서 그 남자가 마음에 들면, 여자는 남자를 따라 사막 속으로 들어가 그곳에 말몰이 장대를 세워놓고 사랑을 나눈다는 것이다.

그녀는 대답 대신에 승진의 품속으로 무너져 들어왔다.

"같이 떠나자. 우린 헤어질 수 없잖아?"

"안 돼."

그녀는 울먹이고 있었지만 목소리는 단호했다. 올리나가 자신의 심정을 속사포처럼 쏟아냈다. 승진은 그녀의 빠른 몽골어를 다 알아들을 수 없었다. 그도 화가 났다. 하지만 별 뾰족한 수가 없었다. 지난여름에 그가 나싼토그스에게 몽골의 결혼제도에 대해 물었을 때다.

"몽골사람들도 국제결혼을 많이 하니?"

"옛날에 비해 요즘 많이 하긴 해. 그렇지만 몽골사람이 외국인과 결혼을 하면 국적을 포기해야 해. 일종의 반역에 대한 추방으로 볼 수 있지. 부모들은 좋아하지 않아. 왜?"

"아니, 좀…"

나싼토그스가 의심의 눈초리로 왜냐고 물었다. 승진은 그의 눈길이 예사롭지 않아 그때 얼버무리고 말았던 것이 후회가 됐다.

승진과 올리나의 여행은 하룻밤 안에 돌아올 수 없는 거리였다. 밤새도록 사막을 달렸다. 봄, 여름을 지나온 길을 되짚어 돌아왔다는 생각에 승진의 마음이 울컥했다. 한국에서는 같은 자리에서 사계절을 맞이하고 떠나보내는데 이곳에서는 봄부터 가을까지 계절과 함께 이동했다. 봄을 시작했던 곳에 되돌아 와보니 타임머신을 타고 시간여행을 하여 고향별에 돌아온 것 같았다.

사막의 봄은 짧았지만 승진에게는 달콤했던 계절이었

다. 맑고 감미로운 봄밤의 공기가 모래언덕을 감싸고 흘렀다. 밤하늘 별들이 시냇가의 자갈처럼 깔려있어 그가 알고 있는 별자리에 대한 배경지식이 아무 쓸모가 없을 지경이었다. 밤공기를 가르는 여우의 울음소리에 온몸이 마비될 정도로 무서웠다. 하지만 신화의 시간, 원시의 공간 속에 들어온 것 같아 신성함이 느껴졌다. 승진이 공포감에 짓눌려 긴장을 하면 올리나는 재미있다는 듯 여우 울음소리를 흉내 내며 놀렸다. 그녀는 어렸을 때부터 여우 이야기를 들으면서 자랐다고 했다.

사막에 살고 있는 여우는 가축을 훔쳐 가는 도둑들이기도 하지만, 사람들하고 친하게 지내는 이웃이기도 했다. 유목민들은 여우를 함부로 죽이지 않았다. 여우가 가축을 물어가도 위협만 하는 정도에서 여우를 쫓아버렸다. 왜냐하면 여우들은 공격을 받으면 물러갔다가 반드시 그곳으로 되돌아와 복수를 하기 때문이라고 했다. 그래서 유목민들은 예부터 여우를 신성시한다고 했다.

올리나와 첫 키스를 했을 때다. 두 사람이 앉은 위치 때문에 승진이 내려다보며 입술을 내밀자 그녀는 올려다보며 입술을 위로 내밀었다. 그가 입술에 힘을 주어 그녀의 입술을 위로 빨아올리자 그녀의 목에 힘이 들어갔다. 검은 머리칼이 밑으로 처지면서 매끈하게 뻗어 오르는 목선이 여우의 목선처럼 날렵했다. 그는 그것이 재밌어 얼굴을 더 위로 들어 올렸다. 그러자 여우가 먹잇감을 놓치지 않으려고 온 힘을 다해 달라붙듯이 그녀는 그의 입술을 놓치지 않으려고 더더욱 힘을 주어 목을 바짝 치켜세웠다. 그녀의 자세가 밤하늘을 향해 포효하는 암여우같았다. 승진은 여우의 입술을 더듬는 듯한 기분이 들었다. 그는 올리나를 여우라고 불렀다.

그는 밤마다 올리나와 별을 관찰하며 생텍쥐페리가 쓴 『어린 왕자』에 나오는 어린 왕자가 되어갔다. 그녀는 승진이 기타를 치며 노래하는 것을 좋아했다. 그가 부르는 노래에 울기도 잘하고 웃기도 잘했다. 그녀가 배우고 싶어 하는 한국 아이돌 가수의 노래도 가르쳐줬다. 영리한 그녀는 곧잘 따라 했다.

길이라 할 수 없는 사막 길을 밤새 달려온 그들은 거북같이 생긴 바위 두 개가 마주 보고 있는 틈 사이에 모닥불을 피웠다. 해가 뜨려면 아직 멀었다. 별빛밖에 없는 사막이 괴괴했다. 멀리서 여우 떼의 울음소리가 들렸다. 광활

한 우주 속에 떨어진 겨자씨 같은 존재감이 느껴졌다. 승진은 차에 실려 있던 컵라면과 육포와 보드카를 가져왔다. 컵라면에 모닥불로 끓인 물을 부었다. 라면 스프냄새가 바람을 타고 퍼져나갔다. 한껏 식욕을 자극했다. 간단한 요기를 끝낸 그들은 지나간 봄날의 추억을 얘기했다. 승진은 그의 어깨에 기대어 타오르는 불꽃을 바라보고 있는 올리나의 긴 머리카락 속으로 팔을 집어넣어 그녀의 목덜미를 만지작거렸다. 어깨에서 목으로 올라가는 부위의 근육이 단단했다. 그는 목덜미에 자국이 남을 정도로 강렬하게 키스를 했다.

MP3 플레이어에서 끊임없이 웅얼거리는 토올이 흘러나왔다. 초원에서 말이 달릴 때 딸각딸각 거리는 말발굽 소리와 비슷한 템포이다. 토올치의 거칠고 음울한 목소리가 주변의 공기까지 지배했다. 그들은 육포를 안주삼아 보드카를 마셨다. 올리나가 춤을 췄다. 몽골의 무당이 추는 춤이라 했다. 세속에서 병든 인간의 영혼을 치유하는 춤이란다. 승진은 그녀가 이끄는 대로 그녀의 춤 속으로 휘말려 들어갔다. 차가운 밤공기 속에서 무아지경 상태로 빠져드는 올리나의 몸에 땀이 흘렀다. 그는 뱀 피부처럼 미끈거리는 올리나를 안고 그녀의 몸속으로 빨려 들어갔다. 그들은 토올치의 웅얼거리는 토올에 맞추어 한 덩어리가 된 뱀처럼 꿈틀거렸다. 격렬하게 서로를 탐닉하는 두 사람의 영혼이 하나로 합체되는 희열의 순간이었다.

불빛을 보고 사막의 여우들이 접근해왔다. 올리나가 먼저 눈치를 채고 여우를 향해 불이 붙은 나뭇가지를 들고 엄호하는 가운데 승진이 차에 시동을 걸었다. 미처 차에 오르지 못한 올리나가 여우들에게 둘러싸였다. 승진은 경적을 울려서 여우를 쫓으려고 했다. 하지만 여우들이 꼼짝도 하지 않았다. 올리나가 들고 흔드는 나뭇가지의 불빛이 어둠 속에 빛을 뿌렸다. 그 불빛에 목에 칼이 꽂힌 채 자동차보닛 위에서 피를 흘리는 양 한 마리가 보였다. 양의 목에서 쏟아지는 피를 보는 순간 그의 몸이 굳어버렸다. 그녀가 들고 있는 나뭇가지의 불덩어리가 떨어져 별똥별처럼 날아갔다. 겨우 정신을 차린 승진이 차를 움직여 여우들에게로 다가가려 하자 올리나가 차 앞을 막아섰다. 여우들을 위협하지 말라고 했다. 여우들을 다치게 해서는 안 된다는 거다. 그때 여우 한 마리가 바위 위에서 뛰어내리며 올리나를 덮쳤다. 그녀의 어깨를 물어뜯었다.

여우가 올리나를 물어뜯는 것을 보고 승진은 눈을 감았다. 핸들 위에 처박고 있던 고개를 들었을 때 붉은 피가 그녀의 몸통을 타고 내려와 바닥으로 뚝뚝 떨어졌다. 승진은 선뜻 밖으로 나설 수 없었다. 차창 밖에서 올리나와 여우가 다시 뒤엉켰다. 그녀의 몸통 여기저기에서 피가 흘렀다. 승진이 올리나에게 물러서라고 소리쳤다.

"올리나, 빨리 옆으로 달아나. 차로 밀어버릴 꺼야!"

"안 돼. 여우를 죽이지 마! 차 안에서 나오지 말고 기다려. 이것만 던져주면 애들도 물러갈 거야."

그녀가 죽은 양을 여우들 쪽으로 던지며 말했다.

"죽으려고 그래! 저들은 너를 죽일 거야! 빨리 비켜 서! 그따위 바보 같은 소리 집어 쳐."

"안 돼! 죽이면 안 돼!"

올리나가 한눈을 파는 사이에 여우가 그녀의 목덜미에 들러붙었다.

"안 돼!"

승진은 외마디 소리와 함께 액셀러레이터를 힘껏 밟았다. 차가 덜커덩거리며 여우들을 향해 돌진했다. 올리나의 목덜미를 물어뜯던 여우가 고개를 획 돌리고 노려봤다. 주둥이에 올리나의 피가 묻어있었다. 여우가 차로 뛰어들었다. 헤드라이트의 불빛을 향해 정면으로 뛰어들던 여우가 팅겨 나가면서 바위에 머리를 부딪쳤는지 머리에서 피가 흘러나왔다. 승진은 차를 몰고 경적을 울리며 거북바위 주위를 돌았다. 그때 거북바위 뒤편에서 말을 탄 남자가 어둠 속으로 사라졌다. 승진은 헛것을 봤다고 생각했다. 여우들이 바위 꼭대기로 피했다. 바위에 부딪혀 버둥거리던 여우가 더 이상 움직이질 않았다. 여우들이 바위에서 뛰어내리더니 일정한 거리를 두고 물러났다. 승진은 차를 멈추지 않고 계속 여우들을 따라가며 경적을 울렸다. 여우들은 더는 공격성을 보이지 않았다. 그러나 단번에 물러나지 않고 조금 가다 뒤돌아서서 한참 동안 지켜보다가 사막 속으로 사라졌다.

승진은 재빨리 올리나를 차 안으로 끌어들였다. 누더기처럼 너덜너덜해진 두꺼운 양가죽 겉옷 사이로 살점이 떨어져 나간 곳이 여럿 보였다. 시체처럼 축 늘어진 그녀의 목덜미에서 계속 피가 솟구쳤다. 속옷을 찢어 지혈을 해도 소용이 없었다. 피투성이가 된 그녀를 싣고 오전 내내 도시를 향해 달렸다.

"올리나 죽으면 안 돼. 제발 죽지 마. 우리 영혼은 동심결로 묶여있다고 했잖아. 네가 그랬잖아. 내말 안 들려. 내말 들리면 눈뜨고 웃어봐. 너의 여우 같은 웃음소리가 난 좋았어. 아니야. 여우는 싫어. 네가 죽으면 난 이제부터 너네가 그렇게 사랑하던 사막의 여우들을 모두 죽여 버릴 거야. 총을 구해 와서 모조리 쏴 버릴 거야. 어떻게 서로 사랑하는 사이에 이렇게 잔인하게 물어뜯을 수가 있어. 너네 조상들은 대대로 여우들을 보호하고 사랑했다며. 이건 말도 안 돼."

올리나를 병원에 입원부터 시켜놓고 그녀의 부모님에게 알렸다. 병원으로 달려온 그녀의 아버지는 딸의 병실로 들어가기 전에 여우를 죽였는지부터 물었다. 승진은 못 알아듣는 척하며 대충 얼버무렸다. 그는 여우의 죽음에 대해 깡그리 잊고 있었다. 오히려 여우의 생사여부에 관심을 보이는 그녀의 아버지가 이상했다. 그가 당황하는 표정을 짓자 올리나의 아버지는 더 이상 캐묻진 않았다. 하지만 그녀 아버지의 눈빛엔 두려움이 담겨있었다.

올리나는 과다출혈로 끝내 살아나지 못했다. 다른 곳은 옷이 방패 역할을 했는데 목덜미에 물린 것이 치명적이었다. 나싼토그스와 그의 어머니가 올리나의 죽음을 놓고 다투었다.

"넌, 우리 올리나가 불쌍하지도 않니? 외국 놈을 왜 데려왔니? 그놈만 아니었어도 이런 변을 당하지 않았을 텐데. 난 그놈을 죽여 여우들에게 던져주고 싶었다."

"제가 그놈을 데리고 온 건 이용가치가 있기 때문이었어요. 올리나는 그놈 때문에 죽은 것이 아니어요. 여우들을 미처 피하지 못했을 뿐이어요. 결혼을 서두른 어머니에게도 잘못이 있어요. 울지 마세요. 올리나가 외국 놈을 사랑했기 때문에 죽었다는 소문이 퍼져나가는 거 두렵지 않으세요? 집 안의 명예를 더럽히는 것보다는 차라리 죽음을 선택한 것이 나은지도…"

"결혼을 서두른 건 그 외국 놈에게 우리 올리나를 빼앗길까 봐 그랬단다. 그놈만 없었다면 행복하게 잘 살 아이였는데. 지금이라도 저놈을 죽이고 싶구나."

"저도 죽이고 싶었어요. 어머니, 올리나의 죽음을 복수하기 위해 저놈을 돈벌이에 끝까지 이용해야 해요. 그때까진 살려 둡시다."

승진은 그들의 말을 우연히 엿듣고 몸이 떨렸다. 나싼

토그스는 한국인 바이어를 접대할 때 가끔씩 승진을 합석시키기도 했다. 그는 그런 자리에 나가는 것이 싫었지만 나싼토그스를 도와주기 위해 나갔던 것이다. 그는 말을 타고 사라진 남자의 뒷모습을 떠올렸다. 뇌리에 찍힌 바람보다 빨리 달리던 남자의 영상이 그제야 선명해졌다. 그는 나싼토그스를 볼 때마다 섬뜩했다. 승진은 바늘방석에 앉은 것 같았다. 두려움과 죄책감에 시달렸다. 하루라도 빨리 한국으로 돌아가고 싶었지만 올리나의 장례식엔 참석해야 할 것 같아 남아있었다. 그들은 넋을 잃고 있는 승진을 모른 척했다.

결혼할 남자 쪽에서 결혼준비에 들어간 비용을 배상하라는 전갈이 왔다. 그녀의 부모들은 남자 쪽에 돌려줄 비용마련을 위해 가축을 팔아야 했다. 승진도 돈을 보태려고 했지만 나싼토그스가 거절을 했다. 그는 승진의 제안에 자기 가족의 문제라고 간단히 잘라 말했다. 나싼토그스는 자기 돈으로 배상문제를 해결했다.

나싼토그스의 부모들은 올리나의 장례식을 조장鳥葬으로 하기를 원했다. 그러나 나싼토그스는 반대했다. 몽골의 신세대에게 전통적인 장례법은 돈이 많이 들고 불편하게 인식될 뿐이었다. 아들의 설득에 그의 부모들은 침묵만 지켰다. 나싼토그스가 중고차 매매 업무 때문에 울란바토르로 나간 다음 날이었다. 새벽녘에 그의 부모들이 게르를 철거했다. 올리나의 부모들은 딸의 시신을 수레에 싣고 어둠 속에 서둘러 마을을 떠났다. 승진은 차를 타고 그들의 행렬을 멀찍이 떨어져 따라갔다. 행렬은 반나절이 지나서야 높은 산 아래 멈춰 섰다. 올리나의 아버지는 딸의 시신이 실린 수레를 말에 연결했다. 그는 아내와 가축들을 남겨두고 혼자서 수레가 달린 말을 타고 떠났다. 그녀의 아버지는 말을 타고 골짜기 깊숙이 들어갔다. 길이 좁고 가팔라졌다. 승진은 큰 바위 뒤에 차를 세워두고 걸어서 그녀의 아버지를 따라갔다.

검은 새들이 하늘을 새까맣게 뒤덮고 있었다. 승진이 따라오는 것을 눈치챈 그녀의 아버지가 말을 멈추고 그를 기다렸다. 그를 말에 태우고 가면서 그녀의 아버지는 말이 없었다. 조장터는 고원지대에 있었다. 여기저기 뼈만 남은 시체에 새들이 들러붙어 있었다. 승진은 올리나를 이곳에 두고 가야 한다는 생각에 가슴이 찢어질 것 같았다. 그녀의 아버지는 마른 풀이 깔려있는 평퍼짐한 곳을 골라 수레에 실린 그녀의 시신을 떨어뜨렸다. 승진은 고개를 돌렸다. 새들이 그녀를 에워싸고 물어뜯을 것을 생각하니 진저리가 쳐졌다. 승진은 말 위에서 올리나의 아버지 품에 안겨 소리 내어 울면서 말했다.

"아버님, 올리나를 정말 많이 사랑했습니다. 이렇게 될 줄 알았으면 아버님께 정식으로 청혼 드렸어야 했는데. 이제야 후회됩니다. 올리나를 저렇게 두고 가면 새들이…"

그녀의 아버지가 무덤덤하게 말했다.

"돌아보지 말게. 내 딸은 하늘로 떠났네. 이제부터 자네도 올리나를 잊게. 죽은 사람을 오랫동안 생각하는 것은 좋지 않네."

조장터에서 내려와 승진은 올리나의 부모님과 헤어졌다. 그들은 새로 게르칠 곳을 찾아 가축을 몰고 떠났다. 승진은 도시로 돌아오면서 시체 닦는 아르바이트를 할 때 봤던 젊은 여자의 목덜미가 생각났다. 그 여자의 죽음이 자살인지 타살인지 아직도 궁금했다.

승진은 실용음악을 전공했지만 천문학동아리에서 활동했다. 동아리 활동을 하면서 고비사막으로 별자리 관측을 하러 가려고 계획을 세웠다. 그래서 천체 망원경을 사고 여행경비를 마련하기 위해 시급이 높은 아르바이트 자리를 찾았다. 그가 얻은 아르바이트 사리는 시체 닦는 일이었다. 근무시간이 야간이고 급여도 높았다.

그는 전문장례식장의 지하공간에서 일을 했다. 포르말린 냄새와 말로 표현하기 어려운 탁한 공기가 가득 차 있는 곳이었다. 그가 첫 출근을 한 날 역한 냄새와 작업대 위에 놓인 사체를 보고 화장실로 뛰어 들어가 구역질을 하자 김 노인이 소주를 권했다. 그는 김 노인이 권하는 대로 안주도 없이 소주를 병째 들고 마셨다. 몸속에 술이 돌자 무서움 때문에 오그라들던 손끝이 풀렸다. 호들갑을 떠는 승진과 달리 같이 아르바이트를 했던 몽골에서 유학을 온 나싼토그스는 술을 마시지 않고도 별 두려움 없이 시체를 잘 만졌다. 승진은 역한 냄새를 맡으면서 능숙하게 일을 하는 그를 보고 속으로 혀를 내둘렀다. 나중에 승진의 물음에 나싼토그스는 돈을 벌기 위해 참는 수밖에 없다고 했다.

하루는 김 노인이 소파에 누워 숨을 몰아쉬었다. 꼼짝할 수 없는 김 노인을 대신하여 나싼토그스가 일을 주도했다. 밖에는 눈이 내렸다. 며칠째 쏟아졌다. 김 노인이 눈에 미끄러져 허리를 삐끗했다는 거다. 그날 닦아야 할 사체는 세 구였다. 승진은 의식을 치르듯 소주를 마셨다. 소주를 들이켜자 구토가 날 것 같은 비위가 가라앉았다. 시신들의 모습은 각양각색이었다. 시신들이 살아온 이력이 보였다. 아마도 얼굴 근육 때문이 아닌가 싶다. 표정주름이 굵고 험악한 사람이 있는가 하면 죽어서도 온화한 웃음기를 머금고 있는 얼굴도 있었다. 시신들은 할머니, 중년의 남자, 20대 초반의 젊은 여자였다. 할머니 시신과 중년 남자 시신은 병사였다. 그런데 젊은 여자의 시신은 묘했다. 승진은 할머니와 중년 남자의 시신을 닦는 동안 묵묵히 일만 했다. 마지막 차례가 젊은 여자의 시신이었다. 승진은 선뜻 손을 대지 못했다. 시신의 주인이 옆에서 지켜보고 있는 것 같았다. 승진은 이상한 기분을 떨쳐버리기 위해 소주를 한 병 더 마셨다. 시신을 바로 눕혔다. 목덜미를 덮고 있던 긴 생머리가 작업대 쪽으로 흘러내렸다. 머리카락 사이로 보이는 창백한 목덜미의 피부에 목이 졸렸던 흔적이 문신처럼 생겨있었다. 여자의 표정으로 봐서는 자살인지 타살인지 알 수 없었다. 승진이 중얼거리듯 말했다.

"자살일까요?"

"…"

"타살일까요?"

"그건 본인만 알겠지."

김 노인의 대답은 거기까지였다. 승진도 더 이상 묻지
않았다. 몸통을 닦고 화장을 시작했다. 그는 이제까지 여
자들의 화장법에 대해 별 관심이 없었다. 시신 화장도 김
노인이 시키는 대로 했을 뿐이다. 그런데 화장을 하고 있
는 그의 옆에서 여자가 어떤 컬러의 아이섀도우를 칠하고,
입술은 어떤 색깔로, 볼터치는 어느 방향으로 하라고 시
키는 것 같이 자기가 봐도 신기할 정도로 세련되게 색깔
을 맞추어 나갔다. 김 노인이 일어나 앉아서 나싼토그스
와 승진의 손놀림을 지켜봤다. 김 노인은 작업방법을 설
명하면서 두 사람에게 말했다.

"나싼, 목덜미의 자국을 지우게. 보기에 흉하지 않게.
승진은 입술을 앵두색으로 칠하고. 화사한 것이 좋아. 빈
손으로 저승문 들어갈 텐데 얼굴이라도 예뻐야 보초병들
이 좋아하지 않겠나?"

승진의 귀에 김 노인의 말소리가 여자의 목소리로 바꾸어 들렸다.

"나중에 꿈에 나타나더라도 그로데스크하지 않았으면 해요."

승진이 핑크색으로 볼터치까지 끝내자 시신의 얼굴에 화사하게 생기가 돌았다.

"저승이 정말 있을까요?"

"많은 사람들이 있다고 하니까 있겠지."

"아직까지 저승에 갔다 온 사람을 만나본 적이 없어서요."

"나도 젊었을 때는 그렇게 생각했네. 눈에 보이는 것만 믿으려고 했지. 지금은 생각이 많이 바뀌었네. 저승은 꼭 있어야 된다고 생각하네. 그래야만 하수구속같이 더러운 이 세상이 그나마 유지될 수 있지 않겠나? 모든 것이 이승에서 끝나버린다면 선하게 살려는 사람이 몇이나 되겠어? 신을 믿든 안 믿든 다들 허랑방탕하게 살고 말지. 안 그런가?"

"그곳 사람들은 행복할까요?"

"그건 모르지. 내 생각으론 거울 속처럼 여기나 거기나 별다르지 않을 거라고 보네. 그래서 시신들에게 한껏 치장을 해주지. 저승 가서 천덕꾸러기 신세 되지 말라고. 그곳에선 좋은 자리 얻어 이곳에서 못 누린 것 누리라고. 자네는 왜 여기까지 돈 벌러 왔는가? 막장인데. 난 자살하기 싫어서 이곳으로 기어들어 왔네. 이일 오래 할 생각 말게. 죽은 사람들과 가까이해서 좋을 것 없네."

김 노인은 틀니 사이로 걸쭉한 침을 쩝쩝거리며 웅얼거렸다. 한국말을 다 알아듣지 못하는 나싼토그스는 무표정한 얼굴로 일만 했다.

허리를 다친 김 노인의 기력이 점점 쇠약해졌다. 하지만 마땅히 갈 데가 없었다. 김 노인은 사장의 눈치를 보며 힘들게 버티었다. 그러다가 겨울이 떠나가는 2월에 사체를 눕히는 테이블 위에서 그의 시신이 발견됐다. 며칠이 지났지만 가족들이 아무도 찾아오지 않았다. 결국 무연고 시신으로 처리됐다. 승진과 나싼토그스는 김 노인을 멋있는 노신사로 치장을 해줬다.

올리나의 장례를 치르고 나서 그녀의 아버지가 보드카를 병째 들고 마셨다. 그 모습에서 김 노인이 일을 시작하기 전에 늘 소주를 입에 털어 넣던 것이 생각났다.

몽골에서 돌아온 승진은 군복무를 마치고 복학을 하지 않았다. 더 이상 대학에서 공부하고 싶은 마음이 없었다. 그는 경주로 내려와 부모로부터 물려받은 집을 게르 형태로 실내를 개조하여 커피숍을 차렸다. 커피숍 자리가 반월성 옆에 있는 고분군 주변이었다.

커피숍 실내에 토올이 흘렀다. 그는 유리창을 통해 고분군 유적지를 내다봤다. 무덤 위에 반쯤 걸린 저녁 햇살이 첨성대를 감싸 안고 있었다. 11월의 차고 건조한 바람이 커피숍 앞 벚나무 이파리들을 휩쓸어갔다. 주근깨투성이인 진홍색 이파리 하나가 핑그르르 떨어졌다. 이파리를 따라가던 승진의 눈에 왕릉들이 들어왔다. 사막의 모래언덕 같았다. 그는 고비사막을 떠올렸다. 우주의 숨소리가 들리는 곳. 인간을 겨자씨쯤으로 만들어버리는 곳. 그는 첨성대를 막막한 눈길로 바라봤다. 첨성대가 사막의 여인 같았다. 올리나가 그리웠다.

승진은 마지막 손님을 보내고 커피숍의 셔터를 내렸다. 그는 천체 망원경을 들고 첨성대 쪽으로 걸어갔다. 초저녁에 잠시 뜬 초승달은 이미 지고 없었다. 첨성대 주변에는 완전히 인적이 끊긴 상태였다. 가로등 불빛만 희뿌

엽다. 그가 어둠 속에서 첨성대를 품에 안았다. 망원경을 등에 메고 첨성대의 몸통을 안고 거미처럼 한발씩 옮겨놓았다. 정상까지 다 올라간 그는 주위를 살폈다. 반월성 숲에서 뛰쳐나온 바람이 해자에 쌓인 낙엽들을 어워에 걸린 하닥처럼 말아 올렸다. 아이들이 버리고 간 반짝이 가오리연이 무덤꼭대기까지 바람에 끌려 올라와 요염하게 한판 춤사위를 벌였다.

불이 꺼진 시가지를 바라보니 잿빛 사막 속에 앉아 있는 듯했다. 낮 시간 동안 온갖 소음으로 정신을 어지럽히던 것들이 바람에 쫓겨 첨성대의 깊은 몸통 속으로 쓸려 들어갔다. 그는 올리나와 함께 사랑했던 별자리에 렌즈의 초점을 맞췄다. 신성한 적막의 시간. 그와 그의 가슴속에 옹크린 여우에게 축복의 순간이다.

유적지를 순찰하던 경찰관 두 명이 랜턴을 흔들며 또 다가왔다. 승진이 첨성대에 앉아 하늘을 우러러보고 있는 것을 발견하고 호루라기를 불었다. 그들의 호루라기 소리에 꿈쩍도 않는 승진을 본 그들은 119 사다리차를 부르고 첨성대 주위에 에어매트를 깔았다.

반복과 변주

사이키 조명이 돌아간다. 명희가 〈봄날은 간다〉를 부른다. 현호는 늙은 호박덩이 같은 배를 실룩거리며 혼자서 스텝을 밟는다. 동기회 본회의가 끝나고 노래방으로 옮겨온 동기들이 명희에게 노래를 청해 듣고 있는 중이다. 일부러 늦게 도착한 경석은 구석진 테이블에 앉아 노래하는 명희를 바라본다. 밤무대가수를 했다는 소문치고 노래가 많이 어설프다. 여기저기서 속닥거리는 소리가 들린다.

"쟤, 정신병원에서 나왔대."

"어머머, 정말! 웬일이래?"

정신병원이라는 단어가 경석의 귀에 꽂힌다. 경석은 다

른 사람에게 물어보고 싶어 주위를 둘러봤지만 늦게 나타
난 그에게 아무도 신경을 쓰지 않는다. 경석이 일어나 현
호에게 다가서자 옆에서 혜옥과 함께 춤을 추던 창식이
아는 체하며 그의 팔을 붙잡는다. 그제야 동기들의 눈길
이 쏠린다. 반가움보다는 궁금증이 담겨 있다. 동기회 총
무인 창식이 경석의 팔을 살짝 비틀면서 밖으로 나가자는
눈짓을 한다. 창식을 따라 나오면서도 경석은 여전히 현
호에게서 눈을 떼지 않는다. 휴게실로 나온 창식은 경석
에게 캔맥주를 권하며 늦은 인사를 한다.

"오랜만이야. 얼굴 좋네. 승진은 잘 돼?"

"응. 근데, 명희도 왔네."

여전히 노래방 출입구에서 눈을 떼지 않고 경석이 말
을 받는다.

"현호가 데리고 왔어."

"명희가 정신병원 갔다는 건 뭔 소리야? 왜?"

"경찰나으리께서 소식이 깡통이군. 몰랐어? 오래됐어.
지금은 많이 좋아져서 그곳에서 운영하는 요양원에서 지
낸다고 하더라. 이번에 고향에서 동기회 한다고 데리고
왔대. 치료에 도움이 될까 싶어서. 그런데 정상으로 돌아

오긴 글렀어. 다른 사람들과 눈을 똑바로 맞추지 못하는 걸. 아까운 인간 하나 똥 된 것 같아. 불쌍해. 알고 보면 현호도 대단한 놈이고. 명희 병원비를 그놈이 댄다고 하더라.”

경석은 현호가 명희의 병원비를 댄다는 대목에서 더 놀라며 다시 물었다.

“나만 몰랐나? 명희가 왜 정신병원에 갔대? 명희 가족은 어떻게 하고 현호가 병원비를 대냐?”

“나도 오늘 알았어. 명희 상태가 이상하다 싶어서 아이들이 궁금해하니까 한동네 살았던 혜옥이 얘기하더라. 병원 간지 오래됐다고. 명희가 어렸을 때 노래를 잘했잖아. 걔네 엄마가 백만불이 아니냐. 걔도 밤무대에서 노래를 했다고 하데. 현호는 그곳에서 기도를 섰고. 그래서 서로 알고 지냈던 거 같아. 자세한 내막은 모르겠는데, 그때 그 카바레 사장 놈에게 먹혔고. 딸 하나 놓고 버림받았다나. 딸아이는 걔 외할머니가 데려다 키웠고, 걔는 정신병원에 강제로 갇혔단다.”

경석은 머리를 한 대 얻어맞은 기분이다. 아버지가 세상을 떠난 후 어머니가 솔가하여 일찍 고향을 떠났다. 고향에 대해 특별한 애착이 없었던 그는 거의 고향에 오지 않았다. 요즘은 산소 벌초도 대행회사에 맡겨버린 상태라 더더욱 그랬다. 초등학교 동기회도 시골에서 살고 있는 고만고만하게 사는 그들만의 모임이라고 치부해버렸다. 그는 창식의 얘기를 듣는 순간 이건 아닌데 싶다. 창식이 캔맥주를 전혀 입에 대지 않고 손으로 통만 문지르고 있는 경석에게 단순히 동기회만 참석하려고 온 것은 아니지 하고 넌지시 묻는다. 그는 그제야 들고 있던 캔맥주를 쭉 들이켜고는 얼굴 표정을 바꾸면서 나이가 드니까 고향 친구들이 보고 싶었다고 둘러댄다. 창식이 그의 눈치를 보더니 자기가 들어가서 현호를 데리고 나오겠단다. 경석은 출입구를 계속 경계하면서 현호에 대해 다시 생각한다.

경석은 현호가 마약 소매꾼들을 관리하는 판매책이었다는 것은 자료를 통해 알았다. 대구에서 활동을 하다가 지금은 포항에 내려와서 사설 경호회사 간판을 걸어 놓고 활동하고 있다는 정보를 입수했다. 자료 파일에 들어있는 사진만 보고는 현호인 줄 몰랐다. 현호의 본적지가 그와 동향이라서 알아챘다. 몇 달 전부터 현호에 대해 수배령이 내려져 있었다. 하필이면 그의 관할지역에 제보가 들어와 그가 맡게 됐다. 그는 현호에 대해 정보를 수집하던 중 고향에서 동기회가 있다는 초등학교동기회 단톡방 게시글을 보고 혹시나 하는 마음을 가지고 왔다.

경석은 현호가 명희의 병원비를 대고 있다는 말에 일말의 호기심과 질투심이 돋는다. 생각할수록 강렬한 감정에 휘말린다. 자기는 그러한 사실을 왜 하나도 몰랐을까 하고 생각하니 다른 친구들이 야속하다. 다른 친구들이라고 해 봐야 나름대로 성공했다고 하는 동기들끼리 따로 골프 모임을 만들어 1년에 두 번씩 만나는 것이 전부다. 그 모임의 멤버들은 과거 이야기보다는 현재 이야기에 주로 관심을 가지는 편이다.

창식이 현호의 손을 잡고 현호는 명희의 팔짱을 끼고 밖으로 나온다. 현호가 경석을 쳐다보더니 한 발짝 물러선다. 명희도 경석을 보자 움찔한다. 경석은 현호에게 먼저 악수를 청한다. 현호도 특유의 웃음을 터트리며 손을 내민다. 명희의 시선이 불안하게 흔들린다. 목을 자라목처럼 움츠리며 현호의 등 뒤로 가 숨는다. 경석이 명희에게 손을 내밀면서 가벼운 어조로 농담을 한다. 창식으로부터 들은 말도 있고 해서 명희의 마음을 다독여주고 싶다. 명희는 선뜻 손을 내밀지 않는다. 오히려 밖으로 나와 있던 손을 옷 속으로 감춘다. 현호가 명희의 손을 당겨와서 경석의 손에 쥐여준다. 손에서 아무 힘도 느껴지지 않는다. 어린아이 손같이 작은 손이 싸늘하다. 경석은 명희의 손을 두 손으로 감싸 쥐며 말한다.

"오랜만이야. 예쁜 모습은 여전하네. 하나도 안 변했어. 잘 지냈지?"

명희는 현호만 쳐다보고는 말이 없다. 현호가 명희에게 경석을 새삼스럽게 소개를 하며 인사하라고 한다. 하긴 초등학교를 졸업하고 처음 봤으니까 낯가림을 할 만도 하다. 경석은 명희에게 어릴 때 뒷집에서 살았다고 이야기를 한다. 명희는 애매한 웃음만 입가에 살짝 짓는다. 왼쪽 볼에 깊이 파이는 보조개는 변함이 없다. 하지만 현호 뒤에 반쯤 숨긴 몸을 그대로 유지한 채다. 창식이 혀를 쯧쯧 찬다. 경석은 더 이상 명희에게 말을 시키지 못한다. 목이 자꾸 탄다. 창식이 들고 있던 캔맥주를 빼앗다시피 하여 들이킨다. 상황을 살피던 창식이 백사장으로 나가자고 한다.

백사장에는 피서객들로 북적거린다. 그들은 해수욕장

구간을 벗어나 포구에 묶어둔 창식의 배 위로 올라간다. 3년에 한 번씩 별신굿을 벌이던 방파제 주변은 해수욕장으로 개발이 되어 옛 모습을 거의 찾아볼 수 없다. 해안선을 따라 즐비한 펜션의 불빛이 휘황찬란하다. 바닷바람이 너무 거세 아무도 살지 않았던 종다리 끝도 펜션천지다. 예전 백만불의 기와집자리에 모스크 스타일의 모텔이 서 있다. 현호가 바람막이를 벗어 명희에게 입혀준다. 현호의 태도가 아기를 다루듯 한다. 창식이 커피믹스를 준비한다. 밤바다에 포말이 날린다. 바람 때문인 것 같다. 바람이 잠자는 검은 물결을 하얗게 일으켜 세운다. 배와 물과 바람의 삼중주가 기억의 샘을 흔든다. 그들은 두런두런 지나온 세월을 거슬러 오른다.

명희의 공책이 현호가 책상 위에 그어놓은 선을 넘었다. 현호가 공책을 들고 종이비행기를 날리듯 씨이용 소리를 내며 던졌다. 명희가 울상을 짓더니 공책이 떨어진 곳에 가서 말없이 주워왔다. 현호가 그것을 힐끗 바라봤다. 그러더니 이번에는 필통을 던졌다. 양철로 된 필통이 교실 벽에 부딪혀 떨어지면서 요란한 소리를 냈다. 샤프펜슬 한 자루와 손톱만 한 지우개가 아이들 책상 밑으로 굴러가 버렸다. 놀란 아이들의 눈이 모두 그들에게로 쏠렸다. 경석도 명희와 현호를 번갈아 돌아봤다. 명희는 다시 필통을 줍고 어디로 숨어버렸는지 모를 샤프펜슬과 지우개를 찾으려고 책상과 걸상 밑을 샅샅이 눈으로 훑었다. 현호의 눈에는 고소해 죽겠다는 빛으로 가득 찼다. 경석이 명희를 도와주려고 일어섰다. 현호와 경석의 눈이 마주쳤다. 현호가 명희를 도와주면 너도 괴롭히겠다는 표정을 지어 보였다. 경석은 주저앉았다. 현호보다 그의 아버지가 무서웠다. 불안감 반 호기심 반으로 지켜보던 아이들의 한숨소리가 들렸다. 종소리가 들리고 선생님이 들어왔다. 반장의 구령에 맞춰 인사를 했다. 선생님이 수학 쪽지시험을 보겠다고 했다. 명희의 얼굴이 빨갛게 달아올랐다. 선생님이 나누어준 문제지를 아이들은 열심히 풀어나갔다. 사각거리는 친구들의 연필소리가 명희에게는 바퀴벌레가 심장을 갉아 먹는 소리 같았다. 시험이 끝나자 짝하고 문제지를 맞바꾸어 채점을 했다. 점수가 낮은 아이들은 남아서 청소를 하고, 나머지 공부도 했다. 선생님은 평소 공부를 잘하는 명희가 남은 것을 보고 눈살을 찌푸렸으나 별다른 말이 없었다. 나머지 공부를 끝내고 혼자서 하교를 하는 명희에게 운동장에서 공을 차던 현호가 나가와서 놀렸다.

"바보래요. 바보래요. 빵점 받아서 나머지 공부했대요. 헤헤헷."

명희는 아무 대꾸도 하지 않고 풀이 죽은 모습으로 자기 그림자만 바라보며 걸었다. 그때 학교 도서관에서 수학 경시 대회를 준비하던 경석도 명희의 뒤를 따라왔다. 현호가 명희를 계속 놀리자 경석이 그에게 다가갔다.

"그만 놀려. 자꾸 놀리면 축구공처럼 대가릴 차 버릴 거다."

"거지발싸개 같은 새끼야, 어디 한번 차봐라. 니네 아빠처럼 수갑 차게 해 줄까?"

현호의 말에 경석이 우물쭈물하는 사이에 명희가 달렸다. 경석도 현호를 내버려 두고 명희를 따라 달렸다. 현호가 욕을 하면서 길가의 돌멩이를 걷어찼다. 그와 동시에 현호의 입에서 '아얏'하는 소리가 터져 나왔다.

종다리 끝까지 온 명희는 기와집을 받쳤던 주춧돌에 걸터앉았다. 발등을 덮는 토끼풀꽃을 한 움큼 꺾어 쥐고 일어났다. 꽃묶음을 마이크처럼 들고 노래를 했다. 무대 위의 가수처럼 혼신의 힘을 다해 불렀다. 숨을 죽이고 듣던 바다도 철썩 소리를 내며 박수를 쳤다. 명희는 눈물이 나오려고 할 때마다 용궁에 살고 있는 어머니가 들을 거라 생각하며 이곳에 와서 노래를 불렀다. 깊은 바닷속 용궁까지 들리라고 젖 먹던 힘까지 다했다. 경석은 명희 곁으로 다가가고 싶었지만 방해하면 안 될 것 같아 언덕 밑에 숨어서 숨을 죽이고 노래를 들었다. 붉게 타오르던 저녁놀이 바다에 가라앉았다. 명희는 노래를 부르다가 지쳤는지 바다를 향해 꼼짝하지 않고 앉아있었다. 경석은 먼발치에서 좀 더 지켜보다가 그녀에게 다가갔다.

경석은 명희가 앉아있는 주춧돌 옆 풀밭에 털썩 주저앉았다. 주머니 속에서 샤프펜슬을 꺼냈다.

"이명희, 이거 잃어버린 거 맞지? 아까 책걸상 뒤로 밀 때 주운 거야."

경석이 내미는 것이 명희의 샤프펜슬이었다. 명희는 얼른 경석의 손바닥 위에 있는 샤프펜슬을 잡았다. 어머니가 사준 마지막 학용품이었다. 지우개가 없어 서운했지만 속으로 가슴을 쓸어내렸다. 명희는 고맙다는 말을 하고 싶었지만 울음이 터질 것 같아 샤프펜슬만 만지작거렸다. 경석이 네잎클로버를 찾아 명희에게 주면서 말했다.

"너네 엄마 보고 싶어 노래 불렀니?"

"응, 우리 엄마 용궁에서 내 노래 들으실 거야. 할머니가 그랬어. 바다에서 죽은 사람들은 용궁으로 간다고."

"맞아. 우리 아버지도 그러셨어. 너네 엄만 노래를 잘 불러서 용왕님이 데려갔을 거라고."

"난 무당도 안 할 거고, 술장사도 안 할 거야."

"가수 돼라."

명희와 경석은 파도가 마른 모래밭을 촉촉이 적시고 있는 물가로 내려왔다. 경석은 명희에게 물수제비 뜨는 방법을 가르쳐줬다. 납작한 조약돌이 물 위에서 점프를 하며 달리자 명희가 깔깔거리며 웃었다. 경석은 명희의 웃음소리를 들으며 신이 나서 물수제비를 떴다.

어스름이 깔리기 시작했다. 둘이서 골목길을 걸어오는데 현호 아버지가 명희를 불렀다. 경석은 현호 아버지를 보고 질겁하며 남의 집 담벼락 아래 재빨리 숨었다. 현호 아버지가 명희에게 무슨 말을 하는지 잘 들리지 않았다. 몇 마디 말을 하더니 손으로 명희의 머리를 쓰다듬어주고는 성큼성큼 자기 집 쪽으로 걸어가 버렸다. 경석은 현호 아버지가 완전히 보이지 않을 때까지 기다렸다가 명희가 있는 곳으로 나왔다.

명희 외할머니가 대문 앞에 서서 사라지는 현호 아버지의 뒷모습을 지켜봤다. 경석은 자기 집 쪽으로 쌩 달려가면서 점프를 하여 돌담 너머로 명희가 방으로 들어가는 것을 확인했다.

경석의 집에서 어머니의 잔소리가 대문 밖으로 튀어나왔다. 하루라도 바가지를 긁지 않으면 입안에 바늘이 돋는지. 아버지는 무표정하게 마당 구석에 앉아서 어망을 손질했다. 아버지의 손길이 부들거렸다. 그물을 깁는 바늘이 어망의 코 사이를 정확하게 들락거리지 못했다. 또 술을 마신 모양이다. 경석은 조마조마했다. 언제 터질지 몰랐다. 풍선에 바람을 불어 넣듯 어머니는 계속 펌프질을 해댔다. 경석은 책가방을 일부러 소리가 나게 내던졌다. 어머니의 목소리가 잠시 멈추는가 싶더니 곧바로 다시 시작됐다. 끊임없이 바윗돌을 때리는 파도같이 별 소득도 없이 늘 똑같은 내용의 반복이다.

"입에 풀칠도 힘든데 맨날 퍼마시고 거릿귀신 맨치로

다니제. 내가 못 살아. 자고 나면 농협돈은 새끼를 치는
데. 저 노무 인간, 그만 물귀신에 잡혀가뿌라라."

아버지 쪽에서는 아무 기척이 없다. 지금쯤 쌍욕을 퍼
붓든가 부엌으로 연장이라도 날아가야 할 판인데 조용했
다. 경석의 가슴이 점점 부풀어 올랐다. 이러다가 셋 중에
경석이 제일 먼저 터질 것 같았다. 경석은 마음을 가라앉
힐 요량으로 변소에 갔다. 있는 힘을 다해 오줌을 갈겼다.
시원하게 뻗어 나가는 오줌 줄기를 보자 마음이 후련해졌
다. 바지춤을 올리며 변소에서 돌아 나오는데 아버지의
욕설이 들렸다. 아니나 다를까 역시 터졌다. 아버지 쪽의
반응이 다른 날보다 조금 늦었을 뿐이다.

"니, 죽을래. 그만 해라이. 여편네가 뭘 안다고."

하는 말과 함께 그물을 손질할 때 사용하는 손칼을 부
엌을 향해 던졌다. 다행히 칼이 부엌 안까지는 못 들어가
고 봉당에 제비가 날다가 곤두박질치듯 털썩 떨어지면서
날카로운 소리를 냈다. 그와 동시에 어머니의 악다구니도
끝이 났다. 경석은 가슴을 쓸어내렸다.

명희네 집 안방에도 저녁상이 차려졌다. 명희는 외할
머니 얼굴을 외면하고 입안으로 밥만 퍼 넣었다. 학교에

서 나머지 공부를 하고 왔다는 말은 아예 입 밖에도 내지 않았다. 외할머니는 명희 앞으로 이것저것 반찬을 골라서 밀어놓았다. 숨소리도 내지 않는 명희가 외할머니는 안쓰러웠다. 계란수란이라도 해 주고 싶은데 못했다. 학급비가 밀렸다고 담임선생의 연락이 왔다. 돈을 마련하려고 그동안 하나둘 모아둔 계란을 때마침 오일장이라 읍내에 모두 내다 팔았다. 백만불이 술집을 하다 죽은 후 동네 사람들의 재수굿 부탁도 뜸하고, 뒤를 봐주던 화랭이가 죽은 다음부터 별신굿판에도 불러주지 않았다.

명희 어머니 별명이 백만불이다. 도시에서 살다가 몇 년 전에 시골로 내려왔다. 그녀는 좁다리 끝에 아담하게 기와집을 지어 놓고 술장사를 했다. 그곳은 지형이 바다 쪽으로 삐죽이 내밀고 있어 바닷바람이 거셌다. 사람은 아무도 집을 짓지 않고 괭이갈매기 집만 있는 곳이었다. 백만불은 시골에서 보기 드물 정도로 예뻤다. 어릴 때 굿판에서 꽃타령을 부르면 굿청의 손님들이 앞다투어 머리를 장식한 하얀 모란꽃 머리띠에 돈을 꽂아줬다. 한동안 굿판에서 보이지 않던 그녀가 기가 센 터에서 술장사를 시작하자 마을의 큰 관심거리가 됐다. 어른들의 말을 엿들어보면 백만불이 하고 술을 마시려면 돈이 백만 원은 있어야 한다고 했다.

　용왕이 술산치에 불넜는지, 백만불이 기와집을 짓고 두 해를 넘기지 못하고 태풍이 좋다리 끝을 강타했다. 그 바람에 기와집이 태산같이 몰려오는 파도에 휩쓸려버렸다. 파도에 금고가 떠내려갔다. 백만불이 그것을 건지려고 바다에 뛰어들었다. 파도가 투망을 들고 돌진하는 병사들같이 달려들었다. 파도에 끌려가던 백만불이 간신히 바윗돌에 따개비 같이 붙었다. 파도가 한 번씩 휘몰아 덮칠 때마다 방파제에 서있는 사람들이 탄식을 했다. 하지만 아무도 선뜻 나서서 배를 띄우려고 하지 않았다. 현호의 아버지가 동네 사람들을 재촉했다. 경석이네 배를 타고 현호아버지와 경석이 아버지가 구하러 나갔다. 남편들이 배를 타고 나가자 경석의 어머니는 욕을 퍼붓고, 현호의 어머니는 그 자리에 쓰러졌다. 구하러 간 배는 바위에 접근해보지도 못하고 빈손으로 돌아왔다. 끝내 백만불의 시신은 찾지 못했다. 그때 경석이네도 피해를 많이 봤다. 미역양식장이 태풍에 떠내려가 버렸다. 나라에서 보상금으로 정부미 몇 포대가 나왔지만 농협대출금에 시달리던 경석의 아버지는 화병이 나서 술만 마시다 알코올중독에 간경화로 죽었다.

　명희의 얼굴이 많이 상한 것 같다. 정신병원 요양원에 있다는 말 때문에 더 그렇게 보이는지 모른다. 간간이 현호를 보고 웃을 때는 그나마 어렸을 때의 모습이 조금 남아 있긴 하다. 경석은 현호 옆에 꼭 붙어 앉아있는 명희를 보며 두 사람의 모습이 오누이 같다는 생각이 든다.

　"오늘 밤 옛날의 삼각관계가 재건되는 거야? 미인을 얻으려고 결투를 벌이는 황야의 무법자들. 어이 한잔 부딪치자. 짠."

　창식이 어느새 안줏거리를 장만했는지 홍게를 넣고 라면을 끓여 내오면서 우스갯소리를 한다. 경석은 소주잔을 들고 현호의 잔에 부딪히면서 언제쯤 본론으로 들어갈까 하고 고민한다. 오늘 수갑을 채우지 않으면 다시 오기 어려운 기회다. 승진 시험도 얼마 남지 않았는데. 물 들어왔을 때 노 저어야 한다. 지금 자기 앞에 앉은 사람이 친구가 아닌 형사라는 것을 현호는 알고 있을까? 알면서도 명희를 방패 삼아 너스레를 떨고 있는 걸까? 경석은 그의 계획이 틀어질까 봐 바짝 신경을 쓴다. 창식은 두 사람의 눈치를 보며 경석에게 자꾸 술을 권한다. 하지만 경석은 술잔을 들었다 놓았다만 할 뿐이다. 그는 자신의 경계심을 무너뜨리지 않기 위해 어렸을 때 현호 아버지가 자기 아버지에게 수갑을 채우던 장면을 떠올린다.

백사장에 사람들이 몰려들었다. 싸리나무발 위에 널어놓은 미역들이 난장판으로 짓뭉개졌다. 그 사이에서 두 남자의 난투극이 벌어졌다. 처음에는 단옷날 소 한 마리를 상품으로 걸어놓고 하는 씨름판 같았다. 상대편의 주먹이 경석의 아버지 목덜미로 날아들었다. 경석의 아버지가 썩은 고목처럼 픽 쓰러졌다. 사람들 틈에 숨어서 주먹을 불끈 쥐고 지켜보던 경석은 눈을 감았다. 모래밭에 처박혀 버둥거리던 경석의 아버지가 며칠 전에 TV에서 봤던 권투선수같이 비틀거리며 일어나 마지막 펀치를 날렸다. 이웃 남자의 코에서 피가 쏟아졌다. 경석은 자기도 모르게 환호성을 지르며 박수를 쳤다.

경석의 아버지가 미역 양식장을 할 때였다. 해안가 백사장을 미역 건조장으로 나누어 사용하는 것이 동네 사람들 사이에서 관례였다. 그런데 미역양식업이 돈이 되자 너도나도 뛰어들었다. 민간인 출입이 허용되는 해안 철조망 안의 백사장 면적은 항상 부족했다. 그날따라 건조해야 할 물미역량이 많았던 경석의 아버지가 다른 사람의 지역을 침범했다. 이웃 간에 시비가 붙었다. 시비는 폭력으로 번졌고. 그때 사람들 사이를 헤치고 나타난 현호의 아버지가 경석의 아버지에게 다짜고짜 경찰봉을 휘둘렀다. 어깨, 허리 할 것 없이 몇 방을 얻어맞은 후 멈칫거리며 물러나는 경석의 아버지 두 손에 그는 가차 없이 수갑을 채웠다. 황소가 날뛰다가 사람의 채찍질에 꼼짝 못하고 두 다리를 바닥에 꿇듯 아무 저항도 못했다. 끌려가는 아버지를 보며 경석은 나중에 어른이 되면 경찰이 되겠다고 다짐했다. 경석은 아버지의 기죽은 모습 때문에 그날만큼은 어머니의 푸념을 그대로 받아넘기지 못하고 말대꾸를 했다. 밤새도록 잠이 오지 않아 수학 문제를 50개나 풀었다.

"명희야, 나, 현호하고 할 얘기가 좀 있어."

경석은 명희에게 현호하고 할 얘기가 있다고 운을 띄운다. 그는 우선 그녀를 먼저 보내고 현호하고 단둘이서 결판을 내야겠다는 생각이다. 현호도 무슨 낌새를 챘는지 경석을 쳐다본다. 경석이 재촉하는 눈짓을 한다. 현호가 그 눈짓을 부시하고 게살을 발라서 명희 입에 넣어준다. 창식이 명희를 보고 친구들이 놀고 있는 노래방으로 가자고 한다. 명희가 현호의 눈치를 보며 어린아이가 엄마에게 조르듯 함께 가겠다고 한다. 현호가 벌떡 일어선다. 경석도 동시에 바람 소리가 날 정도로 재빠르게 일어난다. 창식이 얼른 두 사람 사이에 들어선다. 창식이 두 사람의 어깨를 내려누르며 다시 자리에 앉으라고 한다. 자기가 노래방으로 가서 혜옥을 데리고 오겠단다. 혜옥의 말은 명희가 믿고 따라갈 수 있을 거란다. 창식이 혜옥을 데리고 오는 동안 세 사람은 말이 없다. 현호는 계속 게살을 발라 명희 입에 넣어준다. 경석은 현호와 명희의 모습을 보며 울적함을 견딜 수 없다. 그는 자기도 모르는 사이에 이제까지 참았던 술을 한 병째 비운다.

"명희야, 노래방에서 네 팬들이 기다리고 있어. 다들 네 노래 듣고 싶어 해."

혜옥이 와서 명희를 달래어 데려간다. 창식이 배를 바다로 밀어내고, 엔진에 시동을 건다. 천천히 포구를 벗어난다. 갑판에서 경석과 현호가 소주잔을 번갈아 가며 들어 올린다. 바다 위에서 올려다보니 별들이 더 가깝게 보인다. 까만 밤하늘 한가운데로 은하수가 흐른다. 그 위로 여름철 대삼각형이 떠 있다. 거문고자리의 베가(직녀별), 백조자리 데네브(제우스의 변신), 독수리자리 알타이르(견우별). 현호가 명희의 밤무대 가수생활 얘기를 꺼낸다.

명희는 현호가 일하던 극장식 카바레에서 노래를 불렀다. 명희가 처음 무대에 선 것은 전문대학교를 졸업했을 무렵이다. 그녀는 어릴 때부터 노래를 잘했다. 학교에서 학예회를 할 때면 항상 무대에 올랐다. 숫기가 없어 남앞에 나서는 것을 많이 부끄러워했지만 무대에서 노래하고 춤출 때는 완전 딴판이었다. 어른들이 피는 못 속인다고 수군거렸다. 아이들은 명희가 노래하는 것을 좋아했다. 그녀를 통해 소문으로만 듣던 백만불을 구경하자는 분위기였다.

현호는 명희가 처음 무대에 서던 날을 생생하게 기억했다. 그가 고등학교를 자퇴하고 조폭 끄나풀로 굴러다녔을 때다. 그는 조직의 행동대원으로 극장식 카바레에서 일을 했다. 그때 현호의 소개로 명희도 그곳에서 백댄스로 아르바이트를 했다. 가끔씩 전속가수가 출근을 하지 않으면 명희에게 대타로 마이크를 잡을 기회가 왔다. 드디어 명희가 전속가수로 데뷔하는 날 둘은 꿈에 부풀어 서문 시장을 뒤지고 다녔다. 무대복을 준비하기 위해서였다. 드레스를 대여하러 가서는 현호가 대여비를 절반이나 깎았다. 그가 옆에서 험악하게 인상을 쓰자 저절로 값이 다운됐다. 그때는 그런 시절이었다. 둘은 드레스 대여비 깎은 돈으로 서문 시장 먹자골목에서 오랜만에 삼겹살도 포식했다.

명희가 사이키 조명 아래 반짝이는 드레스를 입고 백만불이 즐겨 부르던 〈봄날은 간다〉를 부를 때 현호는 카바레 입구에서 기도를 섰다. 스피커를 통해 감칠 맛 나는 노랫소리가 흘러나오면 가슴이 요동질을 쳤다. 그녀의 노래에는 사람을 휘어잡는 신기가 들어있었다. 현호는 출입구에서 일을 하다가 그녀가 노래할 순서가 되면 슬그머니 홀 구석으로 숨어 들어가서 노래를 듣곤 했다.

하루는 카바레 영업이 끝나고 명희를 찾아 현호가 대기실로 갔다. 화장을 지우고 있는 그녀 옆에 홀 매니저가 붙어 서 있었다. 그는 매니저 때문에 선뜻 명희를 부르지 못했다. 그녀와 눈이라도 마주치면 신호를 보내려고 이것 저것 물건을 정리하는 척하며 기회를 엿봤다. 하지만 매니저가 그녀가 앉은 의자 옆에 서서 거울을 통해 그를 지켜봤다. 현호는 명희에게 신호보내는 것을 포기하고 밖으로 나왔다. 인적이 거의 끊어진 어두운 골목에 몸을 숨기고 명희가 나오기를 기다렸다. 한참을 기다려도 나오지 않았다. 그는 혹시나 해서 다시 대기실로 갔다. 그곳에는 이미 불이 꺼졌고, 사람의 그림자조차 보이지 않았다. 현호는 카바레 주변을 샅샅이 훑었다. 허탕이었다. 화가 난 그는 근처 포장마차에서 새벽녘까지 술을 마셨다. 현호는 한동안 매니저를 의심했다. 하지만 매니저는 심부름꾼에 불과했다.

명희가 무대에서 쓰러졌다. 병원 응급실에서 깨어난 그녀에게 의사가 임신이라고 말했다. 링거를 맞고 있는 명희를 옆에서 지켜보고 있던 현호의 얼굴에 경련이 일어났다. 그녀가 임신을 한 것이 이번이 처음이 아니다. 밤무대에 처음 서던 무렵부터 사장이 명희를 카바레 내 밀실로 불렀다. 그녀는 사장이 음반을 내주겠다는 말에 끌려다녔다. 그녀가 임신할 때마다 사장은 매번 낙태를 종용했다. 벌써 몇 번째였기 때문에 또 낙태를 하면 앞으로 임신을 하지 못한다고 의사가 수술을 해주지 않았다. 명희는 딸을 낳았다. 사장은 위자료 몇 푼을 던져주고 끝내려고 했다. 하지만 이번에는 명희가 반쯤 미쳐버렸다. 사장을 죽이겠다고 나섰다. 아이를 안고 카바레로 찾아갔다가 기도가 출입구를 막아서면 사장이 사는 아파트로 찾아가서 행패를 부렸다.

독이 오를 대로 오른 명희가 사장의 초등학생 아들을 납치하려다 실패했다. 그 사건을 빌미로 사장은 그녀를 정신병원에 감금해버렸다. 그 와중에 갈 곳이 없어진 그녀의 딸을 사장이 보육원에 보내려고 했다. 그것을 안 그녀가 현호에게 부탁을 하여 아이를 외할머니에게 맡겼다.

아이를 받아든 명희 외할머니가 대성통곡을 했다. 명희 외할머니가 새끼무녀였을 때다. 기억에도 까마득한 어느 해 초봄, 덕신리에서 별신굿이 벌어지고 그녀도 합류했다. 그때 감기몸살로 앓아누운 화랭이의 시중을 들다가 그에게 겁탈을 당하고 백만불을 낳았다. 백만불은 어릴 때부터 어머니를 따라다니며 별신굿판에서 노래하고 춤을 췄다. 그 당시 별신굿을 하던 무당들은 평소에는 자기 관할지역에서 각자 생활을 하다 별신굿이 벌어지면 다함께 모여 굿을 했다. 그럴 때면 가족들도 데리고 다녔다. 백만불이 자라면서 다른 가족이 있는 화랭이가 자기아버지라는 것을 알고부터 굿판에 나가지 않았다. 읍내 여자상업고등학교를 졸업한 백만불은 지역의 젊은 경찰관과 연애를 했다. 하지만 무당의 딸이라고 버림받았다. 임신을 한 백만불은 도시로 나가 혼자서 딸을 낳았다. 그 딸이 명희였다.

이야기를 끝낸 현호는 입안이 마른 지 술잔에 연거푸 술을 따라 들이킨다. 잔기침을 술로 가라앉히고 화가 난 어투로 덧붙인다.

"그 새끼 좆뿌리를 짤라야 되는데, 억울하다."

경석은 하늘을 쳐다본다. 반짝이던 별들이 사라지고 시커먼 구름이 몰려든다. 엔진이 꺼진 배는 물결을 따라 흐른다. 창식이 뱃머리에 앉아 담배를 피다가 꽁초를 던져버리고 거든다.

"개 같은 새끼를 그대로 둘 순 없지. 야! 경찰 양반 그런

놈을 안 잡아 가두고 뭐하냐?"

경석은 현호의 이야기를 들으면서 머리가 어지러워지
너니 속이 메슥거린다. 뱃전으로 기어간다. 자기 손가락
을 입에 넣더니 깨액깨액 소리를 낸다. 속에 있는 것을 모
두 토해낸다. 그는 원래 멀미를 하는 사람이 아니다. 몸이
보내는 신호다. 머릿속의 회로가 뜨겁게 가열됐다는 거
다. 어려운 문제에 부딪힐 때 가끔씩 느끼는 현상이다. 현
호가 경석의 등을 두드린다. 경석이 현호의 손을 강하게
뿌리친다. 현호가 멈칫하더니 허허거리며 웃는다. 웃음
끝에 비웃는 어조로 투덜거린다.

"얌마, 짭새. 날 잡겠다고 여기까지 날아왔냐? 자기가
좋아하던 여자가 어떻게 살았는지도 모르는 찌질남이. 엿
이나 먹어라. 십새캬! 내가 모른 줄 알았지. 너 초등학교
때 그 기집애 좋아했잖아. 안 그래? 대답해봐. 이제 와서
도망치려고 하지 마라. 지금까지는 내가 있었지만 앞으
로는 네가 책임져라. 난 잡혀가면 몇 년을 썩을지 모르
잖아."

경석은 선뜻 대답할 말을 찾지 못한다. 현호 앞에 불쑥
꿇어앉는다. 현호가 힐끗 쳐다보더니 다시 이야기를 이어

간다. 창식도 꿇어 앉아있는 경석을 못 본 척 외면한다.

"사실은 명희가 내 누이다. 우리 아버지하고 백만불이 젊었을 때 그렇고 그런 사이라 하더라. 우리 집 영감님이 돌아가실 때까지 아무도 몰랐지. 임종이 가까워지자 나를 부르데. 명희를 부탁한다는 거야. 나는 영문을 몰라서 되물었어. 무엇 때문이냐고. 그랬더니 너희 엄마에게는 알리지 말고 끝까지 돌봐주라는 거야. 우리 가족은 아무도 몰랐는데 영감이 가족들 몰래 명희 면회도 가곤 했던가 보데. 영감의 얘기를 듣는 순간 배신감에 욕지거리가 올라오는 것을 간신히 참았어. 그런데 다시 생각해보니까 내가 지금까지 명희를 떼버리지 못하고 여기까지 온 것이 무언가 다른 끈이 있었기 때문이라는 생각이 들었어. 아, 씨팔. 더러운 핏줄이야. 처음에는 견디기 힘들었어. 엄마도 불쌍하고, 영감 얘기 듣고 보니 백만불도 불쌍하데. 무당 딸이면 어떠냐. 피 색깔이 더 탁하냐. 예쁘기만 하더만. 여하튼 그렇다. 더러운 집구석이다. 우리 집 안 똥 덩어리를 너한테 넘기는 것 같아 미안하다만 어디다 부탁할 데가 없다. 그 기집애 신세가 그렇다. 결정은 네가 해라."

경석은 갑판에 드러누워 하늘만 쳐다본다. 제멋대로 엉

킨 실타래를 푸는 것보다 더 어려운 게임 같다. 해결의 실마리가 눈앞에 고개를 들이밀고 있는데 그것을 잡아챌 수 없다. 뱀 대가리처럼 잘못 잡았다간 독박을 쓸 것 같다. 경석은 제풀에 퍼져 눈을 감는다. 현호가 바다에 뛰어든다. 첨벙첨벙하는 소리에 놀라 창식이 갑판으로 온다. 경석도 일어난다. 물속에서 허우적대는 현호를 보자 곧바로 그를 향해 뛰어든다. 창식이 구명보트 두 개를 던진다. 현호가 중심을 잡고 헤엄을 치기 시작한다. 경석도 뒤질세라 따라붙는다. 어렸을 때 복숭아 줍기 수영대회에서 명희가 발에 쥐가 나서 물에 빠졌을 때 서로 명희를 구하려고 앞서거니 뒤서거니 했던 것이 생각난다. 두 마리 돌고래처럼 그들이 물속에서 물장구를 친다. 하지만 얼마 가지 못해 둘 다 구명보트 쪽으로 다가간다. 현호가 먼저 구명보트를 잡는다. 뒤이어 경석도 같은 구명보트 한쪽을 잡고 현호를 밀어낸다. 축구하는 아이들이 상대가 드리블하는 공을 뺏듯 구명보트 하나를 가지고 빼앗기를 한다. 창식이 엔진에 시동을 걸며 고함을 친다.

"고래다! 행님 먼저 간다."

그제야 둘은 구명보트를 잡고 배 쪽으로 다가온다. 창

식이 농담을 해놓고 껄껄 웃으며 밧줄을 던진다.

　샤워장에서 나온 경석이 떠날 준비를 한다. 현호가 경
석에게 손을 내민다.
　"명희, 병원에 데려다주고 전화할게."
　"천천히 데려다주고 와."
　경석은 차에 시동을 걸며 명희를 보고 웃는다. 명희도
손을 흔들며 웃는다.

무지개 인간

은정은 저 달이 가짜가 아닐까 하는 발칙한 상상을 하
며 웃는다. 입추가 지났는데 늦장마 때문인지 공기 속에
유난히 습기가 많다. 그녀는 카트에 골프백을 싣고 마운
틴 코스로 올라가면서 백미러로 오늘 모실 골퍼들을 살핀
다. 균형이 잘 잡힌 몸매에 선글라스를 낀 사람은 정 회장
님, 묵직한 배를 안고 있는 사람은 장 회장님, 구체관절 인
형같이 팔다리가 제멋대로 놀 것 같고 모자도 쓰지 않은
사람은 김 회장님이다. 그녀는 골퍼들에게 모두 회장님이
라 부른다. 호칭에 군살이 많이 붙었지만 싫어하는 사람
이 없다. 은정은 하늘을 우러러본다. 때마침 보름달이다.
도로 위의 블랙아이스처럼 페어웨이에 달빛이 엉겨 붙는

다. 그녀는 달을 보면 마시멜로를 입에 넣은 듯 행복하다. 앞 팀이 세컨샷을 하기 위해 이동을 하고 있다. 페어웨이 위의 사람들 움직임이 마이클 잭슨의 뮤직비디오 댄스들처럼 문 워크를 춘다. 습기를 머금은 달빛 때문인지 꿈속처럼 비현실적이다. 오늘 밤에는 앞 팀과의 인터벌을 조절하려고 애쓰지 않아도 될 것 같다. 대체로 4인 1조인데 이번 팀은 3인 1조이다. 첫 홀 티샷을 하기 전에 준비 운동을 시킨다.

"회장님들 준비운동 합시다. 저를 따라 하세요."

장 회장이 끼어든다.

"골프 한두 번 치나. 언니야, 몸은 각자 풀고 그만 시작하지."

첫 마디가 이름도 아닌 '언니야'에 반말이다. 그녀는 눈을 흘긴다. 물론 그에게는 보이지 않을 거다.

"그럼 준비 운동은 각자 하세요."

은정은 기분이 좋지 않다. 플레이 시작 전에 준비운동을 시키는 것은 캐디가 지켜야 할 규칙이다. 그녀는 완벽한 원칙주의자는 아니지만 될 수 있으면 규칙을 지키려고 노력한다. 나중에 허리라도 삐끗하면 그녀에게 원망이 돌아오기 때문이다. 그런데 오늘은 왠지 그녀도 될 대로 되라는 심정이다. 어젯밤에 남편과 다투었다. 주택담보대출 때문이다. 남편은 영끌(영혼까지 끌어모아 내출받는 것)하면서까지 집을 꼭 사야 되겠느냐고 화를 냈다. 요즘 연일 대서특필되고 있는 집값 급등 뉴스를 보면 저절로 기운이 빠진다.

은정은 중소기업에 다니는 남편과 결혼을 한 지 3년이 다 되어 간다. 지금 희망빌라에서 반전세로 살고 있다. 올해 전세 낀 아파트를 장만하고 2년 후쯤 자기 집에 들어가서 아이를 낳을 계획이다. 하지만 자고 나면 억억하면서 치솟는 집값을 보고 있노라면 자신들은 제자리에서 버둥거리다 주저앉을 것만 같은 생각이 자꾸 든다.

정 회장이 팔짱을 끼고 페어웨이를 바라보며 핀의 위치를 살핀다. 그의 모습에서 세련미가 느껴진다. 왠지 호감이 간다. 팀원들 중의 한 명이라도 호감이 가는 사람이 있으면 일이 즐겁다. 그녀는 그들에게 심지 뽑기 통을 내민다. 세 사람의 표정에 순간 긴장감이 돈다. 한판에 돈이 제법 걸린 것 같다. 정 회장이 오너다. 그녀는 그에게 드라이브 채를 건네면서 목소리 톤을 살짝 높인다.

"그럼, 정 회장님부터 티샷하겠습니다. 준비해주세요."

정 회장이 연습 스윙을 한다. 골프채는 물론 골프웨어도 명품이다. 영화배우 정우성을 보는 것 같아 눈이 즐겁다. 티를 꽂고 자기 나름의 루틴이 있는지 PGA 선수 흉내를 제법 낸다. 은정은 그가 시간을 좀 잡아먹는다 싶어도 참고 기다린다. 장 회장은 그제야 몸을 푸는지 멀찍이 떨어져서 연습 스윙에 열중이다. 김 회장은 정 회장의 스윙 폼을 유심히 관찰하면서 침을 삼킨다. 한참이나 뜸을 들인 후 정 회장의 공이 포물선을 그리며 쭉 뻗어 나간다. 그녀는 실망한다. 멋있는 폼을 기대했는데 영 아니올시다. 산에서 참나무 벌채하는 벌목공의 도끼질하는 모습이 오버랩 된다. 하지만 그녀는 습관처럼 입에 발린 멘트를 날린다.

"정 회장님, 굿 샷입니다. 아주 잘 나갔어요."

"장 회장님, 준비하시고요."

배불뚝이 장 회장이 티샷을 하고 뒤이어 김 회장이 한다. 김 회장의 공이 제일 짧게 간다. 첫 홀 티샷을 끝내고 카트에 올라앉은 셋은 모두 변명하기에 바쁘다. 자기가 친 공에 만족하지 못하는 모양이다. 세컨샷 지점으로 이동하는 동안 세 사람은 오늘 할 게임 룰을 정한다. 1타당 천 원짜리다. 은정은 쓴웃음을 짓는다. 아직 나이가 그렇게 많아 보이지 않는데 스케일이 경로당 고스톱판이다.

캐디를 우스갯소리로 caDDDDie라고 한다. 버디 핸디 잔디의 3디 외에 OECD(경제협력개발기구가 아님. 골프 게임 중 하나임)까지 합쳐 4D업종이라고 그렇게 부른다. 대체로 내기를 하는 팀들은 1타당 만 원짜리 OECD가 일반적인데 그 돈 계산을 캐디에게 맡기는 경우가 많다. 그래서 캐디 스펠링에 D가 하나 더 붙은 거다. 오늘은 돈 계산 때문에 골머리 아플 일은 없을 것 같다. 정 회장과 장 회장이 미리 천 원짜리 여섯 장씩을 김 회장에게 준다. 김 회장에게 핸디를 준거다. 게임 룰 정하기가 끝나자 다들 입을 다문다. 세컨샷 위치에서 김 회장이 먼저 샷을 한다. 백스윙을 하는데 왼팔이 펴지지 않고 거의 기역 모양으로 안으로 굽는다. 은정은 혀를 쯧쯧 찬다. 헤드 업 때문에 탑핑으로 맞은 공이 뱀처럼 구르더니 벙커로 들어가서 똬리를 튼다. 그다음이 장 회장 차례인데 그의 공도 뒤땅을 쳐 픽 사리가 난다. 아직 몸이 풀리지 않은 탓인지 샷이 제대로 되지 않는다. 그는 5번 아이언클럽으로 잔디를 푹푹

파며 짜증을 낸다. 은정은 달을 올려다보며 피식 웃는다.

마지막으로 정 회장이 친다. 그의 공만 온 그린이다. 정 회장의 얼굴에 만족스러워하는 미소가 번진다. 그의 뚜벅뚜벅 걸어가는 걸음걸이조차 멋있다. 정 회장이 카트에 다가와서 직접 퍼트를 뺀다. 대부분의 골퍼들은 공이 떨어져 있는 위치를 확인하면 그 자리에 서서 클럽을 가져오라고 큰소리만 치지 자기 클럽을 직접 챙겨가는 사람은 드물다. 은정이 얼른 다가가서 퍼트를 챙겨주며 고맙다고 인사한다. 그가 클럽을 받아 들면서 그녀의 손을 살짝 잡아준다. 장갑을 끼고 있었지만 느낌이 따뜻하다.

"정 회장님, 버디 찬스네요."

"하하하. 그러네요. 오늘 그린 컨디션이 어때요?"

"좋아요. 나중에 이슬이 내리면 스피드가 느려지겠지만 지금까지는 괜찮은 편입니다."

쓰리온을 한 장 회장의 표정도 만만찮다. 그린 위의 분위기는 두 사람의 기 싸움으로 팽팽해진다. 일찌감치 포기를 한 김 회장은 하릴없이 팔짱을 끼고 구경한다. 정 회장이 먼저 퍼트를 한다. 버디 실패 컨시드 파. 장 회장이 퍼트를 하려다 말고 샷 자세를 풀고는 김 회장에게 비켜서라고 한다. 김 회장의 그림자가 방해된다는 거다. 달빛 때문에 생긴 그림자다. 요즘은 페어웨이를 걸으며 달을 올려다보는 사람들이 점점 줄어들고 있다. 달을 좋아하거나 달빛을 이야기하는 사람도 드물다. 은정은 어젯밤에 뉴스를 보며 남편이 짜증 섞인 목소리로

"이 새끼들, 지들은 모두 강남에 살면서. 뭐라고, 모두가 강남에 살 필요가 없다고! 우리 같은 루저들은 안중에도 없는 거야."

하고 내뱉던 말이 생각난다. 그녀는 아이 갖는 것을 포기해야 할지도 모르겠다는 생각이 든다. 장 회장도 파다. 그녀는 장 회장보다 정 회장의 퍼트에 더 아쉽다는 반응을 보인다.

두 번째 홀은 par3 아일랜드 홀이다. 정 회장이 먼저 티샷을 하고 장 회장이 이어서 한다. 김 회장은 벌써 멘탈이 흔들리는지 클럽을 몇 번이나 바꾼다. 그의 공이 워터 해저드에 떨어지는 소리가 난다. 캐리거리가 너무 짧다. 김 회장의 망연자실한 표정에 정 회장이 한마디 보탠다.

"비기너라 몰라서 그래. 워터 해저드가 있으면 채를 한

클럽 긴 걸 잡아야지."

　김 회장의 얼굴이 붉어진다. 얼굴에 낭패감과 무안함이 얼핏 지나간다. 온 그린을 한 다른 두 사람은 모두 파다. 김 회장의 주머니에서만 돈이 나온다. 그가 밥이다. 은정은 재미가 없다. 게임이란 아슬아슬한 긴장감이 있어야 짜릿하지. 그렇게 몇 홀이 지나가고. 김 회장은 시작할 때 받은 핸디를 다 써 버리고 이제부터 마이너스다. 홀이 지나갈수록 정 회장과 장 회장의 싸움이다. 이슬에 젖은 발이 무겁다. 습기를 머금은 공기가 악귀같이 양쪽 어깨를 내리누르는 것 같다. 야근에 단련이 된 몸이지만 온몸이 가라앉는 것 같다. 은정은 널따란 하늘에 자리 잡고 앉아 히죽거리는 달이 얄밉다.

　이번 홀은 오르막이 있는 par5 도그래 홀이다. 페어웨이 길이는 짧지만 왼편에 얕은 산자락이 페어웨이 쪽으로 들어와 있고, 들어온 부분의 우묵한 곳에 무덤이 한 쌍 있다. 티샷에 자신이 있는 남성 골퍼들이 실수 없이 샷을 했을 때 그곳을 넘기기도 한다. 그곳은 남자들의 로망이자 무덤이다. 잘 치면 이글 찬스가 오지만 조금이라도 미스 샷이 나오면 영락없이 OB이다. 아직 티샷의 방향도 못 잡는 김 회장은 아무 생각이 없는 것 같다. 지난번 홀에서 파를 잡은 장 회장이 먼저 티샷을 한다. 그는 겉보기에 세련돼 보이지 않아도 영악할 정도로 요령이 좋다. 쓸데없이 객기를 부리지 않는다. 장 회장은 산자락 근처도 가지 않게 오른쪽으로 공을 날린다. 공이 페어웨이에 사뿐히 내려앉는다. 정 회장이 샷을 하기 전에 자랑을 한다. 지난번에 저 산자락을 넘겼다는 거다. 은정은 그의 얘기를 들으며 그러면 가능할 것도 같다는 생각이 든다. 장 회장은 뒷짐을 지고 지켜보기만 한다. 김 회장이 어디 넘기는지 구경하자는 투로 부추긴다. 정 회장이 목에 잔뜩 힘을 주고 티를 꽂는다. 나이트 플레이용 형광색 공이다. 공이 기세좋게 날아간다. 은정은 그의 공이 산자락을 넘어가기를 바라며 큰소리로 외친다.

"나이스 샷!"

그런데 엄밀히 말하면 미스 샷이다. 시작은 좋았는데 세컨샷 지점에 정 회장의 공이 없다. 정 회장은 분명히 공이 산자락을 넘었다고 우기며 러프를 뒤진다. 은정의 예상으로는 공이 무덤을 둘러싸고 있는 도래솔 숲을 빠져나오지 못한 것 같다. 김 회장이 같이 공을 찾아주겠다며 주위를 살핀다. 그녀는 속으로 시간을 잰다. 뒤 팀에서 무전이 날아올 것 같아 거리가 짧게 나온 김 회장에게 먼저 세컨샷을 하라고 재촉한다. 장 회장은 자기 공 앞에서 연습 스윙만 하고 있다. 그 틈을 타 정 회장이 알까기를 한다. 알까기는 원구를 못 찾았을 때 자기 호주머니에 들어 있는 공을 대신 꺼내 놓고 공을 찾았다고 하는 속임수다. 그녀가 뭐 하고 있지 하는 찰나에 정 회장이 동반자와 은정을 돌아보는가 싶더니 순식간에 해치운다. 그녀는 순간 당황한다. 장 회장을 건너다본다. 그의 표정에서 속내를 읽을 수 없다. 그녀는 정 회장을 똑바로 볼 용기가 나지 않아 다른 방향을 향해 얼굴의 각도를 조금 돌리고 계속 그를 지켜본다. 그는 됐다 싶었는지 공을 찾았다고 큰 소리로 말하며 꺼내놓은 공을 친다. 그녀는 잠시 갈등을 한다. 혹시나 싶어 다른 사람들의 눈치를 살핀다. 동반자 둘은 자기 공에 집중하느라고 아직 눈치를 못 챈 것 같다. 그녀는 자기만 눈 감으면 되는 상황을 굳이 분란을 일으킬 필요가 있겠나 싶다. 살다 보면 흔히 있을 수 있는 트릭이라고 그냥 무시하고 지나가자는 마음이기도 하다. 일자리 얻기가 하늘의 별 따기보다 어려운 시기에 괜히 입바른 소릴 해서 좋을 것 없다. 별 탈 없이 직장생활을 하려면 때로는 한 쪽 눈을 감을 줄도 알아야 된다고 생각한다. 그녀가 고민을 하고 있는 동안에 정 회장의 공이 그린에 올라온다. 버디 찬스란다. 장 회장도 버디 찬스다.

"나이스 버디."

장 회장의 공이 먼저 홀컵 속으로 빨려 들어간다.

"나이스! …"

정 회장의 공이 홀컵을 핥고 튀어나와 버린다. 이런 경우를 두고 사람들은 흔히 홀컵이 외면한다고 한다. 은정은 침을 삼킨다. 기분이 싸하다. 귀신이 무덤 위에 앉아 달밤에 체조하는 사람들을 구경하다 갑자기 떨어지는 공에 맞아 화가 난 것 같다. 정 회장의 인상이 얄궂게 일그러진다. 그의 말이 더 웃긴다.

"아, 귀신이 곡할 노릇이다. 홀컵이 뭘 아는 것처럼 외면하네."

진실을 은폐하려고 했지만 홀컵이 복병일 줄이야. 장 회장이 버디 팁이라고 만 원짜리 한 장을 내민다. 은정이 생각지도 않은 팁이다.

"언니야, 옛다 기분이다. 한 장 먹어라."

그가 언니야에 반말을 해도 은정은 이번에는 눈을 흘기지 않는다.

"회장님, 감사해요."

그녀는 콧소리를 내며 장 회장의 드라이버 헤드에 호랑나비 한 마리를 붙인다. 그 손길이 즐겁다.

마운틴 코스 여덟 번째 홀은 위에서 내려다보는 par3 홀에 앞 핀이다. 이제까지 스코어로는 한 번도 돈을 먹지 못한 김 회장이 니어핀을 하자고 새로운 제안을 한다. 모두 OK다. 소발에 쥐잡기로 김 회장의 볼이 프런트에 떨어지더니 주춤주춤 홀컵 쪽으로 굴러가 가까이 붙는다. 좀 전 par3 홀에서 정 회장으로부터 핀잔을 들은 김 회장이 이번에는 아예 정 회장에게 물어보고 클럽을 잡은 거다. 은정도 목소리를 아끼지 않고 외친다.

"굿 샷!"

"고맙습니다. 미스 김."

김 회장의 온몸이 흥분으로 촐랑댄다. 정 회장이 자신의 훈수가 잘 맞아떨어진 것을 보고 김 회장에게 그것 보라는 듯 몇 마디 덧붙인다. 김 회장이 니어핀 값을 받고 입이 귀에 걸린다.

"이 맛에 밤이슬 맞으며 미친 짓 하는 거지."

카트를 타고 다음 홀로 이동하는 동안 장 회장이 골프에 빠진 남편에 대한 우스갯소리를 한다.

"골프 중독자가 있었는데 마누라가 죽자 장례식날 장례차에 골프채 싣고 가서 마누라 산에 묻고 돌아오는 길에 한 바퀴 돌고 왔다더라. 중독이 그만큼 무서운 거야."

전반부 마지막 홀이다. 오르막이 심한 Par4 홀로 핸디캡 일 번인 코스다. 김 회장이 오너다. 그의 공이 제법 멀리 날아간다. par3 홀에서 니어핀을 한 기분이 살아 있다. 하늘에서 구경을 하던 달이 떡가루같이 빛을 쏘아준다. 하지만 아무도 달을 쳐다보지 않는다. 지나가던 구름이 달을 확 가려버린다. 의외로 장 회장의 공이 어두운 소나무 숲으로 날아간다. 정 회장의 공은 페어웨이 한가운데 안착을 한다. 장 회장이 잠정구를 하나 치고 가자고 한다. 잠정구는 성공이다. 세컨샷을 위해 이동을 하며 장 회장은 자기 공에 대해 별말이 없다. 정 회장이 장 회장의 공을 두고 김 회장을 상대로 이죽거린다. 은정은 좀 전의 사건을 떠올리며 놀란다. 백미러를 통해 그의 얼굴을 훔

144

쳐본다.

"분명히 숲 깊숙이 꽂혔을 거야. 그렇다고 알 까면 안 된다. 장 회장."

"이 사람, 별소릴 다 하네. 내가 그런 사람으로밖에 안 보이나. 나 원 참. 할 말이 따로 있지. 난 누구처럼 그런 구린 짓은 안 하거든."

"골프도 알까기가 있나? 처음 듣는 소린데. 그것이 뭔데? 어디 얘기해 봐라. 그런 트릭은 언제 쓰는 거야?"

김 회장이 호기심을 보인다. 장 회장은 더 이상 말이 없다. 김 회장에게 알까기에 대해 설명을 하는 정 회장의 얼굴이 천연덕스럽다. 은정은 백미러에서 눈을 뗀다. 김 회장이 그의 말을 듣고 덧붙인다.

"그건 그렇고, 샷 할 때 공하고 퍼트할 때 공이 다른 것도 안 되겠네?"

"물론이지. 샷을 하는 순간 헤드에 맞은 공이 순간적으로 찌그러지거든. 그런 공은 퍼트할 때 똑바로 굴러갈 확률이 그만큼 떨어지는 거야. 그래서 내로남불들은 그린에 올라오면 새 공으로 은근슬쩍 바꿔치기도 해. 김 회장은 그런 적 없어? 워터 해저드 넘길 때는 로스트볼 사용하고

해저드 넘어서는 새 공으로 바꿔치기하지 않았어? 혹시
새 공 물에 빠뜨릴까 봐."

"어, 그래. 있긴 있었지. 워터 해저드 지나갈 때마다 물
귀신한테 제물을 바쳐야 하니까 아깝다는 생각이 들데.
그래서 몇 번 로스트볼로 친 적이 있었지. 왕초보 때 말이
지 지금은 다른 사람 눈도 있고 해서 안 그래."

"다른 사람 눈치를 본다는 것은 그것이 잘못이라는 것
은 알고 있었구먼. 모를 때 말이지 알았으면 이제는 그런
짓을 끝내야지. 매너가 더러우면 같이 공치러 가자는 사
람도 없어진다구. 생각보다 골프 룰이 까다로워. 이것이
멘탈 게임이라 동반자들에게 거슬리는 행동은 민폐란 말
야. 아무리 돈이 걸렸다 하더라도 신사답게 공을 쳐야지."

"많은 거 배우네. 멘탈 게임이라…. 그렇구만."

정 회장의 끝말이 거의 훈계조다. 은정은 그의 얼굴을
힐끗 쳐다본다. 얼굴이 몇 개일까 싶다. 천부적으로 좋은
배우가 될 수 있는 자질을 가진 사람 같다. 하늘의 달이 계
면쩍게 웃다가 구름 속에 빠진다. 달무리가 생겨 있다. 내
일쯤 비가 오려나. 개구리들의 합창이 뚝 끊어졌다가 다
시 와글거린다.

김 회장이 공과 씨름을 한다. 은정은 클럽을 전달하기 위해 이리 뛰고 저리 뛴다. 뒤 팀이 바싹 따라온다. 정 회장도 OB를 낸다. 그의 세컨샷 공 역시 숲속으로 들어가 버린 거다. 김 회장은 몇 번 만에 올라왔는지 헤아리지도 못하겠다고 투덜거린다. 스크린 골프 같았으면 벌써 더블 파로써 게임 오버가 될 판이다. 은정은 타수 계산을 미처 못해 그들에게 물어본다. 잘못 기록했다가 욕먹을 수 있기 때문이다. 가끔 타수 계산 잘못했다고 눈알을 부라리며 십 원짜리 들어간 욕설을 퍼붓는 사람도 있다. 그럴 때는 친한 캐디에게 무전기로 골퍼들이 알아듣지 못하는 은어로 욕을 하며 스트레스를 풀기도 한다. 세 사람이 한참 동안 계산을 했지만 쉽게 끝나지 않을 것 같다. 결국 정 회장과 장 회장의 타수는 둘 다 트리플보기로 하고 김 회장의 타수를 더블파로 계산해 홀 아웃 했다.

　후반부로 들어가기 전에 휴식 시간을 가진 그들의 얼굴에 술기운이 돈다. 야식으로 막걸리를 마신 것 같다. 김 회장의 입에서 막걸리냄새가 확 풍긴다. 오늘 밤노릇하느라고 속이 많이 상했을 거다. 장 회장은 별 변화가 없어 보인다. 정 회장도 얼굴에 술기운이 올라 벌겋다. 정 회장의 기분이 좋아 보인다. 전반부 스코어가 한 타 차로 장 회장에게 이기고 있다. 스마드폰 일람이 밤 10시 30분을 알린다. 슬슬 체력이 바닥을 드러내는 시점이다. 이제부터 체력 싸움인데 술까지 마셔놓으면 화장실도 자주 가고 플레이 시간이 자꾸 딜레이 될 텐데. 은정이 걱정하고 있는데 정 회장이 그녀에게 캔커피를 내민다. 그녀의 손에 쥐여주면서 슬며시 눈웃음을 짓는다. 은정도 인사치레로 따라 웃는다. 좀 전의 일이 생각나 그녀 쪽에서 얼굴을 붉힌다. 그가 그것을 놓치지 않고 한 번 더 웃는 눈길을 보낸다. 웃는 그의 얼굴이 너무 훈훈해서 좀 전에 그녀가 본 것이 착각이 아니었나 하는 생각이 든다. 그녀는 침을 꼴깍 삼킨다. 침을 잘못 삼켜 사레가 들것 같아 심호흡을 하며 재빨리 다른 사람들을 향해 돌아서며 말한다.

"회장님들, 잘 쉬셨어요? 이번에는 리버코습니다. 전반 홀보다 핸디캡이 낮은 코스예요. 그렇다고 결코 쉬운 코스는 아닙니다. 워터 해저드가 많아요. 명심하시고 딜레이 되지 않게 협조 부탁드립니다. 그럼 이동하겠습니다."

밤이 깊어지자 피로감에 허리까지 시큰거린다. 오늘은

새벽에 1부를 뛰고, 지금 3부이다. 페어웨이에 내린 이슬이 바지 끝단을 지나 무릎까지 기어 올라온다. 리버코스라는 명칭에 걸맞게 습도도 엄청 높다. 몸에 척척 감기는 공기가 부담스럽다. 꼭 질척거리는 동네 건달 같다. 달무리가 짙어지면서 겨우 새어 나오던 빛줄기가 사라지고 달이 색깔을 잃어간다. 생기를 잃어가는 달이 치매 걸린 노인네 마냥 히죽거린다. 은정은 이런 달밤이 싫다. 꼭 함정에 빠져 허우적대는 기분이다. 빨리 일을 끝내고 샤워기 밑에 서고 싶다. 차가운 물로 몸을 씻고 에어컨 빵빵하게 켜놓고 침대에 누우면 더 이상 바랄 것이 없을 것 같다. 하지만 진행시간이 자꾸 늦어진다. 모든 상황이 짜증스럽다 못해 괴롭다. 때마침 10번 홀에서 티샷을 한 김 회장의 공이 워터 해저드 주변에 떨어져 찾고 있는 중이다. 그녀가 해저드 티에 가서 다시 치라고 해도 김 회장이 공을 찾느라고 빨리 따라오지 않는다. 준비해온 공을 다 잃어버렸다고 볼멘소리를 한다. 그녀는 '버스(버리고 가자 C발)'하고 내뱉는다. 다행히 그녀가 카트 운전석에 비치해둔 작은 플라스틱 바구니에 모아뒀던 공을 하나 던져주며 중얼거리는 소리를 그가 듣지 못한다. 그녀가 김 회장의 공을 찾고 있는 동안 정 회장이 자기 클럽을 손수 빼서 들고 간다. 그녀는 정 회장에게 고맙다는 인사를 하며 장 회장의 클럽을 들고 뛴다. 성 회장이 손을 흔들며 씨익 웃는다. 은정은 그의 웃음에 또 얼굴이 붉어진다. 김 회장이나 장 회장 보다 정 회장에게 호감이 가는 것은 어쩔 수 없다. 김 회장이 또 부른다. 세컨샷도 공을 워터 해저드에 빠뜨렸단다. 공이 없다고 또 달란다. 그녀는 공을 가지러 카트가 있는 곳으로 뛰어가면서 무전을 받는다. 뒤 팀에서의 독촉이다. 빨리 진행하란다.

은정은 정 회장과 장 회장은 내버려 두고 김 회장에게 따라붙는다. 그에게 스윙 지도까지 곁들인다. 구력이 짧은 사람들은 당황하면 샷이 더 망가진다. 정신없이 휘두르는 그의 샷 속도부터 잡아준다. 너무 빠르게 샷을 하면 헤드업이 다반사로 일어나기 때문이다. 거기다가 방향감까지 잃어버리면 완전히 폭망이다.

"김 회장님, 몸에서 힘을 빼고 클럽의 헤드 무게감을 느끼면서 천천히 휘두르세요. 너무 세게 치려고 하지 말고 부드럽게 치세요. 세게 친다고 멀리 가지 않아요. 젊었을 때 연애할 때의 감을 살려보세요. 무지막지하게 대시하는 남자보다 부드럽게 다가오는 남자를 여자들이 좋아하잖아요. 공도 마찬가지예요. 무조건 돌진한다고 되는 것이 아니어요. 천천히 음미하면서 즐기세요."

은정은 김 회장을 보며 빠른 시간 안에 백돌이를 면하기가 어렵겠다는 생각을 한다.

"회장님, 다운스윙할 때 공 끝까지 보고 때리세요. 공이 어디로 날아가는지 보려고 하지 마세요. 회장님이 친 공은 캐디가 봐줍니다."

저만치 앞에 공이 떨어진 장 회장이 연습스윙을 하며 기다린다. 정 회장은 누군가와 통화를 하는지 페어웨이 가장자리에서 얼굴에 함박웃음을 짓는다. 은정의 말투에서 슬슬 짜증이 배어날 때쯤 김 회장이 겨우 제대로 한 방을 날린다. 얼굴에 곤혹스런 표정을 지으며 걸어오는 그를 보고 정 회장이 농담을 한다.

"오잘공이야. 우리 미스 김이 한 수 가르쳐주니 대번에 약발 받네. 미스 김 업어줘라."

"그렇지 않아도 그렇게 생각한다. 미스 김 업어줄까?"

은정은 그들의 우스갯소리를 들으며 달을 올려다본다. 할머니가 보름달이 뜨는 날 밤은 여자들에게 좋지 않은 일이 생긴다며 달밤에는 마실 다니면 안 된다고 하던 말이 생각난다. 보름달이 수컷들을 야수로 돌변시킬 수 있다는 거다. 그녀는 여자 포로를 큰 아름드리나무에 묶어두고 남자들이 풀밭 위에서 난투극을 벌이는 장면을 상상한다. 그 포로의 얼굴을 상상해 보고 심장에 오소소 소름이 돋는다. 그녀는 퍼트를 빼가는 정 회장을 건너다보며 가볍게 목례만 한다. 그가 눈을 찡긋한다. 그린 위의 공이 이슬에 젖은 모래가 달라붙어 경단이 굴러다니는 것 같다. 사람들이 퍼트를 하기 전에 공을 닦아달라고 번갈아 내민다. 공을 닦을 때 정 회장의 공을 더 정성스럽게 닦는다는 것을 그녀는 인식하지 못한다. 겨우 홀 아웃을 하고 다음 홀로 이동한다.

par5 홀인데 티 그라운드에서 시작하여 그린까지 작은 계곡을 끼고 있는 홀이다. 은정은 김 회장을 따라간다. 시간을 단축하기 위해서 어쩔 수 없다. 그가 샷을 할 때마다. 코칭 반 잔소리 반을 한다. 김 회장이 그녀가 하라는 대로 곧잘 따라온다. 이번 홀은 워터 해저드에 공을 한 번밖에 빠뜨리지 않고 그린까지 올린다. 그 사이에 정 회장과 장 회장이 그린에 공을 올려놓고 기다린다. 둘 모두 버디 찬스란다. 장 회장이 먼저 퍼팅을 한다. 컨시드 파다. 김 회장도 컨시드를 받아 홀 아웃을 하고 정 회장 차례다. 그런데 정 회장의 공이 티샷을 했던 것하고 다르다고 김 회장이 말한다.

"정 회장, 지금 공이 티샷할 때 공하고 색깔이 다른데. 혹시 알까기 한 것 아니야? 좀 전에 분명히 주황색 공이었는데 지금은 흰색이잖아. 장 회장, 안 그래?"

연습 퍼트하는 정 회장의 모습을 지켜보던 장 회장이 정 회장의 공을 유심히 살펴본다. 그러고는 무얼 생각하는지 되새김질하는 표정이다.

"이번 홀에 정 회장이 오너였잖아? 그래서 제일 먼저 티샷을 했지. 티 위에 공 올려놓고 연습 스윙을 하고 바로 샷을 하지 않고 다시 루틴에 들어갔지. 왜냐하면 공이 티 위에서 떨어져서 그랬잖아. 그때 그 공 색깔이 컬러 볼이었던 같아. 정확하게 주황색인지는 모르겠고."

"맞다. 맞네. 장가 네 말 들으니까 훨씬 더 선명하게 떠오른다. 역시 공부는 잘하고 봐야 해. 고교 때 전교 탑클래스 실력 아직 살아 있네. 살아있어. 정가 넌 고등학교 때 습성 아직 버리지 못했구나. 맨 날 여자들에게 잘 보이려고 여자들 앞에서 젠틀맨인 척했잖아. 네 거짓말에 속아 넘어가는 여자들 보고 뒷담화 좆나 많이 했잖냐. 그때가 좋았지. 순진하게 걸려드는 여자애들 주워 먹기 바빴지. 그 버릇 여전하네. 아직도 여자들 낚는 솜씨는 녹슬지 않았냐?"

은정은 장 회장의 말을 듣고 아차 싶다. 티샷 당시의 장면을 떠올린다. 분명히 공의 색깔이 바뀌어 있다. 김 회장이 신이 나서 물고 늘어진다.

"정가야, 그때 동거하던 그 여자는 어떻게 했냐? 네가 임신시킨 그 여학생 말야. 얼굴은 별로였는데 순진하기는… 대단했지. 너를 진짜 남편처럼 케어해 줬잖아. 그때 너네 집에 가서 라면 많이 얻어먹은 거 지금도 생각난다. 걔, 라면 하나는 기똥차게 끓였지. 우리가 그랬잖아 나중에 라면 집 차리면 부자 되겠다고. 그런데 요즘 너네 식당 돈통 옆에 앉아 있는 사모님 얼굴이 많이 달라졌더라. 너 결혼식 때 왜 우리 안 불렀냐? 도둑장가 갔냐? 우릴 불렀어도 너의 흑역사를 입도 뻥긋하지 않았을 텐데. 하하하."

정 회장은 퍼트를 준비하다 말고 속사포처럼 터지는 김

회장의 말에 어쩔 줄 몰라 하며 은정을 건너다본다. 그녀는 당황하여 정 회장의 공을 다시 닦아 퍼트라인을 맞춰놓고 재빨리 물러난다. 장 회장은 깐족대는 김 회장을 보며 유쾌하게 웃어 재낀다. 정 회장이 퍼트를 하려고 하는데 김 회장이 또 끼어든다.

"좀 전에 나한테 알까기 하면 안 된다고 말해놓고, 골프 좀 친 놈들은 자기 맘대로 룰을 안 지켜도 되는 거야?"

장 회장이 웃음을 멈추고 김 회장을 말린다.

"미스 김, 페널티 받겠다. 그만하고 퍼트해라. 인간사 다 그런 거 아니야?"

정 회장이 얼굴을 붉힌 채 퍼트를 한다. 공이 홀컵 속으로 빨려 들어간다. 아무도 나이스 버디라는 말을 외치지 않는다. 김 회장이 꼴찌다. 그가 이번 판은 무효로 하자고 한다. 그의 말을 빌리자면 돈이 아까워서가 아니란다. 기분이 좆같단다. 눈앞에서 버젓이 반칙을 하고 있는데 캐디는 왜 그냥 보고만 있느냐고 불평을 한다. 은정은 난감하다. 정 회장이 스스로 인정을 해야 하는데 그렇질 않는다. 장 회장이 김 회장에게 알아두라는 듯 말한다. 알까기를 하면 벌타가 아니라 아예 경기권을 박탈당하는 것이라고. 아니 친구들 사이에 알려지면 인생살이에서 강퇴 당해도 할 말 없다고 한다. 은정은 김 회장의 말을 들으며 은근히 화가 난다. 정작 김 회장을 도와주느라고 미처 눈치채지 못한 것을 가지고 불평하다니 싶다. 그때다. 정 회장이 불쑥 만 원짜리 한 장을 내민다. 버디 값이란다. 은정은 거절하며 클럽 정리를 하는 척한다. 정 회장의 입에서 생각지도 못한 말이 튀어나온다.

"C발년, 내 돈은 똥 묻었냐? 왜 안 받아!"

정 회장의 돌변에 은정은 깜짝 놀라 한 발짝 물러난다. 그녀는 자기도 모르게 장 회장 뒤로 가서 숨는다. 뒤따라오는 팀에서 딜레이가 너무 심하다고 무전이 또 온다. 은정은 뒤 팀의 캐디에게 미안하다 하고 다음 홀로 서둘러 이동한다. 세 사람의 말싸움이 거기서 끝나지 않는다. 다음 홀에서도 김 회장이 돈을 내놓지 않고 정 회장에게 맞선다. 결국 돈 계산이 끝나지 않은 상태에서 은정은 그들에게 티샷을 준비시킨다. 이렇게라도 해야 급한 불을 끌수 있겠다 싶어서다. 그런데 보기보다 김 회장이 끈질기다. 오너자리를 정 회장에게 줄 수 없다는 거다. 급기야는 자존심까지 걸고 덤빈다. 은정은 슬그머니 겁이 난다.

경기 운영지원팀에 연락을 할까 말까 망설인다. 하늘의 달은 구름 속에서 나오지 않는다. 개구리들의 울음소리도 멈춘다. 주변이 괴괴하다. 계곡의 물소리만 요란하다. 귀신들의 웃음소리 같다. 음흉한 달이 무덤 속에 갇혀있던 귀신들을 불러내어 페어웨이에서 굿판을 벌인 듯하다. 세 사람의 꼬락서니가 희극 배우 같다. 다들 자기 배역에만 몰두하고 있다. 은정도 자기 역할을 충실히 해야겠다고 마음먹는다. 자칫 잘못하여 중간에서 막을 내려버리면 죽도 밥도 안 된다. 모든 책임을 그녀가 져야 할 뿐만 아니라 앞으로 몇 주일 동안 일을 못 할지도 모른다. 그녀는 장 회장에게 먼저 티샷을 하라고 한다. 정 회장의 얼굴에 불쾌한 빛이 역력하다. 김 회장이 그것 보라는 듯 정 회장을 돌아보며 피식 웃는다. 은정은 목소리를 빳빳하게 세우고 말한다.

"고객님들 여기서 이러시면 안 됩니다. 뒤 팀에서 연락이 왔습니다. 무슨 일 있느냐구요. 제 입장에서 우리 팀의 험담을 얘기하고 싶지 않습니다만…. 장 회장님이 먼저 준비를 하세요. 여러분도 제가 페널티 받는 거 원하지 않으시겠죠? 빠른 진행을 위해 세컨샷 지점으로 이동할 때

반드시 카트에 탑승해주세요. 문 워크추면서 게걸음 걷
지 마시고요."

　하필이면 징 회장 샷이 OB가 난다. 그가 드라이브 재
를 카트 길에 내동댕이친다. 헤드가 깨진다. 깨진 드라이
브헤드를 보자 은정은 자기 머리가 깨진 기분이다. 그녀
는 치미는 화를 참느라고 하늘을 본다. 짙은 달무리에 갇
힌 보름달이 구름 속에서 졸고 있다. 그녀는 누가 건드리
기만 하면 폭발할 것 같다.

청회색 봄

"어항 속 붕어들 전쟁도 오늘 끝이 났네."

"결과가 어떻게 됐나요?"

"빨간 놈이 왕좌를 차지했네."

"그놈이 어떻게 해서 이겼나요?"

"합종연횡이었지."

"쉽지 않았을 텐데요?"

"붕어들의 장점이 바로 그거야. 돌아서면 잊어버린다는 것."

노인이 붕어 이야기를 처음 꺼낸 것은 며칠 전이다. 기르는 붕어들이 어항 속에서 왕좌 쟁탈전을 벌이고 있다는 거다.

노인의 마른 목소리가 전화기에서 다시 흘러나온다.

"지조 없는 놈들… 그리고 보니 어항도 버릴 때가 된 것 같네."

노인은 왠지 화가 나고 실망해 있는 듯하다. 도운은 그런 노인을 위해 일부러 가볍게 대꾸한다.

"어르신, 붕어들의 평화를 위해 약주라도 한잔하시지요, 돼지국밥에…"

그런데 갑자기 전화기에서 노인의 밭은기침 소리가 들린다.

"어르신, 어디 편찮으세요?"

"환절기라 몸과 마음이 좀 약해진 모양이네."

노인의 말소리가 가라앉은 채 이어진다.

"정말 마지막으로 할멈이 끓인 돼지국밥에 소주 한잔이 마시고 싶네."

언젠가 노인이 돼지국밥에 얽힌 이야기를 들려준 적이 있다. 가난했던 시절 아내가 자주 해주던 그 보양식에는 기막힌 사연이 숨어 있었다.

노인은 평생 독 짓는 일을 했다. 독 만드는 일은 체력이 많이 소모됐다. 독을 만들어 가마에 넣고 나면 거의 탈진 상태가 되었다. 그럴 때면 아내가 푸줏간에 가서 돼지 뼈다귀를 사다가 푹 고았다. 고기가 흐물흐물해질 때까지 곤 국물에 온갖 야채를 넣고 얼큰하게 끓였다. 먹을 것이 귀했던 시절 한 그릇의 국물은 허기진 속을 든든하게 채 워줬다. 돼지국밥 끓이는 날은 잔칫날이었다. 어른 아이 할 것 없이 한 그릇씩 뚝딱했다. 그날도 돼지국밥이 저녁 식사로 나왔다. 아내는 많은 식구들 뒤치다꺼리하느라 분 주하게 움직였다. 큰 상을 펴고, 김치보시기를 올려놓고, 밥과 국을 퍼다 날랐다. 계절이 겨울이라서 방 안에 옹기 화로를 피워놓았다. 아이들은 화롯불에 고구마를 구웠다. 구수하게 고구마 익는 냄새도 좋았다. 그런데 큰아이와 작은아이가 군고구마를 가지고 다투다가 국그릇을 엎질 러 버렸다. 그 바람에 작은놈이 사타구니에 화상을 입었 다. 옹기골에서 병원까지는 너무 멀었다. 온갖 민간요법 으로 치료를 했지만 흉터가 그대로 남았다. 장가갈 무렵 이 됐을 때 작은아들이 목숨을 끊었다. 그때부터 아내는 돼지국밥을 끓이지 않았다.

"오랜만에 할멈이 끓인 돼지국밥을 자식들과 둘러앉아 먹는 꿈을 꾸었다네."

"제가 괜한 소리를 한 것 같군요."

"이제 모두 정리할 때가 된 것 같네."

노인의 가래 섞인 숨소리를 마지막으로 전화가 끊어졌다.

도운은 남산을 오르면서도 노인의 전화 때문에 마음이 켕긴다. 노인이 걱정됐지만 정작 찾아갈 수가 없다. 몇 달 동안 통화를 했지만 어느 곳에 살고 있는지 모른다. 블로그를 하면서 닉네임에 익숙해진 탓이었는지 물어볼 생각을 미처 하지 못했던 거다. 노인도 그가 사는 곳을 묻지 않았다. 서로 밝히기가 거북해서도 아니었다. 어쩌면 통화 내용이 거리감을 못 느끼게 했는지 모른다. 매일 몇 마디씩 나누었지만 그저 동네 어른에게 문안 인사하는 것쯤으로 여겼다. 대문을 열고 나가면 우연히 골목길에서 마주칠 수 있을 거라는 생각이 들 정도였다. 그런데 막상 일이 닥치고 보니까 노인에 대해 아는 것이 하나도 없다.

도운의 무거운 마음과는 달리 3월 초순이 지난 용장계곡은 봄빛이 완연하다. 계곡물에 손을 담근다. 아직까지 손끝이 시리다. 물속에 손을 담그자 뼈까지 저려오는 부분이 있다. 새살이 차올랐지만 완전히 복구가 되지 않은 모양이다. 상처자국이 지렁이 몸통같이 구불구불 길게 손등을 감고 있다. 번들거리는 피부를 만지면 우묵하게 파인 부분이 만져진다.

명퇴를 한 후 도운은 한 달포 동안 방 안에서 거의 누워서 지내다시피 했다. 위가 음식물을 받아주지 않았다. 잠도 잘 수 없었다. 몸이 화끈거리고 미친증이 일어났다. 독이 오른 생쥐가 뾰족한 이빨로 신경줄을 갉아 먹는 것 같았다. 생쥐를 통제할 수 없었다. 밤만 되면 더 심해졌다. 견딜 수 없을 땐 냉장고에 있는 고깃덩어리를 꺼내 난도질을 했다. 식탁 위에 핏물이 도는 고깃덩어리들이 이리저리 나뒹구는 것을 봐야 진정이 됐다. 그러던 어느 날 새벽녘에 혼자서 미쳐 도리질을 치다가 식칼로 자기 손을 내려쳤다.

손을 다쳐 병원에 입원을 했다가 퇴원한 후 홀로 오르는 남산 산행이 도운의 일과였다. 노인의 전화를 처음 받은 것이 그 무렵이다. 그날도 도운은 용장계곡을 올랐다. 초겨울인데 바람 끝이 매서웠다. 방한용 등산복 속까지 한기가 파고들었다. 내장까지 얼려버리려는 기세였다. 세

차게 부는 바람이 몸뚱어리를 골짜기로 자꾸 밀어 넣었다. 그는 발끝에 힘을 있는 대로 줬다. 바람이 다리를 꺾으려고 대들었다. 산짐승처럼 몸통을 땅에 바싹 붙이고 걸었다. 눈과 귀가 혼란스러웠다. 잡목 숲이 괴성을 질렀다. 은회색의 나뭇가지들이 회초리같이 휙휙 소리를 내고, 소나무가 한쪽으로 휩쓸렸다가 다시 바로 서기를 반복했다. 바람살 속에 끌려 들어가면 지옥의 아가리 같은 계곡 속으로 빨려 들어갈 것 같았다. 고개를 뒤로 꺾어 오를 길을 가늠했다. 까마득하게 보이는 삼층탑을 올려다보았다. 탑에다 밧줄을 걸고라도 계곡 길을 빨리 벗어나고 싶었다. 추운 날씨 탓에 오솔길 위에 사람들 그림자 하나 보이지 않았다. 도운은 양지쪽에 앉아 정상까지 오를까 말까 뜸을 들였다.

그때 핸드폰의 벨소리가 울렸다. 모르는 번호에 낯선 목소리였다. 잘못 걸려온 전화라고 여겨 끊었다. 그런데 전화벨 소리가 또 울렸다. 같은 번호였다. 이번에는 아예 받지 않고 끊어버렸다. 잠시 후 또 울렸다. 왜 자꾸 전화질이냐고 욕을 할까 하다가 참고 상대방의 말을 기다렸다. 말을 듣고 난 다음에 욕을 하든지 끊든지 해야겠다고 생각했다. 도운은 전화 공포증에 시달렸던 적이 있었다. 그래서 항상 '여보세요'를 먼저 하지 않았다. 상대방의 목소리를 확인한 후에 자신을 노출시켰다.

마침내 저쪽에서 목소리가 흘러나왔다. 힘을 잃어버린 오줌줄기같이 밑으로 툭툭 떨어지는 속도와 성량이었다.

"여보시오."

튜브에서 바람이 다 빠져나가고 마지막 남은 공기가 새어 나오는 듯 쌕쌕거리는 숨소리가 섞였다. 나이든 노인 같았다.

"누구세요?"

"듣고 있소?"

"말씀하세요."

"끊지 말고 들어주면 고맙겠소."

도운은 귀찮았지만 전화를 끊지는 않았다.

"혼자 사는 사람인데 전화 걸 데가 없어서…"

"그래서요?"

"할 말은 따로 없는데, 기왕지사 전화를 받아주셨으니… 다음에도 전화 걸면, 좀 받아 주면 고맙겠소. 아무도 두 번 다시 전화를 받아 주지 않아서…"

도운은 갑자기 난감한 생각이 들었다. 자신의 일도 벅차 추스르기 어려운 판에 생면부지 노인의 사정까지 들어주어야 하는지 얼른 판단이 서지 않았다.

"연세가 어떻게 되세요? 자식들은 없으세요?"

"아흔이 넘었소. 할망구도 가고, 둘 있던 자식들 다 먼저 가고, 손주들에게는 할애비보다 개새끼가 더 가까우니…"

노인의 말을 듣고 있는 사이에 도운은 자신도 모르게 한숨이 나왔다.

"나도 빨리 가야 되는데 쉽지 않소. 종일 방 안에서 혼자 지내는데 말동무도 없고 해서…"

"외로우시겠군요?"

도운의 목소리도 어느새 가라앉아 있었다.

"다른 건 바라지 않소. 아침에 한 번, 저녁에 한 번만 내 전화 좀 받아 주시겠소? 아침에는 일어났다고, 저녁에는 잠자리에 든다고 누군가에게 알리고 싶소."

도운은 뭐라 대답을 해야 하는데 갑자기 목이 막혔다.

"꼭 대답 안 해도 괜찮소. 다른 사람들도 대답하지 않았어요. 미친 사람 취급하기도 하고, 말없이 전화 끊는 사람도 있었소. 그냥 물어보는 거요."

그렁거리는 가래 소리와 함께 한숨소리가 들렸다. 도운도 믹힌 목이 쉽사리 드이지 않았다. 잠시 동안 이쪽에서 말이 없자 노인은 전화를 끊으려고 했다. 도운 쪽에서 조바심이 일어났다. 그대로 전화를 끊게 해서는 안 된다는 생각이 들었다. 자기가 몇 번째인지 모르지만 또 거절을 당하게 해서는 안 될 것 같았다.

"어르신, 알았어요. 전화 걸고 싶을 때 언제든 하세요."

"고맙소. 복 받을 거요. 내 살날 얼마 안 남았지만 기분 좋게 살다 갈 것 같소."

노인의 목소리가 한결 밝아진 듯했다.

"예 어르신, 그렇다면 다행입니다."

노인은 다음의 전화를 약속하고 통화를 끝냈다.

기분 좋게 살다 갈 것 같다던 낯선 노인의 목소리가 귓가에서 떠나지 않았다. 기분 좋게 산다는 것. 자신도 그것을 얼마나 바랐던가. 도운은 명퇴 이후 처음으로 마음이 가벼워졌다.

용장사 터에 도착하자 목이 마르다. 깔딱고개를 올랐더

니 숨이 차 가슴팍이 따갑다. 도운은 발아래 구불구불 흘러가는 용장계곡을 내려다보면서 심호흡을 한다. 삼층탑까지 가려면 한참을 더 올라가야 한다. 산 아래와 달리 바람살이 강하다. 바람을 피할 수 있는 곳을 찾는다. 울타리처럼 무성하게 자란 산죽 더미 아래 앉는다. 보온병을 열고 커피를 따른다. 믹스 커피 향이 달짝지근하게 코를 찌른다. 세상에서 가장 유혹적인 향기다.

잔을 들고 설잠 스님에게 먼저 고수레를 한다. 산죽 이파리들이 소리를 낸다. 설잠의 감응이라고 생각한다. 커피가 낯설겠지만 장난기 많은 설잠의 성향으로 볼 때 충분히 감응을 할 것 같다. 늘 느끼는 것이지만 산에서 마시는 커피야말로 최고다. 커피를 마시면서 용장사 터를 둘러본다. 산죽 무리를 따라 윤곽선이 드러나는 텅 빈 절터에 칼바람이 춤을 추고 있다. 망나니의 칼춤 같다.

도운은 경주 출신이 아니지만 남산이 좋아 남산 밑에 정착을 했다. 그는 명퇴를 한 후 여행자들에게 경주 유적지를 안내하는 블로그를 운영한다. 그래서 자주 남산을 찾는다. 남산은 골짜기마다 이야기가 담겨 있는 매력 덩어리다. 그중에서 특히 설잠이 살았다고 전해지는 용장사

터는 더욱 살가운 곳이다. 설잠은 도운에게 많은 미끼를 던지는 인물이다. 그는 마음이 울적할 때마다 용장계곡을 올라와 설잠과 커피를 나누어 마신다. 요즘 들어 그에게 가장 큰 위안거리다.

그는 블로그에 올릴 사진을 몇 컷 찍는다. 바람에 휘둘리는 피사체의 모습을 하이 앵글로 잡아낸다. 황량한 공터에서 주변의 나무들이 옆으로 드러눕는 순간을 포착한 사진이다. 그가 사진을 확인하면서 만족한 미소를 짓는다. 독자들을 끌어들이는 화려한 문장도 중요하지만, 때로는 이런 사진이 설득력이 강하다는 것을 경험을 통해 알기 때문이다.

골짜기를 올려다본다. 겨우내 이빨을 드러내고 으르렁거리던 낭떠러지에 봄 햇살이 반짝거린다. 하지만 바람 끝은 아직 날카롭다. 언제 꽃샘추위를 몰고 올지. 바람 냄새에 독기가 느껴진다. 덤불에서 새들이 떼를 지어 날아오른다. 봄철 번식기를 맞아 떠들썩하다. 도운은 계절이 자리바꿈하는 용장계곡을 바라보며 새삼스럽게 소외감을 느낀다.

그는 다시 커피를 따른다. 천천히 커피 맛을 음미하며

몸과 마음을 느슨하게 풀어 놓는다. 솔밭에서 꿩이 자기 세력권을 지키기 위해 위협적으로 울어 대더니 제풀에 그친다. 산죽 더미에서 싸그락 거리는 댓잎 소리가 설잠의 염불소리처럼 들린다. 매화나무를 심어놓고 사랑했다는 설잠의 성깔이 저 산죽 이파리 같았을 것이라는 생각이 든다. 세상의 시끄러운 소리에만 정신 팔지 말라고 질책하는 것 같다. 도운은 자신의 삶을 돌아본다.

　도운이 명예퇴직을 하게 된 것은 교원 평가 때문이다. 학생들의 교원평가는 본래의 취지와 달리 일종의 인기투표였다. 1년 동안 열심히 했는데도 그가 학생들로부터 받은 평가는 대체적으로 2.5점을 넘지 않았다. 그 해도 2.5점에 미달이었다. 평가에서 2.5점 이하가 나오면 연수를 받아야 했다. 교육청에서 실시하는 연수는 의무사항이다. 도운은 억울하다는 생각에 연수를 신청하지 않았다. 교장을 찾아가서 하소연을 했지만 그에게 돌아온 것은 징계뿐이었다.

　그는 학생들의 평가에서 낮은 평가를 받게 된 이유가 순전히 자기 외모 때문이라고 생각했다. 어렸을 때부터 그의 별명이 생쥐였다. 왜소한 체구에 눈이 쥐눈이콩을 박아 놓은 것 같고 하관이 가파르게 쪽 빠져 누가 봐도 쥐를 연상케 했다. 살아오면서 외모 때문에 손해를 많이 봤다. 교단에 선 첫날부터 학생들이 생쥐라고 불렀다. 도운은 생쥐라는 별명에 진절머리가 났다. 아이들이 수업 시간에 자기들끼리 눈웃음만 쳐도 신경이 날카로워졌다. 생쥐라는 입술 모양만 해도 몸이 굳어질 정도였다.

연수를 신청하지 않은 다음 해, 고등학교에서 남자 중학교로 인사발령이 났다. 그는 문책성 발령이라고 생각했지만 이동해 가지 않을 수 없었다. 전근을 간 학교에서 2학년 담임을 맡았다. 아니나 다를까 학생들은 약속이나 한 듯 첫날부터 도운을 생쥐라고 불렀다. 그는 별명을 듣는 순간 아이들하고 잘 지내려고 했던 마음을 접었다. 생쥐라는 말이 도운의 모든 행동을 얽어매버렸다. 새로운 곳에서 새로운 인격을 가지고 새롭게 시작하겠다고 마음먹었던 것이 사라졌다. 출근 첫날부터 퇴근길에 소주를 사들고 오는 그를 아내가 못마땅한 시선으로 맞았다. 학생들과 갈등이 시작됐다. 막내아들보다 어린아이들이 뭘 알겠는가 하고 스스로 달래 봐도 날이 갈수록 아이들 앞에

서기가 두려웠다. 아이들은 도운을 놀리는데 재미를 붙였는지 복도를 걸어가면 뒤에서 '찌지리 생쥐'하고 달아났다. 아이들 장난은 거기서 끝나지 않았다. 도운의 반응을 찍어 단체 카카오톡 방에 올려놓고 찧고 까불었다.

그러던 어느 날 학교가 발칵 뒤집혔다. 학부모로부터 항의 전화가 쇄도했다. 교장이 불렀다. 아닌 밤중의 홍두깨라더니, 반 아이들의 단체 카카오톡 방에서 도운이 성추행범이라는 루머가 돈다는 것이다. 난데없이 날벼락을 맞은 기분이었지만 속수무책이었다. 학부모들은 진실을 알아보려고 하지도 않았다. 덮어 놓고 이런 사람은 교단에서 쫓아내야 한다고 학부모 밴드를 통해 여론몰이를 했다. 학교 측에서는 외부로 확산되는 것을 막기에만 급급했다. 도운이 팩트를 얘기했지만 교장은 도와주기는커녕 그를 원인 제공자로 생각하는 눈치였다. 상황은 도운에게 불리한 방향으로 흘러갔다. 도교육청에서 실사가 나왔다. 학교에서는 일이 더 커지기 전에 명예퇴직을 권유했다.

도운이 성추행범으로 몰리게 된 것은 이러했다. '언어와 사회'에 대해 가르치는 수업시간이었다. 교실 안에 여기저기 엎드려 자는 학생들이 눈에 띄었다. 그는 자는 녀석들을 깨우기 위해 농담을 했다.

"옛적에는 귀여운 남자 꼬마아이들을 놀릴 때, '이 놈 고추 딴다' 하고 어른들이 으름장을 놓던 시절이 있었는데 요즘은 이런 말을 사용하면 성희롱에 해당된다."

"와아! 하하하하……"

그가 예로 든 말에서 '고추 딴다'라는 표현이 교실 안을 웃음바다로 만들었다. 그의 우스갯소리가 잠을 자던 녀석들을 깨우는 데는 일단 성공했다. 하지만 그때 한 말이 와전되어 '생쥐가 고추 딴다 하더라'로 왜곡되더니, 급기야는 '수업 시간에 생쥐가 준수 고추 땄다'로 확대 재생산됐다. 학부모들이 준수의 어머니를 앞세우고 떼를 지어 학교로 몰려왔다. 이미 선입견을 가진 그들에게 도운의 해명은 씨도 먹히지 않았다.

도운은 견딜 때까지 버티다가 막내가 대학을 졸업하면 명퇴를 신청하려고 했다. 하지만 카카오톡 방에서 이리저리 차이고 있는 자신의 뒤틀린 얼굴을 보자 갈등이 일어났다. 그뿐만 아니었다. 교장과의 관계까지 껄끄러워졌다. 인내심에 한계가 왔다. 아내에게 은근슬쩍 말을 던져봤다. 아내가 펄쩍 뛰었다. 아내도 의논 상대가 아니었다.

오히려 아이들처럼 도운을 무시하고 놀렸다. 그는 자기가 진짜 찌지리 생쥐가 되어가는 기분이 들었다. 그럴 수만 있다면 정말 생쥐가 되어 누군가를 물어뜯고 싶었다. 누구라도 걸리기만 하면 갈가리 물어뜯고 싶어 이가 근질거렸다. 그는 사고라도 칠 것 같은 자신이 두려웠다. 그는 명퇴만은 혼자서 결정해야겠다고 생각했다. 그해 한 학기를 남겨 두고 아내 몰래 명퇴신청을 했다.

그가 학교를 그만둘 무렵에 준수가 찾아왔다. 그때 도운의 결백을 밝히고 싶었지만 아이들의 협박 때문에 어쩔 수 없었다고 했다. 준수는 성적은 상위권에 있었지만 반에서 은근히 따돌림을 당하던 아이였다. 반 아이들 앞에서 준수의 기를 살려주기 위해 칭찬을 많이 해줬던 기억이 났다. 그것이 아이들에게 빌미를 준 것 같았다. 도운은 기가 막혔지만 이미 모든 상황은 되돌릴 수 없는 데까지 가버렸다. 명예훼손으로 소송을 하고 싶었지만 어린 제자들을 상대로 그것도 할 짓이 못됐다.

마침내 삼층탑에 도착했다. 어느덧 정오가 지나고 있다. 등을 기대고 앉을 수 있는 곳을 찾아 그는 가부좌를 틀고 앉는다. 용장계곡이 뚝 떨어져 내려다보인다. 남산에서 가장 크고 깊은 계곡이다. 처음 남산을 오를 때는 가파른 경사도 때문에 발밑만 보고 올라오느라 협곡인 줄 몰랐다. 그런데 위에서 내려다보니 평범한 계곡이 아니다. 5백 나한들이 여기저기에 기암괴석으로 환생해 있다. 용장계곡은 속내를 감추고 있는 또 다른 세계였다. 사람의 눈으로는 그 세계를 측량할 수 없을 것 같다.

커피로 목을 축이고 김밥을 먹는다. 시장에서 사온 것이지만 산에서 먹는 맛은 별미다. 김밥을 먹으면서 다시 돼지국밥 얘기를 하던 노인을 떠올린다. 얼마 전에 도운이 노인에게 그의 속사정을 털어놓은 적이 있다. 그때 노인이 자신의 독 만들 때 이야기를 들려주며 그를 위로해 줬다.

노인은 평생 술독을 만드는 데 모든 것을 걸었다. 다른 옹기들에 비해 만드는 과정이 몇 배로 힘이 들었다. 그중에 가장 힘든 것이 가마에 불을 지피는 기간이었다. 이때는 밤낮으로 불 앞에서 계속 지키고 있어야 했다. 마지막 불을 다 땔 때쯤이면 심지가 다 타버린 촛농같이 몸이 허물어졌다. 그래서 옹기장이들 중에 기계식 옹기제작법을 도입하는 사람들이 늘어났다. 하지만 노인은 끝까지 전통 방식을 고집했다. 자식들이 세태를 따라야 한다고 했지만 받아들이지 않았다. 정성을 얼마나 들이느냐에 따라 술맛이 달랐기 때문이다. 세상은 빠르게 변했다. 노인의 힘으로 변덕이 심한 세태를 따라잡을 수 없었다.

거기다가 엎친 데 덮친 격으로 플라스틱 용기들이 대량 생산되면서 영세한 옹기장이들에게 시련이 닥쳤다. 그중에 플라스틱 회사 사장의 고발이 있었다. 이유는 옹기장이들이 인체에 유해한 화공약품을 사용한다는 거였다. 그 바람에 잿물에 광명단을 섞어 사용하던 많은 옹기장이들이 구속됐다. 그때 노인을 비롯한 전통 옹기제작법을 고집하던 옹기장이들이 들고일어났다. 보건사회부에 찾아가 실험을 한번 해보자고 했다. 옹기, 플라스틱, 고무, 유리로 된 그릇을 뜨거운 아스팔트 위에 놓아두고 하루 동안 실험을 했다. 플라스틱과 고무그릇의 물고기는 30분 만에, 유리그릇에 있던 것은 1시간 만에 죽었지만 옹기에 있던 물고기는 죽지 않았다. 하지만 그것으로 사건이 해결된 것이 아니었다. 벌써 라디오를 통해 옹기가 몸에 해롭다고 온 나라에 대대적으로 방송이 된 후였다. 그 사건 때문에 많은 옹기업체가 문을 닫았다. 노인도 일꾼들을 다 내보내야 했다. 자식들도 다른 직업을 찾아 떠났다. 남은 것은 빚더미밖에 없었다. 결국 빚을 갚기 위해 가마를 팔고 날품팔이로 몇 년을 떠돌았다. 그러나 노인은 독 짓는 일을 결코 잊은 적이 없었다. 아내와 단둘이서 가마를 다시 장만하여 일을 시작했을 때 제일 먼저 하늘에 제를 올렸다고 했다.

"다 잃었다 싶어도 기회는 다시 찾아온다네."

노인의 마지막 말이었다.

그는 식사를 끝내고 핸드폰을 열어 설잠의 소설 『이생규장전』을 읽는다. 작품 내용은 죽은 여자가 사랑하는 남자를 위해 이승으로 돌아와 살다가 다시 저승으로 떠난다는 애절한 사랑 이야기다.

도운은 떠난 아내를 잠시 떠올린다. 독단으로 명퇴를 한 후 아내와 갈등의 골이 더 깊어졌다. 아내가 먼저 졸혼을 요구했다. 졸혼이 요즘 유행이라고 했다. 유명 배우 백일섭이 TV에 나와서 졸혼을 했다고 떠들더란다. TV는 아내에게 교주였다. 아내는 TV에서 나오는 말을 모두 옳다고 믿었다.

삼층탑의 기단이 온 산을 덮고 있다. 산봉우리 전체를 싸안고 앉아 있는 형상이다. 인간 세계의 욕망을 지그시 밟아 누르고 있는 듯하다. 도운은 무쇠솥 뚜껑을 엎어 놓은 것 같은 탑의 뿌리 한 자락에 앉아 눈 아래 펼쳐지는 시가지를 조망한다. 넓은 평야 위에 건물들이 여기저기 들어서 있다. 아름다운 풍경이다. 그런데 그 풍경 속으로 한 발만 들어가 보면 이야기가 달라질 것이다. 온갖 시기와 질투가 만들어 내는 배신과 야합이 활개 치는 야바위판. 설잠의 눈에는 거름 구덩이로 보였을 거다.

도운은 지하 세계로 내려가는 갱도 같은 용장계곡을 내려다본다. 몸을 날리면 저승 세계로 직행할 것 같은 생각이 든다. 설잠도 여기에 앉아서 용장계곡을 내려다보았을 것이다. 어디선가 꿩이 호들갑스럽게 울어댄다. 나른한 춘곤증이 몰려온다. 도운은 배낭을 베고 평퍼짐한 기단 위에 눕는다. 봄 하늘이 아득하게 올려다보인다. 끝을 알 수 없는 푸른색 허공에 한 줄기 새털구름이 엷게 깔렸다. 꿩의 울음소리가 점점 멀어진다.

두 노인이 바둑을 두고 있다. 한 사람은 머리에 벙거지를 쓰고 수염을 길게 기르고 검은색 승복 차림이고, 또 한 사람은 짧은 머리에 검은색 바지와 흰색 재킷을 입었다. 바둑을 두면서 두런두런 이야기를 나눈다. 이따금 웃음소리가 옥개석 아래 기단까지 들린다. 도운은 궁금해서 탑신 아래 몸을 감추고 귀를 기울인다. 바둑에 대한 이야기 같기도 하고 시론에 관한 토론 같기도 하다. 무슨 말인지 쉽게 알아들을 수 없다. 인기척을 느꼈는지 이야기 소리가 멈춘다.

벙거지 쓴 노인이 바둑돌을 놓으면서 소리친다.

"이놈아, 숨지 말고 모습을 드러내거라."

도운이 깜짝 놀라 탑 앞으로 나서자 머리 짧은 노인이 말한다.

"설잠 스님, 세파에 상처를 입은 젊은이 같군요."

"보아하니 밀려난 선생 나부랭이구먼. 옛날부터 선생 똥은 개도 안 먹는다고 했는데…"

설잠 스님으로 불린 벙거지 쓴 노인이 덧붙인다.

"골목길에 돌아다니는 똥개들도 힘에 지배를 당하는 것이 세상의 이치야. 옛 문헌에는 온갖 미사여구들로 힘을 미화하고 있지. 가르치는 선생이 힘의 어느 측면을 보느냐에 따라 학동들의 당파도 달라지는 법이야. 나도 한때는 그랬지."

"보통사람들은 옛날 책에 나오는 것은 모두 진리로 알고 배우지요."

"진리라고? 무슨 얼어 죽을 놈의 진리야. 사람들을 꼼짝 못 하도록 손발을 묶어 놓는 올가미에 불과한 것을. 허약한 인간들이 할 짓이 없으니까 권력에 아부하기 위해 싸질러 놓은 똥 덩어리에 불과하지. 똥 덩어리는 곡식이라도 키워내지만 그것들은 아무짝에도 쓸모가 없는 흰소리에 불과할 뿐이야."

설잠의 말이 끝나자 바둑판에 한 줄기 광풍이 일어난다. 백군과 흑군이 진을 친다. 동악신과 서악신의 전쟁이다. 금오산을 차지하려는 싸움이 벌어진다. 먼저, 두 신이 마주 보고 산천초목을 흔드는 기합소리로 상대의 기선을 제압하려고 한다. 동악신이 번쩍이는 반월도를 휘두르자, 서악신은 날카로운 삼지창으로 내리찍는다. 이 봉우리 저 봉우리를 옮겨 다니면서 칼과 창을 부딪치니, 천둥 번개가 치고 벼락이 떨어진다. 처음에 삼합을 겨루고 물러섰다가 다시 십여 합을 겨룬 후 각자의 진영으로 돌아간다. 양 진영은 새로운 전략을 세운다. 때마침 편서풍이 분다. 동악에서 화공을 펼친다. 서악에서 수공으로 맞선다. 서악이 밀리기 시작한다. 판세가 동악의 승리로 기울어지는 찰나, 갑자기 주위가 어두워진다. 암흑 속에서 하늘과 땅이 한 덩어리로 붙었다가 떨어진다. 서악신이 교활한 수를 쓴다. 동악신 모르게 골짜기의 지형을 바꾸어 버린다. 서악의 골짜기가 번쩍 들린다. 골짜기 물이 동악으로 쏟아진다. 원래 지대가 낮았던 서악의 지대를 높였던 거다. 서악 물이 동악으로 흐르면서 동악 물과 합세하여 용장계곡을 집어삼킨다. 서악신이 동악 골짜기를 잡아먹고 파죽지세로 쳐들어와 금오산에 깃발을 꽂는다.

바둑판 위에서 두 노인의 수 싸움이 치열하다. 도운은 조심스럽게 설잠에게 묻는다.

"스님, 왜 미치광이처럼 살았나요? 스님에 대해 기술해 놓은 책에는 대부분 불의에 저항한 인물로 그려져 있던데…"

도운의 말을 듣고 설잠이 빙긋이 웃으면서 말한다.

"사람들은 나에 대해 과대 포장을 하고 있네. 내가 미치

광이 짓을 한 것은 지조나 의리를 지키기 위한 것보다 주변의 위선자들이 싫었네. 입으로는 도를 나불대면서 권력 앞에서는 갖은 아양을 떠는 자들이 싫었지. 그러한 그들과 거리를 두고 살고 싶었다네. 성현들의 말씀을 훔쳐 와서 권력에 아부하는 도구로 삼아 호의호식하는 그들의 고대광실보다 악취가 나는 거름구덩이가 차라리 낫다고 생각할 정도로. 거름구덩이에서 뒹구는 나를 사람들은 괴짜라고 했지. 허허허, 삶이 그렇게 재밌지는 않았네. 지금 되돌아보니 웃고 싶지 않은데 사람들에게 웃으라고 강요하는 만담꾼의 몸짓 같았다네. 당신은 어떻게 살았소?"

설잠은 마주 앉은 노인에게 이야기를 넘긴다. 도운은 설잠에게서 무엇인가 뜨거운 속내를 감추려는 비감이 느껴진다.

"저는 평생 독 굽는 일을 했지요. 특히 술단지 만드는 것을 좋아했지요. 술독에 따라 술맛이 달라지거든요. 오묘해요. 사람의 잔재주로는 어림도 없어요. 하늘이 도와 줘야만 얻을 수 있지요. 몇 번의 힘든 고비도 넘겼지요. 90여 년의 삶이 거저 살아지는 것이 아니더군요. 사람마다 자기가 만들고 싶어 하는 그릇의 모양이 있다고 생각해요. 생김새가 어떻든 간에 그 그릇에 담을 만큼만 욕심을 낼 때 가장 행복했습지요. 그 정도 욕심은 하늘이 눈 감아 주더군요."

머리 짧은 노인은 소탈한 목소리로 대답하며 도운에게도 이야기할 기회를 준다.

"그래, 젊은이는 지금 세상을 어떻게 생각하나?"

"세상이 미친 것 같습니다. 달리는 호랑이 등에 올라탄 것 같습니다. 도무지 어지러워서 서 있을 수가 없습니다. 무섭습니다."

횡설수설하는 도운의 말에 설잠이 무심하게 말한다.

"승과 패는 항상 변화지. 바둑판에서 집을 짓는 것은 세력을 키워나가는 것이야. 그러나 세력권을 만들기 위한 각자의 수는 다 다르지. 바둑판을 잘 보게. 이 판에서 이기려면 어떻게 해야 할까. …부득탐승不得貪勝이 제일 상수지, 허허허. 흙탕물은 맑은 물로 정화된다네. 잔재주가 필요 없네."

도운은 설잠의 말을 이해할 수 없다. 난처한 표정을 지으며 고개를 떨군다. 잠시 후 벽력같은 고함소리가 들린다. 도운은 자기도 모르게 설잠 앞에 무릎을 꿇는다.

"너를 가르칠 만하다고 생각했는데, 지금 하는 것을 보니 가르칠 수가 없구나. 가거라. 가서 네 집 뒷간 청소부터 하여라."

머리 짧은 노인이 나직하게 웃으면서 말한다.

"우리 세 사람은 모두 현실로부터 소외된 사람들이지요. 자신의 욕망을 억압당해본 사람만이 그 고통을 알지요. 스님은 삶을 재미없는 만담꾼에 비유했는데, 나는 이제까지 걸어온 여정을 되돌아보니 농담으로 치면 조금 재미가 없는… 그러나 진정 농담은 아닌 것 같습니다그려. 젊은이들은 아직 모르지요. 좀 더 살아보면 알겠지요, 허허허."

도운은 도무지 이해할 수 없는 상황이었지만 더 이상 물어보지 못하고 뒷걸음질 쳐서 물러난다.

솔숲에서 꿩 두 마리가 푸드득거리면서 날아오른다. 날갯짓이 힘찬 장끼가 허공을 가르며 소리를 지르자 뒤따라 날아오르는 까투리도 뒤질세라 목청을 돋운다. 그 소리에 눈을 뜬 도운은 옥개석을 올려다본다. 봄 아지랑이가 자옥하게 감싸고 있다. 방금 꾼 꿈이 너무도 생생하다.

붉은 노을이 시나브로 청회색으로 바뀐다. 봄 산도 하늘빛을 닮아간다. 하산 길에 노인으로부터 전화가 걸려온다. 통화 버튼을 미는데 도운은 왠지 손이 떨린다. 노인의 목소리다.

"그동안 고마웠다는 인사를 하고 싶네."

"어르신, 무슨 말씀을…"

"이제 내 갈 곳을 가야지. 때가 된 것 같네."

노인은 잠시 멈췄다가 다시 말을 잇는다.

"귀찮게 구는 노구의 얘기를 끝까지 들어줘서 고맙네. 복받을 거야. 아무리 힘들어도 이 세상은 살아갈 만한 곳이지. 살다 보면 좋은 시절 다시 올 거야. 떠나는 노인네 말이라고 하찮게 여기지 말게."

전화기에서 숨쉬기조차 힘에 겨운 듯 혀가 말려 들어가는 음성이 희미하게 흘러나온다. 도운이 뭐라고 대답하기도 전에 전화가 끊어진다.

에어돌

경찰서 유치장 앞에서 박 씨 마누라가 두부를 들고 기다리다 그의 입에 쑤셔 넣었다. 평소 남편에게 하던 태도를 보면 뺑덕이네가 울고 갈 여자였다. 그런데 오늘만큼은 상판대기에 조신한 표정을 짓고 서 있다가 남편이 밖으로 나오자 눈물이 날 정도로 반가운 마음을 말 대신 두부로 표현했다. 시장거리 손두부 집에 특별히 주문을 하여 혹시나 식을까 봐 보온밥통에 넣어온 거다. 박 씨는 뜨끈한 두부 몇 토막이 연거푸 밀려들어 오자 미처 넘기지 못하고 목구멍이 막혀, 그만 집어넣으라고 소리치지도 못하고 눈가죽을 뚫고 나올 듯 툭 튀어나온 두 눈만 뒤룩거렸다. 그의 마누라는 준비해온 두부를 다 밀어 넣고서야 주유소에서 서비스로 받은 휴지를 뽑아 눈구석을 훔치고 한 번 더 접어서 훌쩍이던 코를 풀었다. 최근에 마누라가 우는 꼴을 본 적이 없었는데, 코끝에 눈물이 매달려 있는 것을 보니 그의 눈도 뜨끔거렸다. 그는 장의 고소로 경찰서 유치장에 갇혔다. 그의 마누라가 장의 입원실에 찾아가 무릎을 꿇고 손이 발이 되도록 빌어서 풀려난 것이다. 장이 "배은망덕한 놈, 콩밥을 먹어봐야 정신을 차리지"라고 늙은 호박같이 싯누렇게 부풀어 오른 얼굴로 오만상을 찌푸리며 내뱉었다는 소문이 유치장 안에까지 들려왔었다. 그는 눈을 들어 하늘을 우러러봤다. 여름이 끝나가고 있었다. 폭행죄로 유치장에 갇혀 한 계절을 보낸 셈이다. 오랜만에 햇살을 보는 그의 걸음걸이가 휘청거렸다. 그때마다 근육이 빠져버린 종아리가 에어돌의 다리같이 자꾸 주저앉으려고 했다. 마누라 차에 얹혀서 횟집으로 오는 길에 시장통 삼거리를 지나치면서 에어돌이 서 있던 자리를 힐끗 건너다봤다. 에어돌은 철거되고 없었다.

"기적은 무슨 얼어 죽을, 네놈 꼬락서니도 참….."
가게 문을 여는 박 씨가 쉬지 않고 우쭐거리는 에어돌

을 쳐다보면서 투덜거렸다. 길모퉁이에 서 있어서 활어차를 운전할 때마다 성가셨기 때문이다. 놈은 칼국숫집이 호프집으로 바뀌면서 설치됐다. 저녁마다 영입 개시를 할 때 사장이 에어돌에 바람을 넣었다가 영업이 끝나면 바람을 뺐다. 바람이 부나, 비가 오나 놈은 사장이 하는 대로 일어섰다 주저앉기를 반복하면서 매일 밤 말뚝이춤도 추고 로봇 춤도 췄다. 놈의 몸통에는 '기적'이라는 상호가 박혀 있었다. 그런데 언제부턴가 그 사장이 보이지 않고, 호프집도 셔터가 내려져 있었다. 점포세를 놓는다는 광고지는 붙여놓았는데 에어돌에 바람을 빼지 않고 그대로 내버려 뒀다. 요새 들어와서 놈은 한 번 앉아보지도 못하고 24시간을 서서 버텼다. 저렇게 살아 있다고 몸부림쳐야지, 쯧쯧. 주저앉는 날은 쓰레기장으로 실려 가는 날일 것이다. 하기야 시장통에 에어돌 같은 사람이 어디 한둘이겠나.

가게 청소를 끝내고 나니 허리가 시큰거렸다. 허리디스크를 수술한 것이 재발할까 봐 조심을 했는데도. 고꾸라져서 잠깐 고양이 자세를 취했다. 몇 달 전만 해도 홀에서 서빙을 하는 아주머니들에게 청소를 시켰다. 그런데 지금은 어림도 없다. 인건비가 부담스러워 다 해고를 하고 한 명만 쓰다 보니까 오히려 사장인 마누라가 종업원 눈치를 봐야 할 상황이다. 요즘 들어와서 마누라 코 고는 소리 때문에 통 잠을 못 잤다. 흡사 고양이 낙태할 때 내는 소리 같은 신음소리를 냈다. 하는 수 없이 박 씨가 청소를 했다. 밤 근무 날은 아침 퇴근길에 들러서 했다. 청소가 끝나자 아픈 허리를 끌고 운전대를 잡았다. 포구에 활어를 실으러 가야 했다. 그날 장사할 생선은 직접 포구에 나가서 받아왔다. 잡어 배 선주와 1년 치를 미리 계약을 해둔 상태이기 때문에 장사가 되든 안 되든 배가 바다에 나가는 날은 생선을 소비시켜줘야 했다. 그렇지 않으면 그쪽에서 다른 거래 선을 터 버리기 때문에 어쩔 수 없었다. 요즘 같은 때는 활어를 받아와도 걱정이다. 방송에서 비브리오균이 어쩌고저쩌고하는 탓인지, 회를 찾는 손님이 뜸했다. 받아온 활어를 수족관에 오래 두면 신선도가 떨어져서 상품가치가 없어지기 때문에 이래저래 손해였다.

포구에 해무가 잔뜩 꼈다. 해가 두꺼운 구름 속에서 촐랑거리는 바닷물을 얼비추고 있었다. 새벽 조업을 나갔던 배들이 하나둘씩 들어왔다. 먹이를 찾아 모여드는 갈매기

떼 소리와 사람들 소리가 뒤섞여 와자지껄했다.

"좀 잡았습니까? 오늘은 웬일로 어머님하고 두 분이서…."

"그놈도 어제 나가버렸네. 요즘 젊은 놈들 중에 잡어 배를 타려고 하는 사람이 어디 있겠나."

아침인사와 함께 박 씨가 내미는 담배를 받으면서 잡어 배 선주가 심드렁하게 대답했다. 그리고 받은 담배를 엄지손톱에 대고 톡톡 치면서 앓는 소리를 했다. 생선값을 더 올려 받아야겠단다. 올해 계약을 할 때 그쪽에서 요구하는 대로 거의 깎지 않았는데도 먹고 살기가 힘들다고 했다. 10년 넘게 단골로 거래를 해왔지만 이제까지 이런 적이 없었다. 하긴 모든 물가가 천정부지로 치솟고 있으니 그럴 만도 했다. 선주는 자기 말에 가타부타 아무 말도 하지 않고 고개만 주억거리는 그를 누르께한 흰자 위에 눈곱이 낀 눈으로 미안한 표정을 지으면서 건너다봤다. 그가 대답 대신 불을 붙여주자 시든 감자같이 쪼글쪼글한 입 가장자리에 힘을 주어 담배를 한 모금 빨고는 밭은기침을 해댔다.

선주는 베트남 사람 한 명을 조수로 데리고 있었는데,

나갔단다. TV에서 뉴스 때마다 정부가 임금을 올린다고 하니까 덩달아 월급을 더 올려 달라고 하다가 자기 뜻대로 안 되자 떠났다는 것이다. 공장월급이 더 나을 것 같으니까 그쪽으로 간 모양이다. 인건비가 무서워서 다른 사람을 고용하지 못하고 오늘부터 할멈하고 둘이서 바다로 나갔단다. 노인네 둘이서 하는 작업이다 보니까 배 기름값도 안 나올 판이었다.

그렇다고 장사도 잘 안되는데 생선값을 선뜻 올려줄 수도 없는 노릇이다. 서로 사정을 빤히 아는 처지라 인상을 찌푸릴 수는 더더욱 없었다. 선주에게 일단은 생각해보자는 말만 해 놓고 생선을 받아왔다. 차를 몰고 오면서 온갖 묘안을 짜내도 여기서 활어 값까지 더 올려주면 현재 메뉴판 가격으로 남는 것이 없었다.

박 씨는 활어를 수족관에 채워 넣고 난 다음 경매장에 가서 대게도 낙찰받아 들여왔다. 대게 사이즈를 살펴보는 마누라 귀에 대고 오후에 VIP들이 온다고 속삭였다. 무슨 말인가 하면, 리조트 현장 직원들을 부른 것이다. 겉으로는 박 씨가 그들에게 대게를 대접하는 것으로 되어있지만, 실은 그들을 부르라고 장이 돈을 주고 갔다. 그는 똥구멍에 힘을 주면서 오랜만에 마누라 앞에서 주방이 울리도록 줄방귀를 뀌었다. 무지막지한 방귀 소리에 마누라 눈꼬리가 빳빳해지는 듯하더니, 금방 실눈으로 풀렸다.

약속시간이 되자 리조트 직원들 네 명이 왔다. 그들은 대게를 보자 자기 몫을 빼앗기지 않으려는 듯 팽팽한 긴장감이 돌도록 상 위에 머리를 처박고 게살을 발라 먹었다. 거의 대화도 없이 집요하게 게살 파기에만 몰두하고 있는 그들의 뒤통수를 마음 같아서는 한 대씩 갈겨주고 싶었다. 박 씨는 접대를 하면서 기회를 봐서 그들의 대화를 자기가 원하는 방향으로 유도하고 싶었지만 어림도 없었다. 그 전날 미리 대게 값을 신용카드로 긁으면서 장이 "너 하기에 달렸다"라고 하던 말이 '살래 죽을래. 알아서 기라'로 자꾸 바뀌어 떠올랐다. 장에게 닦달당하지 않으려면 넘겨줄 정보가 있어야 되는데….

아니나 다를까 몸이 달았는지 장이 밤늦게 리조트 경비실로 찾아왔다. 누가 볼 새라 차를 길 아래 구석진 곳에 세워 두고 걸어서 올라왔다. 박 씨는 같은 근무조인 허 씨에게 잠깐 외출한다는 말을 해 놓고 밖으로 나왔다. 어둠 속이지만 장의 숨길에서 단내가 났다. 입술이 바싹 말라보였다. 둘은 리조트 뒤쪽에 나 있는 산책로를 따라 고래불 대로 올라갔다. 어릴 때 물 뿜는 고래를 보면 재수가 좋다고 하여 자주 오르던 길이다. 그는 앞에서 걸어가는 장의 헐떡거림을 들으면서 그가 좋아할 만한 말을 하고 싶었지만 리조트 직원들이 한 말을 아무리 채를 쳐봐도 영양가 있을 만한 알갱이가 나오지 않았다.

"미안하다. 아 C팔 자기들끼리 쑥덕거리며 처먹기만 하고. 바늘 끝 들어갈 틈도 보이지 않더라."

"C팔, 정말, 그으래, 음-."

장은 미심쩍다는 듯 입맛만 다셨다.

박 씨는 '내가 뭘 숨긴 것도 없는데 좆같네'라는 욕지거리가 목구멍에서 치밀어 올라오는 것을 꿀꺽 삼켰다. 장이 끌어다 주는 손님을 무시할 수 없었다. 한참 동안 둘 사이에 어색한 침묵이 흘렀다. 먼저 침묵을 깨뜨린 것은 장이었다.

"C팔, 안 되겠다. 데모라도 해야겠어."

"무슨 데모를?"

"조만간에 VIP들이 온다는 정보가 있으니 그때 시작해야지."

"누굴 데리고, 제수씨하고 피켓이라도 든다고?"

박 씨는 장의 뜬금없는 말에 오징어 채낚기배 불빛이 가물거리는 바다를 비리보다가 장에게 되물었다. 장은 그의 물음을 무시하고 다른 사람과 통화를 했다. 박 씨는 장의 태도가 못마땅했지만 그가 시킨 대로 '2차로 노래방까지 갔더라는 것, 쌍쌍파티노래방 여사장이 일을 잘하더라'는 말까지 하고 엉덩이를 털고 일어났다.

봄이 시작되면서 리조트 공사는 마무리 단계에 들어갔다. 여름 성수기를 잡으려고 개장을 서둘렀다. 사람들은 거대한 유럽풍 성채가 산속에 자리 잡자 기대감에 들떴다. 하지만 청소부 아주머니들은 불안감이 높아갔다. 불길한 소문이 떠돌았다. 리조트가 개장하면 시설 관리 분야 용역업체가 새로 들어온다는 거다. 시장통에서 마당발로 통하는 박 씨의 눈에도 공사기간 동안 단기계약으로 시설관리를 맡고 있는 장의 재계약이 불투명해 보였다. 장이 재계약을 하지 못하면 그도 머잖아 옷을 벗어야 할지 몰랐다.

박 씨는 하루 종일 TV를 보는 것이 지겨워 콧구멍을 후

비던 손을 멈추고 여태까지 살아온 날을 되짚어봤다. 마누라하고 20년이라면 장하고는 불알친구였다. 한 인간은 암삵이고, 또 한 인간은 중학교 때 상두산 결투에서 쌍코피가 터지고부터 지금까지 줄곧 자신을 졸병처럼 부린 놈이다. 하지만 마누라 잔소리보다 장의 협박이 견디기가 쉬웠다. 아무리 생각해봐도 횟집 마누라 밑으로 기어들어 가는 것보다 장이 치는 장단에 맞춰 춤을 추는 것이 남는 장사가 될 것 같았다. 결국 장에게 붙어야겠다고 결론을 내렸다.

리조트 직원들은 시험 가동으로 바빴다. 마무리 공사를 하던 인테리어 업체 현장 인부들이 철수할 준비를 했다. 장이 박 씨를 사무실로 불렀다. 무슨 꿍꿍이라도 있는지 일방적으로 명령을 내렸다.

"야, 꼭두놀음 대잡이 한번 해라. VIP들 내려오는 날짜에 맞춰라. 아주머니들을 동원해서. 내일부터 행동 들어간다."

"예, 사장님!"

박 씨도 각오가 된 목소리로 대답을 했다.

박 씨는 마누라 횟집으로 청소부 아주머니들을 불러 모

았다. VIP들이 오는 때에 맞추어서 행동에 들어가려면 아주머니들 교육부터 해야 했다. 먼저 팀장을 뽑았다. 아주머니들이 그녀들 중에 똑똑해 보이는 한 여자를 추천했다. 알고 보니 시장통 단골 노래방 쌍쌍파티 여사장 언니였다. 쌍꺼풀 수술도 자매가 같은 곳에서 했는지 둘 다 고양이 눈매다. 그는 예쁜 노래방 여사장 언니라는 것이 더 마음에 들었다. 팀장의 도움을 받으면서 장이 코칭해준 대로 아주머니들을 어르고 달래며 설득했다.

다음날부터 농성에 들어갔다. 아주머니들이 상복 차림을 한 채 한 손에 청소용구, 다른 한 손엔 피켓을 들고 나타났다. 사무실 직원들이 깜짝 놀랐다. 무슨 배짱인지 아주머니들은 직원들의 제지에 아랑곳하지 않았다. 리조트로 들어오고 나가는 사람들이 제일 잘 보이는 곳에 붉은색으로 '백퍼센트 고용승계 보장하라!'라고 프린트된 현수막을 걸었다. 카세트플레이어에 상엿소리가 들어 있는 CD롬까지 장착하고 만반의 준비를 끝내고 기다렸다. 박씨는 핸드폰에서 '카톡'하는 소리가 날 때마다 장에게 욕을 퍼부었다. 입으로는 죽일 놈, 살릴 놈 하면서도 장이 쏘아대는 지시내용을 빠짐없이 팀장에게 전달했다.

경비실에서 아주머니들을 관찰하던 박 씨가 신호를 보내자 카세트플레이어에서 상엿소리가 터져 나왔다. 검은 상복을 입은 아주머니들이 꽹이갈매기 떼같이 꺼이꺼이 울기 시작했다. 어떤 아주머니는 밀대를 들고 땅을 쳤다. 또 어떤 아주머니는 빗자루로 쓰레기통을 개 패듯이 두들겨댔다. 각자 들고 온 도구들을 적절히 활용하면서 때때로 악을 썼다. 그중에 진짜 통곡을 하는 아주머니도 있었다.

며칠 굶은 살쾡이 낯짝을 하고 마누라가 박 씨를 볼 때마다 못 잡아먹어 안달을 했다. 마누라 허락 없이 그가 맘대로 활어 값을 올려준 것에 대한 불만이었다. 말끝마다 '장사도 잘 안 되는데…'라고 늘어놓는 잔소리가 징글맞았다. 하지만 그의 눈에도 요즘 횟집에 파리만 날리고 있는 것이 보였다. 상두산에 리조트가 들어서면 장사가 잘 될 거라고 기대했는데. 주말인데도 말갛게 씻어놓은 듯했다. 그는 마누라 꼬락서니가 보기 싫어서 방파제 낚시터로 나갔다. 외지에서 온 차가 서너 대 정도 보였다. 작년 같았으면 지금쯤 방파제 낚시꾼들이 타고 온 차로 공용주

차장이 만차가 돼 있어야 할 때였다. 개미새끼 한 마리 없는 방파제에 파도만 혼자서 빈 소주병을 굴리고 있었다. 밤 근무 들어가기 전까지 가게 일을 거들었지만 하루 종일 받은 손님이 고작 서너 테이블뿐이었다.

이래저래 열 받은 박 씨는 매운탕을 끓여 놓고 소주병을 땄다. 마누라가 따발총을 쏘아댔지만 무신경하게 총알들을 통과시켜버렸다. 마누라가 듣든지 말든지 술잔을 들고 "세상살이가 누군들 다르겠어. 모두 다 같이 이 땅에서 물고 뜯고 부대끼면서 살아가는데. C팔 새끼들, 정치하는 놈들 잘못 만나서 조금 더 힘들 뿐이다. 그렇다고 누굴 원망하겠나. 되는 데까지 살아보는 거지"하고 뇌까렸다.

박 씨는 이제까지 정치인들이 온갖 공약을 떠벌릴 때 그들이 잘 알아서 하겠지 하고 생각했다. 솔직히 정치인들이 무슨 말을 하는지 잘 이해하지도 못했다. 평생 신문한 장 꼼꼼하게 챙겨본 적이 없었다. 책은 학교 졸업과 동시에 빠이빠이 했다. 학교 다닐 때 재미있게 읽은 책은 만화가 전부였다. 차라리 공약집이 만화로 만들어졌으면 한 장이라도 읽었을 것이다. 이번에도 그랬다. 용뺄 재주도 없는 인간들이 온갖 거짓말을 버물어 멀쩡한 대통령을 쫓아내고 야단법석을 떨었지만, 그는 하루 종일 연예인들이 나와서 먹고, 수다를 떠는 먹방만 봤다. 가게에서나 경비실에서나 딴생각 못하게 눈을 붙들어 매 놓는 데는 연예인들 얼굴이 최고였다.

　박 씨는 경비실에서 밖을 내다봤다. VIP들이 오후에 도착한다고 사무실 직원들이 바쁘게 돌아다녔다. 핸드폰에서 쉴 사이 없이 카톡 소리가 울렸다. 장이 어디선가 이쪽을 지켜보고 있는 것 같았다. 며칠째 농성이 계속되자 아주머니들이 곡을 하다 지쳤는지 모여앉아 수다를 떨었다. 그가 못마땅한 얼굴로 한참 내다보고 있는데, 장의 메시지가 날아왔다. 귀신이 곡할 노릇이었다. 현장에 코빼기도 비추지 않는 장이 자기가 보고 있는 것을 똑같이 보고 있는 것에 놀랐다. 팀장에게 핸드폰으로 장의 지시내용을 전달했다. 금세 아주머니들이 제자리로 돌아갔다. 그때 경비실 인터폰이 울렸다. 10분 후에 VIP들이 경비실을 통과한다는 내용이다. 그는 재빨리 팀장에게 행동개시 명령을 내렸다. 상엿소리도 더 크게 볼륨을 높이고, 섬뜩함이 느껴질 정도로 살기를 가지고 곡을 하라고 시켰다. 아주머니들의 곡소리가 다시 들렸다. 그는 빙긋이 웃으면서 옷매무새를 바로잡았다. 거울을 보면서 한 번 더 거수경 례 자세를 점검했다. 혁대를 사이에 두고 아래 위층으로 분리된 뱃살을 안으로 집어넣었다. 허리를 꼿꼿이 세우고 리조트 정문 옆 경비원 자리로 가서 차렷 자세를 취했다. 시계를 봤다. VIP들이 도착할 시간이 다 됐다. 눈동자만 돌려 아주머니들이 하는 행동을 점검했다. 생각보다 잘 진행되고 있었다. 그는 혼자서 어깨를 으쓱했다.

낮 근무를 하는 날은 하루 종일 상엿소리를 들었더니 입에서 저절로 흘러나왔다. 구성진 가락을 좋아하긴 하지 만 같은 소리를 반복해서 듣는 것도 고역이다. 머리가 아 파오고 짜증이 났다. 그렇다고 그만두게 할 수도 없는 노 릇이다. 일을 성공시키려면 이 정도는 참아야 한다고 중 얼거렸다. 구성진 가락을 좋아하는 사람도 고문을 당하는 기분인데, 저 위 사무실에 있는 놈들은 며칠째 창문도 못 열어 놓고 지낼 것이라고 생각하니 그래도 참을 만했다. 경비실 인터폰 앞에서 대기하고 있던 허 씨가 밖으로 나왔 다. 표정이 심상찮았다. 횟배 앓는 사람처럼 늘 누리끼리 한 피부가 파르르 떨렸다. 사무실에서 빨리 아주머니들을 철수시키라는 명령이 내려왔다고 했다. 박 씨는 눈으로 주변을 훑었다. 눈에 보이지 않는 장이 더 두려웠다. 잠시 갈등이 일어났다. 장에게 충성하지 말고 사무실 직원들에게 아부하는 것이 더 나을 거라는 생각도 스쳐 갔다. 누구에게 빌붙든지 하여간 옷을 벗느냐, 마느냐가 걸린 순간이다. 그는 경비원 보초자리에서 움직이지 않았다. 자리를 비울 수 없으니 도리어 허 씨보고 하라고 했다.

아주머니들의 곡소리가 더 커졌다. 허 씨의 고함 소리가 곡소리에 묻혀서 잘 들리지 않았다. 아주머니들과 허 씨가 실랑이를 벌이고 있는데 VIP들이 들이닥쳤다. 고급 승용차 두 대가 리조트 입구로 들어섰다. 박 씨는 옆 눈으로 농성장을 건너다본 뒤에 차를 향해 거수경례를 했다. 차 안에 있는 사람들은 자기네들끼리 이야기를 하느라고 그를 향해 고개도 돌리지 않았다. 입구에 들어선 차가 잠시 멈추는 듯하더니 그냥 지나갔다. 그는 농성하는 소리가 차 안까지 분명히 들렸을 거라 생각했다. 'C팔, 배는 출항했다.' 그는 구석진 곳에 가래를 뱉고 경비실로 들어갔다. 뒤따라 벌겋게 달아오른 얼굴로 허 씨도 들어왔다.

허 씨는 자리에 앉을 생각도 안 하고 리조트 관계자들

에 대해 욕을 해댔다. 남의 동네에 와서 영업장을 차리면 당연히 지역민들에게 일자리를 줘야 하지 않느냐면서 속내를 드러냈다. 일자리 보장 문제에 대해에서는 허 씨도 같은 처지였다. 새로 들어오는 용역업체가 누구를 다시 채용할지 아무도 몰랐다. 리조트에서 비정규직으로 일하는 사람들은 겉으로 시끄럽다고 욕을 해도 오히려 아주머니들을 부추기는 눈길을 보냈다. 박 씨는 허 씨의 불안을 벌써부터 짐작하고 있었지만 같이 할 마음은 없었다. 장이 재계약에 성공을 하든 아니면 다른 업체가 들어오더라도 어차피 백퍼센트는 못 간다고 생각했다. 리조트 철골조가 올라갈 때부터 경비실에서 같이 일을 했지만 한 번도 이 문제에 대해 이야기를 나눈 적이 없었다.

아주머니들의 악다구니 소리가 들렸다. 사무실 직원 두 사람이 직접 농성장에 내려왔다. 그들이 현수막을 걷어내자 아주머니들이 맨바닥에 드러누워 뒹굴면서 통곡을 했다. 이번의 곡소리는 진짜 울음이다. 울다 보니까 진짜 울음이 터져 나오고 있었다. 한 많은 한 여자의 일대기가 사설로 엮여 나왔다. 남편을 바다에 수장했다는 대목에서 박 씨도 목울대가 뻐근해졌다. 건너다보니 얼마 전에 오징어잡이 갔다가 배에서 떨어져 죽은 정 씨의 마누라였다. 정 씨네는 병든 노모에다, 한창 돈 들어갈 어린 것이 셋이나 됐다.

현수막을 걷어들고 사무실 직원이 경비실에 들어왔다. 허 씨가 재빨리 현수막을 받았다. 박 씨는 사무실 직원에게 아주머니들 욕을 했다. 하필이면 VIP들이 오는 날까지 지랄들이냐며 혀를 찼다. 사무실 직원은 현수막을 넘겨주고 바로 돌아서서 나갔다. 아주머니들의 곡소리가 여전히 들렸다. 농성장에 남아있던 한 명이 달래는 소리도 섞여 들렸다. 그때 핸드폰이 '카~톡'했다. 장의 지시였다. 농성장에 나가서 개입을 하라는 내용이다.

"아, C팔 어디서 지켜보고 있는 거야. 쥐새끼같이"

투덜거리며 박 씨는 농성장으로 향했다. 경비실에 현수막을 맡기고 간 직원이 아주머니들에게 욕설을 퍼부었다. 아주머니들이 벌떼같이 그 직원에게 달려들었다. 아주머니들의 육탄공세가 만만치 않았다. 그 소용돌이 속에서 아주머니 한 명이 세워놓은 짚단 넘어지듯 픽 쓰러졌다. 박 씨는 재빨리 병원 구급차를 불렀다.

구급차가 와서 의식을 잃은 아주머니를 실어갔다. 박

씨는 남은 아주머니들을 쭉 둘러봤다. 몰골들이 완전히 초상집 분위기다. 그는 먼저 아주머니들을 나무랐다. 오늘이 어떤 날인 줄 알고나 이런 판을 벌였느냐고 하면서 데모도 눈치껏 해야 한다고 핀잔을 줬다. 또한 사무실 직원들을 위로했다. 그렇지 않아도 바쁠 텐데 이런 일에까지 신경 쓰게 해서 미안하다고 했다. 그는 팀장에게 눈짓을 하면서 아주머니들도 몸조심하라고 했다. 몸이 밑천인데 잘못하다간 골로 간다고 덧붙였다. 팀장이 그의 눈짓을 알아채고 큰 소리로 긴급 제안을 했다. 앞으로 박 씨가 중간에 서서 사무실 사람들하고 이야기를 좀 해주면 좋겠다는 것이다. 높으신 양반들하고 이야기를 하려면 배운 사람이 중간에 서야 말귀도 잘 알아듣고 한다는 거다. 박 씨에게 모든 것을 맡길 테니까 말씀 좀 잘해 달라고 애원을 했다. 다른 아주머니들도 이구동성으로 우리 같이 촌무지렁이들이 뭘 알겠느냐고 하면서, 단지 밥자리 지키려고 이 짓을 한다고 설왕설래했다. 아주머니들의 아우성에 정신을 못 차리던 직원들은 다행이다 싶은 눈치를 보였다. 마침내 박 씨가 아주머니들을 대변하기로 사무실 직원들과 합의를 봤다. 아주머니들은 일단 양보하는 척하면서 농성을 풀었다. 팀장이 사용했던 피켓을 경비실에 맡겨두고 나가면서 눈을 찡긋했다.

횟집에서 박 씨의 보고를 받은 장이 웬일로 칭찬을 했다.

"이제야 말귀를 좀 알아듣네. 내일부터 다음 단계로 넘어간다. 끝까지 대잡이 노릇 잘해라."

"다음 단계가 어떤 것인데?"

"네가 사장할래. 너무 알려고 하지 말고, 아주머니들 내일부터는 1인시위로 간다. 중간에 사달 나지 않도록 관리 잘하고…"

"C팔, 누군 허수아비가. 나중에 재계약 성사되면 누구 덕인 줄 알아나 주겠나."

박 씨의 볼멘소리를 장은 귓등으로 듣는지, 횟값도 내지 않고 가버렸다.

"나 참 더러워서. 처먹은 값은 주고 가야지."

장의 뒤통수에 대고 마누라가 모기처럼 앵했지만 이미 입이 돌아간 가을모기 소리다.

그다음 날부터 아주머니들이 1인 피켓 시위를 교대로 이어갔다. 박 씨는 팀장에게 장의 지시내용을 핸드폰으로 전달하면서 리조트 사무실에서 전화가 오기를 기다렸다. 며칠이 지났는데도 연락이 없었다. 장이 아주머니들 농성의 수위를 높이라고 지시를 했다. 아주머니들이 다시 상엿소리를 틀어 놓고 곡을 하자 곧바로 연락이 왔다. 저녁에 만나자는 내용이다. 그는 재빨리 장에게 연락을 했다. 그리고 장의 지시에 따라 마누라에게 VIP 급으로 음식상을 준비하라고 일렀다.

박 씨는 허 씨에게 집 안에 일이 생겼다고 거짓말을 하고 서둘러 퇴근을 했다. 그는 회 뜰 준비를 하고 수족관에 있는 생선들 중에서 가장 비싼 놈을 골랐다. 힘없는 멸치 떼를 잡아먹고 두툼하게 살이 오른 놈들이다. 뼈를 발라 내면서 중얼거렸다. 포를 떠서 죽일 놈, 누구를 지칭하는지 그도 몰랐다. 껍질을 벗기고 핏물을 빼고 마른 면포로 물기를 닦았다. 빛을 내뿜는 칼날을 손끝으로 스윽 문지르고 나서 한쪽 눈을 지그시 감고 칼날을 응시했다.

박 씨가 도착하고 오래지 않아 리조트 직원들이 들어왔다. 그는 일이 잘 성사되기를 바라면서 여러 가지 전채 요리를 내놓았다. 주방에서 요리가 하나씩 완성될 때마다 직접 서빙을 하면서 그들의 환심을 사려고 노력했다. 하지만 리조트 사람들은 그가 들어갈 때마다 하던 이야기를 중단하고 음식 이야기로 화제를 돌렸다. 정작 아주머니들의 요구사항은 그들에게 관심거리도 되지 못했다. 그는 매운탕을 상 위에 내놓기 전에 장에게 전화를 했다. 밖에서 대기하고 있던 장이 손님인 척하면서 들어왔다. 그는 리조트 직원들과 장을 자연스럽게 합석을 시켰다. 그다음부터는 장의 화려한 말솜씨가 그들을 리더해 나갔다. 사실 장은 군의원에 출마할 준비를 하고 있을 정도로 언변이 뛰어났다. 그는 군청 환경과 출신이다. 뇌물을 받고 꽁치통조림 공장 오폐수 무단 방류를 눈감아 주었다가 옷을 벗은 인물이었다. 그는 전직을 밑천으로 삼아 사업을 했다. 마지막으로 매운탕을 곁들인 식사가 끝나자 장이 그들을 데리고 2차를 갔다.

장이 리조트의 시설관리 분야 용역을 따냈다. 그런데 화장실 들어갈 때와 나올 때가 다르다고 하더니, 처음에 한 약속을 개똥밭에 처박아버렸다. 이제 와서 청소부 아주머니들 전원을 재고용할 수 없다고 했다. 인건비 상승분을 계산하여 그만 큼에 해당하는 인원을 추려 내버렸다.

그 후, 장이 온갖 핑곗거리를 대면서 박 씨를 피하자 그는 장의 사무실 앞에서 하루 종일 신을 치고 기다리다가 장이 다른 손님을 만나고 있는 자리에 쳐들어갔다. 장은 그를 평생 꼬붕처럼 부려먹었다. 그래서 박 씨의 한칼 하는 성질도 잘 알고 있었다. 장은 될 수 있으면 그를 건드리지 않으려고 천연덕스럽게 시치미를 떼고 웃었다. 그러는 장을 보자 꼭지가 돈 그는 안다리걸기 한판으로 장을 소파에 주저앉혀 놓고 고함을 쳤다.

"야이 십새캬! 어쩔래? 살래 죽을래? 사내새끼가 왜 이렇게 야비하냐? 그래, 사람을 동원했으면 약속을 지켜야지. 안 그래?"

"친구야, 내 사정도 딱한 줄 잘 알잖아? 재계약 따내도 정부에서 노랠 부르는 최저임금 때문에…. 머잖아 이 일도 접어야 할 것 같다. 좀 벌면 인건비로 다 나가버리니. 말도 마라. 근무 시간도 근준법에 맞춰야 되고, 모든 것에 규제가 심해 숨쉬기도 힘들다."

"그건 네 사정이고. 그래도 약속은 지켜야지. 아주머니들 시골 사람들이라고 얕보면 큰코다친다. 그 여자들 목숨 걸고 하는 싸움이야. 절대 그냥 넘어가지 않을 거야."

"알았어. 하는 데까지 해 볼게. 지금 다른 곳 뚫고 있는데 성공하면 그쪽으로 파견 보내는 방법도 있긴 해. 조금만 기다려. 그리고 허 씨는 빼고, 너는 재고용하니까 걱정하지 마."

박 씨는 장의 마지막 말에 더 약이 올랐다. 꼭두각시놀음에 대잡이까지 시켜 놓고 아주 큰 선심이나 쓰는 듯한 말투였다. 그는 성난 황소가 주인에게 덤비듯이 확 들이받고 싶었지만, 내년에 대학에 들어갈 쌍둥이들의 얼굴이 떠오르자 장에게 커피잔만 던져 버리고 밖으로 나왔다.

마누라 횟집에 청소부 재계약자 명단에서 제외된 아주머니들이 몰려왔다. 박 씨에게 팀장이 대들면서 왜 자기 이름이 빠졌느냐고 따졌다. 손톱으로 얼굴에 고속도로를 낼까 봐 겁이 나면서도, 그도 궁금하고 답답하기는 마찬가지였다. 팀장은 그를 장과 한통속으로 생각하는 눈치다. 데모를 할 때 장이 그의 뒤에 숨어 있었다는 것을 어렴풋이 눈치챈 말투였다. 그가 어설프게 변명을 했지만, 오히려 기름구덩이에 담뱃불을 던진 격이 됐다.

다음 날 팀장이 리조트 사무실로 찾아가서 박 씨의 사주를 받고 데모를 했다고 모두 까발렸다. 사무실 사람들이 그를 불렀다. 그들은 이제는 자기들 소관이 아니라는 태도로 귀찮아하면서 팀장을 덜떨어진 인간으로 몰아붙여서 빨리 내쫓으려고 했다. 직원들의 비아냥거리는 말투에 팀장은 코너에 몰린 쥐 같은 기분이 들었는지 자기 분에 못 이겨서 포악질을 해댔다. 그녀의 입에서 리조트 관계자들을 협박할 동영상이 있다는 말이 튀어나왔다. 그는 심장이 멎는 것 같았다. 그녀가 그것을 어떻게 알았는지 짐작이 갔다. 동영상은 장의 기획이었다. 리조트 관계자들을 접대할 때마다 쌍쌍파티노래방 여사장을 시켜서 촬영을 하게 했다. 재계약이 결렬될 때를 대비하여 만들었던 것이다.

　다음 날, 장이 박 씨를 자기 사무실로 호출했다. 리조트 관계자들로부터 그를 고용승계 시키지 말라는 연락이 왔다고 했다. 그는 기가 막혔다. 억울해하는 그에게 오히려 장이 동영상 문제를 거론하면서 그쪽에서 법적으로 걸면 어떤 방법으로도 손을 쓸 수 없다고 했다. 법률 지식이 거의 없는 그는 장이 시킨 대로 대잡이 노릇한 것밖에 없다고 항변했지만, 진실은 이미 쓰레기소각장에 들어간 정액이 묻은 팬티쪼가리에 불과했다. 장이 리조트 직원들에게 모든 것이 박 씨가 꾸민 것이라고 미뤄버린 뒤였다. 그리고 최선의 해결책이라고 생색을 내면서 그를 작은 모텔 설비 관리원으로 발령을 냈다.

며칠 후, 장이 박 씨를 상두산 고래불대로 불렀다. 혹시라도 아주머니들 농성을 장이 원격조종했다고 그가 실토할까 봐 입을 막기 위해서였다. 둘은 바다를 내려다보면서 장이 준비해온 양주를 마셨다. 바다가 허옇게 파도를 말아 올리고 있었다. 고래가 없는 바다에 파도가 물을 뿜었다. 술을 마시던 그가 장에게 물었다.

"왜 명단에서 팀장은 뺐냐?"

"알고 싶냐? 토끼사냥이 끝났잖아. 용도폐기도 몰라. 핫하하하."

순간 박 씨는 장의 빈정대는 턱주가리에 어퍼컷을 날렸다.

"씹새끼! 재수 없는 놈."

일터에 있어야 할 박 씨가 가게에 들어섰다. 영업이 끝나갈 무렵이다. 그는 아무 말도 하지 않고 바깥 테이블에 털썩 주저앉았다. 소주를 달라고 했다. 놀란 그의 마누라가 암탉 주둥이 같이 입술을 오므리고 매운탕 남은 것을 데우겠다고 했지만, 그는 그새를 참지 못하고 자기 손으로 소주를 들고 와서 병나발을 불었다. 아직 아무것도 모르는 그의 마누라가 잔소리를 하려다 오므린 입술에 힘을 잔뜩 주고는 그냥 주방으로 들어갔다. 부엌에서 누군가와 통화를 하더니 매운탕을 테이블에 가져다 놓고는 남편이 하는 양만 지켜봤다. 그는 연거푸 소주 몇 병을 비우더니 'C팔, 좆도'를 마구 쏟아냈다. 그의 마누라는 멀찍이 떨어져 서서 눈만 치켜뜨고 쳐다보다가 살그머니 회칼을 치웠다. 모든 동작이 재빠르고 소리가 나지 않았다. 퍼뜩 주방 정리를 끝내고 고양이 걸음으로 카운트로 가서 매출 전표를 정리하는 척했다.

술에 취해 인사불성이 된 박 씨가 호프집 앞에서 춤을 추는 에어돌에게 다가갔다. 기적이라는 몸통의 글자가 탈색이 되어 거의 보이지 않았다. 그는 바지 지퍼를 내리고 오줌을 갈겼다. 오줌줄기를 맞으면서도 놈은 계속 춤을 췄다. 그가 눈을 까뒤집고 에어돌을 노려보더니 마누라가 숨겨둔 회칼을 찾아 들고 와서 마구 휘둘렀다. 복부를 찔린 에어돌이 피시시식 고통스런 소리를 냈다. 맥없이 하수구로 처박히던 놈이 그 앞에서 미친 듯이 웃는 그를 후려쳤다. 그 바람에 에어돌을 머리에 뒤집어쓰고 그도 같이 하수구에 빠졌다.

그래도 우리는

아저씨는 복남에게 새끼 칠 기회를 줄 생각이다. 가족을 만들어주고 싶었다. 그래서 스스로 암컷을 찾아가도록 목줄을 풀어 놓았다. 이웃집 할매 잔소리가 마음에 걸렸지만 신경 쓰지 않기로 했다. 그런데 복남을 집 밖으로 내보내지 못했다. 도대체 늙은 감나무 그늘 밖으로 나서려고 하지 않았다. 하는 수 없이 진돗개 암컷을 키우는 집을 수소문 했다. 산 너머 동네에 발정 난 암캐가 있었다. 아저씨는 소주 한 병을 들고 암캐 주인을 찾아갔다. 개주인의 승낙을 받아 교미 날짜를 정했다. 첫 혼례를 잘 치르도록 복남에게 육고기도 챙겨 먹였다. 정해 놓은 날 새벽에 암컷이 왔다. 두 놈을 늙은 감나무 둥치에 같이 묶어 놓았다.

그런데 한나절이 지나도록 교미는 이루어지지 않았다. 복남이 암컷의 냄새만 맡다가 상황이 종료되어버렸다.

복남의 울음소리는 특이했다. 낯선 사람을 보고 열심히 짖어대지만 기껏 내는 소리가 씨익씨익 거리는 타이어 바람 빠지는 소리다. 복남은 원래 아스팔트 키즈였다. 아파트에서 태어나 큰 식당의 주방에서 자랐다. 강아지일 때 성대절제 수술을 받았다. 주방에서 개 짖는 소리를 내지 못하도록 하기 위해서다. 그러나 식당이 폐업을 하면서 복남도 버려졌다. 1년여를 유기견으로 살았다. 먹이를 찾아 도시의 거리를 떠돌았다. 허기진 배를 채우기 위해 음식물 쓰레기를 찾아 헤맸지만 늘 배가 고팠다. 먹이를 찾아 차츰차츰 도시 외곽지로 밀려나던 어느 날 개장수에게 잡혔다. 미끼인 줄 모르고 돼지비계덩어리를 보고 덤볐다가 쇠창살로 만든 개 우리에 갇혀 트럭에 실려 갔다. 그때 같이 갇힌 다른 개들과 함께 느슨해진 출입문을 밀어내고 언덕을 오르는 트럭 위에서 탈출을 했다.

복남이 아저씨 집에서 살게 된 것은 3년쯤 됐다. 먹이를 찾아 떠도는 발길이 어느새 시골 마을을 배회하고 있었다. 시골 음식물쓰레기에는 달짝지근한 맛은 없었지만 배를 채우는 덴 부족하지 않았다. 서너 집만 돌아도 끼니가 해결됐다. 마을을 배회하다가 노다지를 발견했다. 바로 아저씨 집이다. 아저씨는 음식물쓰레기를 넛밭 옆에 깊게 파둔 구덩이에 모았다. 거름을 만들기 위해서다. 복남에게 그 구덩이는 보물창고였다. 그의 식사가 끝날 때를 기다려 구덩이를 뒤지기만 하면 됐다.

그날도 구덩이 속으로 펄쩍 뛰어내렸다. 그런데 아저씨에게 들켰다. 닭백숙뼈다귀를 한참 핥고 있는데 그의 목소리가 들렸다.

"닭 뼈다귀는 창자를 찌르는데 큰일 나겠네."

복남은 사람 소리에 놀랐다. 겁먹은 눈으로 위로 올려다보았다. 아래로 내려다보는 걱정 어린 눈길과 마주쳤다. 그가 먼저 웃었다. 복남은 그의 웃는 모습에 마음이 놓였다. 그가 달아나는 복남을 불렀다. 낡은 냄비에 닭고기 국물을 듬뿍 부어줬다. 그다음 날부터 아저씨는 냄비에 음식을 담아놓고 복남이 오기를 기다렸다. 먹이를 두고 다른 곳으로 떠돌 바보가 어디 있겠나. 복남은 그의 무릎 밑에 앞발을 구부리고 꿇어앉았다.

아저씨는 오래전부터 집 주변을 배회하는 복남을 알고

있었다. 그는 아침마다 담 구멍으로 기어들어 오는 떠돌이 개를 기다렸다. 복남이가 나타날 때쯤이면 집 안에서 나오지 않았다. 창문을 통해 밖을 내다만 봤다. 텃밭 옆에 있는 구덩이를 살폈다. 주위를 두리번거리면서 허겁지겁 음식물쓰레기를 뒤지는 개의 몰골이 옛날 자신의 모습과 같았다.

그는 지하도에서 노숙생활을 했던 시절이 생각났다. 20여 년 넘게 다녔던 회사에서 명예퇴직을 당했다. 그때 받은 퇴직금으로 프랜차이즈 닭갈빗집을 차렸다가 5년을 못 채우고 손을 털었다. 그 여파로 아내와 이혼을 했다. 친권과 양육권을 모두 아내에게 넘겼다. 자식을 키울 여건이 못 됐다. 속수무책이었다. 모든 것을 체념했다. 아이들이 눈에 밟혔지만 면접권도 포기했다. 남은 것은 등에 짊어진 등산용 배낭에 담긴 것이 전부였다. 지하도에서 술에 찌들어 뒹굴었다. 알코올성 지방간이 간경변증으로 진행되고 있었다. 지하도에서 죽을지 모르겠다는 두려움이 엄습해왔다. 그곳에서 죽고 싶지 않았다. 개죽음은 피해야겠다고 생각했다.

환갑이 지나자 국민연금이 나왔다. 풍족하지 않았지만

희망이 됐다. 연금으로 노후생활을 할 수 있는 곳을 찾았다. 도시에서는 턱없이 부족했다. 연금으로 살 수 있는 곳은 시골뿐이었다. 시골로 가서 빈집을 얻어 살기로 했다. 여러 곳을 찾아다녔다. 도시에서 멀어질수록 마을에 노인들뿐이었다. 빈집도 많았다. 농번기 때 돈을 벌 수 있는 일거리도 많이 보였다. 몇 곳을 다녀보다 인심이 좋아 보이는 이 마을에 정착했다. 마당에 텃밭이 있는 빈집을 얻어 둥지를 틀었다.

그는 지하도 생활을 하면서 허비했던 시간을 벌충하고 싶었다. 피폐해진 심신도 회복시켜야 했다. 허물어져 가던 집을 수리하면서 생활에 안정을 되찾으려고 애썼다. 쑥대밭이 된 텃밭에 잡초를 뽑아내고 여러 가지 채소 씨앗을 뿌렸다. 새싹이 돋아났다. 여리지만 강한 생명력을 뿜어내는 채소들을 보자 죽어 있던 욕망이 꿈틀거렸다. 소박하지만 행복한 시간을 꿈꿨다. 그때 복남이 그의 집에 찾아왔다. 그는 누구보다도 반가웠다.

봄이 시작되니 춘정이 났다. 복남은 성기를 자주 핥았다. 꼬리 물기를 하고, 몸을 비비적거리기도 했다. 그러나 혼자서는 재미없었다. 옆집에 사는 초복에게 곁눈질을 자주하지만 정작 그쪽에서는 눈길도 주지 않았다. 지금도 초복은 외출 중이다. 말복하고 어울리는 것 같았다. 요즘 말복 놈이 나타나지 않는 것을 보니, 얼음이 풀려 물소리가 듣기 좋은 뒷산으로 놀러 간 모양이다.

복남은 말복이 새삼 괘씸했다. 그동안 말복이 놀러 오면 먹이도 나누어 먹었다. 배은망덕한 놈 같으니라구! 말복하고만 붙어 다니는 초복도 못마땅했다. 애정이 담뿍 담긴 눈길을 늘 보냈는데…. 복남은 혼자라서, 외로워서 킁킁대며 뜨락을 둘러봤다. 노루귀도 피었고 진달래도 봉오리가 맺혀 날씨가 따뜻해지기만을 기다렸다. 나른한 시간이 흘러갔다. 이웃집 할매가 부추밭에 똥을 쌌다고 따따부따 잔소리를 퍼부어댄 날, 그날부터 목에 목줄이 감기고, 늙은 감나무 둥치에 쇠사슬로 묶였다. 목고리에 연결된 쇠사슬의 길이만큼만 자유를 가지고 살지만, 그래도 복남은 단란한 가족을 거느린 행복한 가장이 되는 꿈을 꿨다.

복남은 부쩍 자란 말복을 경계했다. 하지만 정작 연적은 말복이 아니다. 떠돌이 똘만이었다. 똘만이 기회를 엿

보면서 초복 주변을 맴돌았다. 복남도 대강 눈치를 채고 경계를 했지만 놈은 복남의 빈틈을 노렸다. 새벽안개가 자욱한 날, 놈이 도둑처럼 다가왔다.

새벽녘에 꿈자리가 어수선했다. 진드기가 붙었는지 귀가 가려웠다. 눈을 감은 채 귀때기만 벽에 문질렀다. 그때 초복의 소리가 들렸다. 육감이 움직였다. 눈을 떴다. 밖은 이불홑청을 널어놓은 것같이 희뿌연 새벽안개가 시야를 가렸다. 욕망이 부풀어 오르는 숨소리가 들렸다. 똘만과 초복이 교미를 하고 있었다. 몸에 전기가 지나갔다. 눈앞의 늙은 감나무가 비실거렸다. 억장이 무너졌다. 벌떡 일어났다. 있는 대로 소리를 질렀다. 그러나 붙어있는 두 연놈은 쌕쌕거리는 복남의 소리를 들은 척도 않았다. 위치만 조금 바꾸었을 뿐 눈앞에서 꿈적도 하지 않았다. 복남은 발길질을 했다. 발이 닿지 않았다. 길길이 날뛰어도 쇠사슬 길이 만큼이었다. 두 연놈은 복남의 한계를 아는지 놀라지도 않았다. 맞붙은 연결 부위를 보란 듯이 코앞에 떡하니 버티고 있었다. 혼자서 지랄발광을 했지만 소용이 없었다. 결국 짖는 것을 멈추고 두 연놈이 떨어지기만 기다렸다. 짖지도 않고 지켜만 보자니 머쓱하여 고개를 돌렸다. 먼 산을 바라보는 시늉을 했지만 모든 신경은 두 연놈에게 가 있었다. 똘만이 놈이 움직일 때마다 초복이 깽깽거리면서 죽는다고 신음소리를 냈다. 복남은 하릴없이 털을 후루룩 털었다.

봄이 되면 농촌의 아침은 일찍 시작됐다. 새벽닭 우는 소리가 들리면, 곧이어 경운기 소리가 따다거렸다. 복남이 시끄럽게 짖어댔다. 짖는 소리가 다른 사람에게는 우습게 들려도 아저씨는 그 울음소리의 의미를 알아들었다. 창을 통해 밖을 내다봤다. 새벽안개가 짙어 한 치 앞도 안 보였다. 안개 때문에 검은 둥치만 희미하게 보이는 늙은 감나무 밑에 희한한 장면이 펼쳐졌다. 개 세 마리가 우스꽝스런 구도로 서 있었다. 안개 때문에 민화 속의 한 장면 같았다. 똘만과 초복이 붙었다. 그 장면은 그도 반갑지 않았다. 문을 열고 나갔다. 그를 보자 짖기를 멈추고 몸통만 후루룩 털고 있는 복남의 꼬락서니가 우스웠다. 입에서 웃음과 욕설이 동시에 튀어나왔다. 붙어 있는 두 놈을 떼려고 붙은 곳을 발로 툭툭 건드렸다. 그러나 맞붙은 엉덩이가 꼼짝도 하지 않았다. 바지랑대를 찾아들고 때렸다. 똘만이 놈이 매를 피해 보려고 엉덩이를 들썩거릴 때마다 초복의 신음 소리만 더 높아졌다. 그도 화가 났다. 두 놈의 연결부위를 바지랑대로 모질게 내리쳤다. 드디어 떨어졌다. 똘만이 줄행랑을 쳤다. 초복도 달아났다. 복남이 아저씨에게 뛰어오르며 가볍게 킁킁거렸다. 그는 "싱거운 놈"이라고 혼잣소리를 하면서 복남에게 먹이를 주고 집 안으로 들어왔다.

아저씨는 속이 헛헛했다. 집 안으로 들어와서 한동안 입에 대지 않았던 소주를 한 잔 들이켰다. 식도를 훑고 넘어가는 짜릿한 자극이 목구멍에서 다시 올라왔다. 그동안 잊고 살았던 욕망이 꿈틀거렸다. 건강이 회복되면서 가끔씩 새벽에 힘이 뻗치기는 했지만 오늘처럼 주체할 수 없을 정도는 아니었다. 아내의 거칠어지던 숨소리가 그리웠다. 회사원 생활을 할 때 낮 생활이 피곤해도 밤 생활은 행복했다. 그 모든 것이 명퇴와 함께 끝이 났지만. 서러움이 목구멍을 막았다. 꺽꺽 소리를 내면서 이불 속에서 혼자 몸부림을 쳤다.

그랬던 것이, 다음날 새벽에 또 똘만이 나타났다. 복남이 밤새 대문을 지키다 새벽녘에 눈을 좀 붙이는데, 초복의 신음소리가 들렸다. 놀라서 눈을 떴다. 두 연놈의 엉덩이가 맞붙어있었다. 목청을 돋우어 으르렁거렸지만 소용이 없었다. 기가 막혔지만 묶여있는 상태로는 뾰족한 수가 없었다. 바깥 상황을 눈치챈 아저씨가 나왔다. 그가 두 놈을 떼어 놓기 위해 바지랑대를 들고 연결부위를 때렸다. 똘만이 놈이 매를 피하려고 엉덩이를 획 틀다가 복남 쪽으로 밀렸다. 기회다 싶어 복남이 펄쩍 뛰어올랐다. 그러나 실패였다. 다시 시도했지만 결과는 마찬가지였다. 아저씨의 매질이 계속됐다. 매질 속에 힘이 들어갔다.

한 시간이 넘게 복남과 똘만이 싸웠다. 서로 주둥이며 모가지를 물어뜯었다. 복남은 늙은 감나무 둥치에 굵은 쇠사슬로 묶여 있었기 때문에 자꾸 헛발질만 날렸다. 격렬한 몸부림 탓에 쇠사슬에 연결된 목고리가 목덜미를 더 파고들 뿐이다. 아저씨의 속이 탔다. 그렇다고 두 놈 사이를 뚫고 들어가 복남의 쇠사슬을 풀어 줄 수도 없었다. 그는 옆에서 고함만 쳤다. 복싱선수가 잽을 날리며 강펀치 날릴 순간을 찾듯 복남은 똘만을 앞발로 견제하면서 제대로 공격할 기회를 노렸다. 똘만도 복남을 공격하면서 한편으로 복남의 공격범위에서 벗어나려고 애썼다. 그러나 똘만은 꽁무니에 초복을 달고 있어 마음대로 움직일 수 없었다. 드디어 똘만이 복남의 사정권 안에 들어왔다. 복남의 통쾌한 한 방이 날아갔다. 세차게 똘만의 목덜미를 물어뜯었다. 그 순간 초복도 나가떨어졌다. 이저씨기 손뼉을 치면서 환호성을 질렀다. 한 방 제대로 물린 똘만의 피가 튀었다. 복남의 얼굴 반쪽이 피 칠갑을 했다. 똘만도 지지 않았다. 복남의 눈두덩을 물어뜯었다. 눈두덩이 찢어져 피가 떨어졌다. 복남이 멈칫하는 순간을 틈타서 초복과 똘만이 줄행랑을 쳤다.

복남의 통쾌한 한 방을 보자 아저씨의 가슴이 벌렁거렸다. 막혀있던 기맥이 확 뚫리는 기분이다. 명퇴한 이후에 늘 숨이 답답했다. 눈에 보이지 않는 장막 속에 갇혀 있는 기분이었다. 복남의 공격성공이 그를 덮씌우고 있던 장막을 찢어냈다. 오랜만에 온몸이 뜨거워졌다. 한결 숨쉬기가 좋아졌다.

복남은 피 묻은 얼굴로 숨을 헐떡거렸다. 도망쳤던 초복이 어느새 집 안에 웅크리고 앉아 있는 것이 눈에 들어왔다. 복남은 분노와 욕정이 동시에 솟구쳤다. 앞발로 땅이 울리도록 바닥을 걷어찼다. 초복이 튕기듯 밖으로 나왔다. 복남의 성기에 힘이 뻗쳤다. 몇 번의 시도 끝에 삽

입하는 데에 성공했다. 얼굴에 피 칠갑을 하고, 숨은 턱에 닿을 듯했지만 눈은 가느스름해졌다. 초복과 붙어 있으면서도 때때로 짖었다. 아저씨에게 보란 듯이 짖었다. 뒤늦게 병신육갑을 떨고 있는 자신에게 화가 나서 짖었다.

아저씨도 복남을 응원했다. 자기가 못한 것을 대신하고 있었기 때문이다. 몇 년 전에 아내가 재혼한다는 소문을 들었을 때다. 미칠 것 같았다. 소문을 무시하려고 더 술에 빠져서 허우적거렸다. 그러다 아내가 재혼하면 자식들은 어떻게 하나 하는 생각이 들었다. 노숙자로 떠돌아도 늘 가족들 주변을 맴돌았던 그다. 아내의 재혼을 도저히 용납할 수 없었다. 아이들을 핑계 삼아 아내를 찾아갔다. 하지만 재결합 얘기는 꺼내지도 못했다. 아내는 노후를 걱정 없이 살고 싶다고 했다. 아이들도 재결합을 원하지 않았다. 아버지가 필요 없다고 잘라 말했다. 가족들을 볼 면목이 없다는 것을 알고 있었지만, 돌아 나오는데 뒤꼭지가 서늘했다. 아무도 배웅해 주지 않았다. 불이 켜진 창문만 올려다보고 발길을 돌렸다.

복남과 초복이 한 시간 가까이나 붙어 있었다. 복남의 불기둥 같았던 욕망의 덩어리가 가라앉았다. 사정이 끝나자 떨어지려고 엉덩이를 들썩였다. 그런데 잘 빠지지 않았다. 초복은 발발이 좋다. 성기가 작은 병 구멍에 꽉 끼어 있는 기분이었다. 자세를 낮췄다. 빠지지 않았다. 슬쩍 드러눕는 자세를 취했다. 그러나 소용이 없었다. 뒷발로 초복의 엉덩이를 걷어찼다. 실패다. 이번에는 초복을 꽁무니에 매단 채 바닥에 질질 끌었다. 그러는 동안 초복이 죽는다고 울음소리를 냈다. 마초적 쾌감도 잠시, 죽을지도 모르겠다는 공포감이 몰려왔다. 고추 먹고 맴맴, 사력을 다해 돌았다. 어찌어찌하여 초복이 떨어져서 제집으로 들어가 널브러졌다.

안타깝게 지켜보던 아저씨도 흐뭇했다. 복남이 이번에는 제대로 해냈다. 그는 자기일 같이 기뻤다. 지난번 진돗개 암컷을 붙여줬을 때 제대로 수컷 구실을 못 했는데. 그는 그때 암캐 주인에게 미안하기도 했지만 부끄럽기도 했다. 꼭 자신이 병신 같다는 생각이 들었기 때문이다. 이번에 다른 놈에게 선수를 빼앗기긴 했지만 아무튼 성공했다. 그러나 초복을 보니 기분이 좋지 않았다. 새벽부터 진돗개 수컷 두 놈에게 시달렸으니.

초복이 많이 짖어 댔다. 배도 나날이 불룩해졌다. 복남은 초복을 눈여겨 관찰했다. 그날 아침 일어난 정황으로 볼 때, 선뜻 판단이 서지 않았다. 복남은 궁금했지만 겉으로는 관심이 없는 척했다. 초복이 새끼를 배자 아저씨가 먹이를 줄 때 초복에게 따로 줬다. 특식을 챙겨주는 날이 많았다. 복남은 먹이를 받을 때마다 자존심이 상했다. 그래서 혼자 꼬리 물기를 하는 척하다가 밥그릇을 발로 차 엎어버리곤 했다. 초복에게 특식을 주는 날에는 단식을 하면서 밥투정을 했다.

초복은 지난해 아저씨네 가족이 됐다. 초복의 이름은 초복 날 잡아먹겠다는 의미를 담고 있었다. 어느 날 아저씨가 강아지 세 마리를 얻어 왔다. 이름이 초복이, 중복이, 말복이다. 다음 해 초복, 중복, 말복 날 복달임용이었다. 동네사람들이 구판장 술판에서 이구동성으로 그런 이름을 지었다. 아저씨 집엔 초복만 남기고 중복, 말복은 각각 다른 집으로 보내졌다. 바로 이웃집으로 보낸 말복은 틈만 나면 놀러 왔다. 하루의 대부분을 복남, 초복과 같이 지냈다. 먹고 자고 하는 것도 거의 같이하다시피 했다. 그 집 손녀가 데리러 오면 잠시 따라갔다가 다시 금방 되돌아왔다. 초복이 들어오면서 아저씨의 관심은 어린 초복에게로 옮겨갔다.

초복이 처음 왔을 때다. 아저씨는 복남의 밥그릇에 초복의 밥도 같이 담아줬다. 아저씨의 의도를 알 수 없었지만 복남은 그것을 거부할 수 없었다. 거부했다가 또 버려질까 두려웠다. 복남은 그들 사이에 나름대로 위계질서를 세웠다. 먹이를 먹을 때 복남이 맨 먼저 먹고 남겨주면 초복이 먹고 마지막으로 객꾼인 말복이 먹는 순서였다. 이 집에 제일 먼저 들어와서 살았고, 자기 밥그릇이지만 텃세를 부리지 못했다. 식사 때마다 고문을 당하는 기분이었다. 초복, 말복이 쪼그리고 앉아서 복남이 식사를 끝낼 때까지 기다렸다. 육고기나 생선이 들어있는 날은 더욱 참기 힘들었다. 성욕만큼이나 참기 어려운 식욕이었지만 3등분을 어림해서 먹고 남겨줬다.

아저씨는 잠을 잘 때도 초복을 복남의 집에서 함께 자도록 했다. 왜냐하면 초복이 잠잘 때마다 낑낑대며 울었기 때문이다. 비좁은 집이지만 복남은 초복을 기꺼이 받아들였다. 말복도 초복과 놀다가 밤이 되면 자기 집에 가지 않고 같이 껴서 잘 때가 많았다. 초복이 자라서 자기 집을 가질 때까지 이렇게 질서를 세워두었는데, 그가 요즘 들어와서 무너뜨려 버렸다.

복남은 질투심과 불안감 때문에 화가 났다. 하루는 먹이를 주러 온 아저씨에게 어금니를 드러내고 으르렁거리면서 펄쩍 뛰어올랐다. 그가 몸을 휘청 꺾으면서 뒤로 물러섰다. 평소 하지 않던 복남의 돌발적인 행동에 놀랐는지 욕을 하면서 바지랑대로 갈겼다. 복남은 쇠사슬 때문에 달아날 수 없었다. 바지랑대가 엉덩이를 내려칠 때마다 더 크게 짖기만 했다. 그의 매질이 길지는 않았다. 그러나 복남은 속이 부글거려 참을 수 없었다. 세상을 갈가리 찢어놓을 듯이 앞발로 흙바닥을 파면서 분을 풀었다. 그는 개장수가 오면 팔아버리겠다고 으름장을 놓고 집 안으로 들어가 버렸다. 야속했다. 지붕으로 올라온 복남은 늙은 감나무 그늘 속에 드러누웠다. 코끝으로 눈물이 흘러내렸다.

아저씨는 복남이 초복에게 해코지라도 할까 봐 걱정이 되는 모양이다. 초복의 집을 복남의 집으로부터 조금 거리를 두고 떼어놓았다. 복남은 그에게 실망했다. 한 가족이 된 후로 충직하게 복종하고, 온갖 아양을 다 떨었는데,

믿지 못하는 것 같아 울분이 터졌다. 한편으로 불안하기도 했다. 동네에 개장수가 들어올 때마다 팔아 버릴까 봐 공포감에 다리가 후들거렸다.

복남은 요즘 이상한 놀이에 빠졌다. 지붕 위에서 밥그릇을 향해 꼬치를 조준해서 오줌을 싸는 놀이다. 아참! 복남의 집은 아저씨가 샌드위치 판넬로 손수 지은 집이라서 지붕이 평면이다. 처음에는 조준이 잘되지 않았다. 하루 종일 지붕 위에 앉아서 오줌 줄기의 길이와 각도를 연구했다. 오줌이 마려울 때마다 연구한 것을 실험해봤다. 며칠 동안 시행착오를 겪었다. 수십 번의 시도 끝에 정확도가 점차 높아졌다. 정확도가 거의 100퍼센트에 가까워지고 있는데 아저씨한테 들켰다. 그의 매질에 혼쭐이 났지만 놀이에서 오는 쾌감이 매질에서 오는 아픔보다 몇 배나 높았다. 복남은 매를 맞으면서도 오줌을 눌 때마다 지붕 위에서 밥그릇을 향해 오줌을 갈겼다.

자기 밥그릇에 오줌을 싸는 복남을 보고 아저씨는 걱정이 됐다. 초복이 새끼를 배고부터 복남의 이상행동이 눈에 띄게 나타났다. 밥도 잘 먹지 않았다. 늘 지붕 위에 앉아 멍한 눈길로 먼 산만 바라보고 있었다. 그가 다가가도 예전처럼 배꼽을 드러내고 뒹굴지도 않았다. 무엇보다 이해할 수 없는 것은 밥그릇에다 오줌을 싸는 거였다. 처음에는 나무라고 때려도 봤지만 나날이 심해졌다. 초복이 새끼를 낳기 전에 팔아버릴까 하는 생각도 했지만 선뜻 마음이 내키지 않았다. 동네 보건소 소장에게 물어봤다. 소장의 말이 개도 사람처럼 스트레스를 받는다고 했다. 스트레스를 받으면 이상행동을 한다고 했다. 그는 복남이 왜 스트레스를 받을까 고민했다.

그도 극심한 스트레스를 받았을 때가 생각났다. 그때 술에 찌들어 살았다. 모든 것이 거꾸로 보였다. 아니 거꾸로 행동하고 싶었다. 마음을 통제할 수 없었다. 뇌 속을 벌레가 갉아 먹는 것 같았다. 꼭지가 돈다는 것이 바로 그런 것이었다. 누구에게라도 어깃장을 놓아야 직성이 풀렸다. 술을 마시고 가족들에게 행패를 부렸다. 다른 데 가서 화풀이할 수 없는 것을 가족에게 했다. 온갖 미친 짓을 하다가 술에서 깨면 가족들에게 죄를 지었다는 생각이 들었다. 맨정신일 때는 가장 노릇을 해보려고도 했다. 그런데 그의 기분을 건드리지 않으려고 조심하는 가족들의 태도를 보면 또 화가 치밀어 올랐다. 상황이 점점 악화됐다.

가족들의 눈빛이 달라지기 시작했다. 아이들이 가출했다. 아버지가 집에 있으면 들어오지 않겠다고 했다. 행패 부릴 상대가 없어지자 그는 집을 나왔다. 거리의 부랑자가 되는 길이 그렇게 어렵지 않았다.

그는 그때 지푸라기라도 잡고 싶은 심정이었다. 그런데 그것을 제대로 표현하지 못했다. 경제적 파산상황에서 맞닥뜨린 악성스트레스를 풀어내는 방법을 몰랐다. 어렸을 때부터 자기감정을 표현하는 훈련을 받은 적이 없었다. 당장의 압박에서 벗어나기 위한 수단은 술밖에 없었다. 처음엔 술이 편했다. 그렇지만 술에게 주인자리를 내줬다가 멀지 않아 술에게 끌려다니는 지경이 됐다.

복남의 행동이 허투루 보이지 않았다. 사람이나 개나 느끼는 감정은 같을 것이다. 생존에 대한 불안감은 모든 생명체가 가지는 것이니까. 그는 복남을 통해 오히려 자신을 안심시키고 싶었다. 복남에게 먹이를 주면서

"복남아 우리 오래오래 같이 살 거야. 걱정하지 말아라." 하고 달랬다. 지붕 위에 앉아서 먹이를 줘도 꿈쩍하지 않던 복남이 밑으로 내려왔다. 아저씨 앞에 앞발을 꿇었다. 불안이 가시지 않은 눈으로 올려다보았다. 그가 복남의

목덜미를 잡고 몇 번 흔들어줬다.

　포근한 봄, 부드러운 밤기운이 좋았다. 복남은 지붕 위에서 별을 보다가 잠드는 밤이 많아졌다. 봄이지만 새벽엔 찬이슬이 내렸다. 몸에 축축 감기는 습기 때문에 눈을 떴다. 초복이 숨이 끊어지듯 신음소리를 냈다. 지붕에서 내려가 지켜봤다. 배가 땅바닥에 맞닿을 듯이 많이 처졌다. 출산이 임박해 보였다. 초복이 고통스럽게 끙끙대면서 버둥거렸다. 돕고 싶었지만 복남이 도와줄 부분이 없었다. 초복이 혼자서 끙끙거리더니 아침 햇살이 퍼져 나갈 때쯤에 새끼들이 쏟아져 나왔다. 초복은 새끼를 핥아서 탯줄을 벗겼다. 하얀 놈이 넷이고 까만 놈이 하나다. 초복이 벗겨낸 탯줄을 먹는 것을 보고 복남은 다시 지붕 위로 올라왔다. 앞산 위로 솟아오르는 해를 보면서 짖었다. 복남이 짖는 소리에 아저씨가 밖으로 나왔다. 초복이 새끼를 낳은 것을 보고 그도 기뻐했다. 복남은 그의 앞에서 한 번 구르는 것으로 아침 인사를 했다. 다시 앞산을 보고 짖었다. 왠지 자꾸 짖고 싶었다. 그가 새끼들을 들여다보다가 복남에게 시끄럽다고 웃으며 나무랐다.

초복이 출산을 하여 새 식구가 늘어나자 그는 기분이 좋았다. 옛날 아내가 병원에서 첫아이를 낳던 때가 생각났다. 밤에 양수가 터졌다고 했을 때 덜컥 겁이 났다. 숨이 끊어지는 것 같은 아내의 신음소리를 들으면서 처음으로 신에게 기도를 했다. 아이가 무사히 태어나면 앞으로 신을 믿겠노라고 맹세했다. 행복한 시간들이었다. 갓난아기를 어르면서 서로 자기 닮았다고 했지…. 돌아보니 지금은 그런 맹세를 했는지조차 까마득했다. 맏이의 나이를 계산해 봤다. 그도 손자를 볼 때가 다 되어 갔다. 눈시울이 뜨거워졌다. 가족들이 살고 있는 곳을 향해 멍한 시선을 던졌다. 거무스름한 얼굴색이 더 짙어졌다. 애써 표정을 감추고 주저앉아서 텃밭 손질을 했다.

복남은 태연하려고 애썼다. 하루의 대부분을 늙은 감나무 그늘이 짙어져 가는 지붕 위에서 널브러져 잠만 잤다. 아저씨는 초복에게 미역국을 끓여줬다. 소고기 기름이 자르르 돌고 구수한 냄새가 코를 찔렀다. 복남도 달라고 펄쩍펄쩍 뛰어올랐다. 음식이 탐이 나서만 아니다. 서운했다. 판매용 사료만 부어주고 그만인 아저씨의 무관심이 무서웠다.

초복이 새끼를 낳은 지 스무이틀이 지났다. 새끼들이 태어난 지 두 주쯤 되었을 때 실눈처럼 반눈을 뜨더니, 이삼일 전부터는 제법 집 밖으로 기어 나올 정도로 시력이 발달했다.

새끼들이 눈을 뜨자 초복이 바빠졌다. 혹시라도 새끼들이 집 밖으로 나갔다가 돌아오지 못할까 봐 노심초사다. 집 밖에서 입구를 몸통으로 울타리 치듯이 가로막고 누워서 늘 주변을 살폈다. 짓는 횟수도 많아졌고 소리도 날카로워졌다. 초복이 집 밖에 누워 있을 때면 새끼들이 어미의 젖을 빨기 위해 밖으로 나왔다. 초롱꽃처럼 어미 젖에 조로조롱 매달려 있는 것이 보기 좋았다. 복남은 지붕에 앉아서 초복의 가족들을 자주 내려다보았다. 그리고 경계근무를 서는 보초병같이 날카로운 눈으로 집 주변을 살폈다.

며칠 전부터 뻐꾸기가 울었다. 느리고 길게, 다급하고 짧게 들렸다. 복남은 뻐꾸기 울음소리에 귀를 기울인 채 잠시 눈을 감고 있었다. 그때 솔개 한 마리가 내려앉았다. 눈 깜짝할 사이에 초복의 새끼 한 마리를 낚아챘다. 하얀 새끼 한 마리를 발가락 사이에 움켜쥐고 하늘로 날아올랐다. 개집에서 멀리 떨어진 잔디밭 위에서 기어 다니다 변을 당했다. 지붕 위에 앉아 있던 복남이 그것을 보고 공중 잽이 하듯이 펄쩍 뛰어 솟구쳤다. 하늘을 향해 머리를 쳐들고 격렬하게 짖었다. 그제야 초복도 알아채고 길길이 날뛰면서 짖어댔다. 초복이 울부짖자 복남은 지붕에서 내려와 초복 곁으로 다가갔다. 둘이 같이 하늘을 바라보고 짖었다. 한참 동안 짖더니 초복이 집 안으로 들어가 누워버렸다. 복남도 다시 지붕 위에 올라앉아 먼 산을 보다가 앞다리 사이에 머리를 처박고 졸았다. 초복이 며칠을 두고 제대로 먹지도 않고 울었다. 복남은 어미속도 모르고 뿔뿔이 흩어져 장난을 치는 새끼들을 그때마다 물어다 초복의 집에 넣어줬다.

진드기들이 피부를 파고들어 피를 빨았다. 그때마다 근질거려 미칠 지경이다. 몸통을 감나무 둥치에 대고 피가 나도록 문질러도 시원치가 않았다. 진드기에게 물어뜯기면서 무더위에 지쳐가고 있었다. 밥도 먹기 싫었다. 밥을 잘 먹지 않자 아저씨가 치킨을 들고 와서 옆에 앉았다. 구수하고 달착지근한 냄새가 코를 자극했다. 아저씨가 미처

뼈다귀를 발라주기도 전에 덥석 닭다리를 물고 어적어적 씹었다. 닭 뼈는 먹으면 안 된다고 하면서 그가 빼앗으려고 했다. 복남은 빼앗기지 않으려고 후다닥 삼켰다. 닭 뼈는 끝이 날카롭기 때문에 뱃속에 들어가면 위벽을 찌른다고 그가 걱정을 했다. 그래서 그런지 그때부터 가끔씩 복통이 왔다.

그는 새끼들이 젖을 떼면 초복만 남기고 내다 팔 생각이다. 다 키우고 싶지만 사룟값 부담이 만만찮았다. 그의 병원비도 많이 들어갔다. 그동안 앓고 있던 간경변증이 악화됐다. 몸에서 점점 힘이 빠져나갔다. 농사일이 힘에 부쳤다. 농번기에 돈을 벌어야 되는데 병색이 짙은 그에게 동네사람들이 일거리도 잘 주지 않았다. 주변 사람들이 개고기가 몸보신에 좋다고 복남을 약으로 쓰라고도 했다. 그러나 키우던 개를 잡아먹고 싶지는 않았다. 그는 복남을 팔까 말까 고민을 했다. 복남을 팔면 사룟값이 많이 줄어들 것이다. 복날이 가까워지면서 개장수가 마을에 자주 왔다. 올 때마다 그의 집에 들렀다. 개장수가 좋은 가격을 제시할 때마다 그는 복남의 집을 건너다보았다.

복남은 창자를 찌르는 복통 때문에 자주 짖었다. 짖다

가 지치면 앞산을 바라보며 몽상에 잠겼다. 요사스럽게 들리는 뻐꾸기 소리에 귀를 기울였다. 어느 뱁새 둥지에서 불행한 죽임을 당하는 새끼가 있을 것이다. 숲에서 일어나는 생존전쟁이 뻐꾸기 울음소리에 실려 오는 것 같았다. 초복이 눈을 반들거리면서 주변을 경계했다. 말복은 초복이 새끼를 낳는 날 주인집 손녀가 학교 가는 길에 따라나섰다가 택시에 치여 죽고, 떠돌이 똘만은 개장수에게 잡혀갔다. 초복 날 동네 사람들은 초복을 달라고 할 것이다. 거기에 아저씨는 어떻게 대응할지. 아무것도 모르는 새끼들이 어미의 젖을 빨려고 까치발을 딛고 대롱대롱 매달려 있었다. 짙은 감나무 그늘에서 아장거리는 초복의 새끼들이 하루하루 살이 붙어 탐스러워졌다.

병원에 갔던 아저씨가 밤늦게 집에 돌아왔다. 아저씨는 아픈 복남을 두고 혼자만 병원에 가는 것이 미안했다. 갔다 올 때까지 별일 없기만을 바랐다. 골목길에 들어서면서 집이 있는 쪽을 살폈다. 불빛 하나 없이 깜깜했다. 당연한 것이지만 어두운 집에 들어설 때마다 서운했다. 그의 발자국 소리를 듣고 초복이 요란스럽게 짖어댔다. 그는 초복의 머리를 쓰다듬어주고 복남의 집 안을 들여다봤다. 집 안에서 낑낑거리는 소리만 났다. 그의 발자국 소리만 들어도 꼬리가 빠지게 흔들어 대는데, 복통이 더 심해진 모양이다.

복남이 얼마 전부터 먹은 것을 토했다. 잘 일어서지도 못하고 먹지도 못했다. 끼니때마다 먹던 밥을 남겨서 국물에 말아 먹여 보기도 하고, 생선을 사다가 삶아 주기도 했지만 특별한 차도가 없었다. 동물병원에 데리고 갔더니 장 천공에 의한 복막염이 오래됐다고 했다. 치료시기를 놓쳤다는 거다.

그는 잠이 오지 않았다. 누워서 TV를 봤다. 밖에서 들려오는 초겨울의 밤바람소리가 찼다. 차가운 바람 소리에 신음소리가 섞여 있었다. 복남이 부르는 소리였다. 그는 외투를 걸치고 복남의 집으로 갔다. 복남은 아저씨가 오기를 기다렸다. 아저씨와 초복이 서쪽 하늘에 그믐달이 사라질 때까지 복남의 임종을 지켰다. 옆에서 끝까지 지켜주는 그들에게 복남은 반쯤 내려감긴 눈으로 올려다보면서 꼬리를 힘없이 흔들었다. 마지막 소리를 내고 있었다. 그 소리는 사람이나 개나 다를 바가 없었다. 격렬하게 뱉어내던 숨소리가 바람에 떠는 문풍지 소리 같이 바뀌었다. 더 이상 버티지 못하고 무너지는 몸통과 함께 그 소리도 멀지 않아 멈췄다. 복남이 숨을 거두자 옆에서 지켜보던 초복이 복남의 코를 마구 핥았다. 명퇴 후 제대로 울어보지 못했던 그가 소리죽여 울었다.

아저씨는 동네 사람들이 일어나기 전에 손수레에 복남을 싣고 산골짜기로 들어갔다. 자주 낚시를 가는 저수지 둑 위로 올라갔다. 늘 같이 오고 싶었지만 대문 밖으로 나오지 않으려고 하여 그동안 못 데리고 왔는데. 죽어서는 아무런 저항도 못 하고 수레에 실려 오는 녀석을 보니 다시 눈시울이 뜨거워졌다. 아침햇살이 잘 비치는 양지바른 곳을 골라 복남을 묻었다. 초복이 끝까지 따라다니면서 낑낑댔다.

날아오르는 새

바람을 타고 날아오르던 새 한 마리가 방갈로의 통유리에 부딪힌다. 머리를 들이받은 새가 비틀거리며 낭떠러지 아래 바다로 떨어진다. 민서는 놀라서 통유리로부터 물러선다. 그녀는 발코니로 뛰어나간다. 떨어지던 새의 흔적을 찾을 수 없다. 어찌할 줄 몰라 맨발인 자신의 발만 내려다본다.

잔뜩 흐렸던 하늘에서 빗방울이 떨어진다. 섬들이 비에 젖고 있다. 바다가 비를 삼킨다. 커다란 괴물이 입을 벌리고 있는 것 같다. 그녀는 바다가 자신을 노리고 있는 것 같아 섬뜩하다. 떨어지면 통째로 집어삼킬 태세다. 방파제 끝에 서있는 무인등대가 열쇠꾸러미를 들고 무표정한 눈길로 바라보는 묘지기 같다. 그녀는 몸서리를 친다. 진통제 약효가 떨어져서이기도 했지만 묘지기가 성큼성큼 다가오는 것 같아서다.

전화벨소리가 들린다. 민서는 필요 이상으로 놀라며 방 안을 둘러본다. 혜영의 전화다. 전화기에서 웃음소리가 먼저 들리고 뒤이어 안부 인사가 이어진다. 민서는 신음소리가 상대방에게 전달되지 않도록 조심을 하며 받는다.

"응, 잘 지내. 파도 소리가 엄청 좋아. 갈매기 울음소리도 들리고. 지금은 비가 내리고 있어. 하염없이. 빗소리를 같이 들을 사람이 있으면 딱 좋은데, 좀 아쉬워."

"오예! 내 수다가 필요한 거네. 그렇지 않아도 막 출발했어. 점심 때쯤에는 도착할 거야. 뭐 필요한 거 없니? 무엇이든 원하는 거 말해. 남자만 내 능력 밖이야."

혜영의 목소리가 부럽다. 걸걸한 말투에서 활기가 넘친다.

민서는 혜영이 도착하기 전에 샤워라도 하고 있어야겠다고 생각한다. 침대에서 일어나려고 하는데 통증 때문에 일어날 수가 없다. 아랫배 속에 유리조각들이 박혀있는지 손가락 끝부분까지 감전된 것처럼 찌릿찌릿하다. 한참 동안 다리를 떨며 버둥거린다. 아픈 배를 안고 무릎걸음으로 화장실 쪽으로 기어간다. 변기에 앉았지만 변은 나오지 않고 통증 때문에 더 앉아 있을 수 없다. 모든 것을 포기하는 심정으로 다시 침대에 눕는다. 침대 높이가 창턱 높이와 거의 같아 시선이 곧바로 바다로 향한다. 바다풍경을 누운 채로 볼 수 있는 뷰를 잡기 위해선지 침대가 바다 방향과 비스듬한 각도로 놓여있다. 양팔로 무릎과 가슴이 맞붙을 정도로 꼭 감싸 안고 모로 눕는다. 점점이 흩어진 무인도들이 한눈에 들어온다.

민서는 관장을 했다. 이제는 변비까지 겹쳐 관장을 하지 않으면 변 보기가 어렵다. 관장약을 넣고 변기에 앉는데 하혈이 시작된다. 하얀 변기에 검붉은 피가 뚝뚝 떨어진다. 민서는 다리를 타고 흘러내리는 핏덩어리들을 어떻게 해야 할지 몰라 내려다보고만 있다. 포도송이를 손으로 꾹 짜면 손아귀 밖으로 터져 나오는 포도즙처럼 아랫배에 힘을 줄 때마다 핏덩어리가 왈칵 쏟아진다. 변기에서 일어나고 싶지만 두려워서 일어설 수가 없다. 일어나는 순간 모든 장기가 밖으로 빠져나올 것 같다. 다리에서 힘이 점점 빠져나간다. 눈을 감고 숨을 고른다.

혜영이 방 안으로 들어서다가 민서가 쓰려져 있는 것을 발견하고 그녀를 근처의 산부인과 병원으로 데려갔다. 응급처치를 끝낸 의사가 자궁내막증일 가능성이 높다고 하며 종합병원에 가서 검사를 받으라고 했다. 민서는 의사의 말에 애써 담담한 표정을 지었다. 그동안 여러 곳에서 진료를 받는데 다른 의사들도 똑같은 말을 했다.

퇴원을 한 민서를 방갈로로 데리고 온 혜영이 주말 동안 머무르다 떠났다. 혜영이 떠나면서 민서에게 같이 집으로 돌아가자고 했다. 민서는 좁은 아파트보다 이곳이 나을 것 같아 그대로 남았다. 그녀가 이곳에 온 지 반달이 다됐다. 고등학교 때부터 있었던 생리통이 갑자기 더 심해지고 거기다가 배변통까지 겹쳐 질병휴직을 했다. 종합병원을 찾기 전에 마음의 준비를 하기 위해 이곳을 찾았다.

혜영이 걱정스런 얼굴로 돌아간 후 민서는 죽은 듯이 누워서 바다를 몇 시간째 바라본다. 그사이 새 한 마리가 또 방갈로의 통유리에 머리를 들이받고 비틀거리며 떨어진다. 자살하려는 몸짓은 아닌데 그녀가 여기에 온 후 벌써 몇 마리째다. 짧은 겨울해가 지고 방 안이 어두워진다.

심한 헛구역질이 난다. 위 속이 비어서다. 의식은 살아있
는데 몸이 나사의 너트를 다 풀어놓은 것 같다. 살과 뼈가
분리된 느낌이다. 며칠 전에 조각난 제 살덩어리로 제 뼈
를 덮고 횟접시에 누워 눈을 껌벅거리는 도다리를 보고 기
겁을 한 적이 있다. 횟집주인이 날렵한 솜씨로 도다리의
살을 저민 후 그 살을 발라낸 자리에 도로 얹어 내놓은 거
다. 울상이 된 민서를 보고 말총머리에 구레나룻이 구릿
빛 피부를 덮고 있는, 상어이빨같이 튼실한 이를 가진 횟
집주인이 짓궂게 웃던 것이 생각난다. 현재 그녀 자신이
횟접시에 누워있는 도다리 같은 기분이다. 이미 사망선고
를 받은 몸뚱어리에 신경만 살아 펄떡이는 것 같다. 그녀
는 혜영이 끓여 놓은 전복죽을 먹는다. 숟가락에 담긴 전
복 조각을 들여다보고 피식 웃는다. 살이 저며진 도다리
가 조각난 전복을 씹는다.

파도가 몽돌을 굴리는 소리에 귀를 기울인다. 본관 지
붕에 걸린 달맞이 펜션이라는 간판에 불이 들어온다. 불
빛이 방 안을 비춘다. 전화벨소리가 방 안의 정적을 깨뜨
린다. 혜영의 전화다. 목소리가 들떠있다.

"좀 어때? 밥은 먹었니? 얘, B병원 산부인과에 자궁 분

야 명의가 있대. 그 병원 홈피에 들어가 봐. 의사 이름은
황보준서래."

"어?"

민서는 혜영의 전화를 받으며 두 눈을 크게 뜨고 잠시
숨을 멈춘다. '황보'라는 흔치 않은 성 씨이지만 그녀는 동
명이인이겠지 하며 애써 관심을 두지 않으려고 한다. 하
지만 황보준서의 얼굴이 자꾸 떠오른다.

준서와 처음 만난 것은 20여 년 전이었다. 의과대학 도
서관 사서였던 민서가 서가를 정리하는데 어디서 코 고는
소리가 들렸다. 놀란 그녀의 눈에 부스스한 얼굴로 모포
를 뒤집어쓰고 서가의 구석진 곳에서 잠들어 있는 준서가
들어왔다. 얼마나 깊이 잠들었는지 그녀가 다가가도 모를
정도였다. 그녀는 우스꽝스럽기도 하고 안타깝기도 하여
책으로 장난스럽게 그의 어깨를 툭 쳤다. 그가 피곤에 지
친 눈으로 민망해하며 그녀를 올려다봤다. 그는 평소 서
가와 서가 사이 남들의 눈에 잘 띄지 않은 곳에서 전공 서
적을 읽던 학생이었다.

민서는 뜬 눈으로 새벽을 맞는다. 일출의 빛이 통유리
의 커튼을 뚫고 들어온다. 그녀는 발코니로 나온다. 물결

위에 붉은 융단이 깔리는 중이다. 새벽 조업을 나간 배들이 빛 속에 점점이 떠 있다. 어선들 사이로 여객선 한 척이 미끄러지듯 선착장을 빠져나간다. 골목길에 개와 고양이들이 어슬렁거린다. 방갈로와 이웃하고 있는 횟집주인 상어이빨이 물차에 시동을 거는 소리가 크르릉 거린다. 포구에 활어를 받으러 가는 길인 모양이다. 방갈로 주변을 청소하던 달맞이 펜션의 주인과 인사를 나누는 소리도 들린다. 상어이빨의 튼실한 치아와 눈을 껌벅이며 횟접시에 누워있던 도다리가 생각난다. 그녀는 난간에 두 팔을 걸치고 서서 섬사람들이 부지런을 떠는 다도해의 새벽을 내려다본다. 모두들 전갱이 떼 같이 재바르다. 그들 속에서 그녀는 그물에서 떨어져 나와 표류하는 부표 같다. 밤새 잠을 자지 못한 눈이 강해지는 햇살에 모래알갱이가 끼인 이물감이 느껴질 정도로 따갑다.

민서가 새벽 바다를 바라보고 있는데 꼭두새벽부터 혜영의 전화가 또 걸려온다. 이번에는 좀 더 정확한 정보를 보낸단다. 혜영이 카카오톡으로 보내온 몇 개의 문장이다.

'배변통으로 고통받는 환자의 직장에 심부자궁내막증

병변이 있어 장절제 및 심부자궁내막증 병변을 제거하는 수술을 시행하였습니다. 이제는 변을 보지 못하는 고통에서 해방되기를 바랍니다…'라는 내용이다. 출처는 황보준서라는 의사의 페이스북에서 퍼온 글이란다.

민서는 혜영이 보내준 글을 읽고 병의 증상이 자기와 비슷한 케이스라 관심이 간다. 하지만 준서라는 이름 때문에 그 의사가 근무하는 병원 홈페이지를 검색하는 것은 망설인다.

혜영은 민서가 사랑했던 준서의 존재에 대해 모른다. 그녀는 혜영과 많은 것을 터놓고 지내지만 아직 준서에 대해서 얘기한 적이 없다. 고의로 숨긴 것은 아니지만, 단지 준서에 대해 그 누구에게도 얘기하고 싶지 않아서다. 귀중한 보석을 수장고 깊숙이 보관해 두고, 그곳에 있다는 것만으로도 가슴이 뿌듯해지는 그런 기분이랄까.

혜영은 민서에게 진료예약을 하라고 독촉했다. 민서는 병원 이름을 검색어 난에 몇 번이나 입력했지만 결국 포기하고 만다. 준서의 이름을 빛이 있는 곳으로 끌어내면 그에 대해 가지고 있던 그리움이 사라져 버릴 것 같아 터치를 하지 못한다.

망설이는 민서를 위해 혜영이 자기 아이디와 패스워드를 보냈다. 민서는 로그인 난을 클릭하기 전에 심호흡을 했다. 비밀의 문 앞에 서 있는 기분이었다. 그 속에 어떤 것이 있을까 궁금하기보다는 불안감이 더 컸다. 병원 홈페이지에서 이미 준서의 프로필 사진을 봤다. 그도 중년의 얼굴이었다. 광대뼈를 감싸고 있던 볼살이 빠지고 성숙한 주름이 자리 잡기 시작했다. 입술주위에 물려있는 미소에서 삶이 안정되어 있다는 것이 엿보였다. 그녀는 그의 프로필 사진을 쓰다듬었다. 예전에 침대에 누워 그의 볼살을 만졌던 감촉이 되살아났다. 그녀는 그의 얼굴선을 따라 손가락으로 터치하기를 좋아했다. 그때마다 그는 그녀의 손가락을 입술로 가져가서 살짝 깨물곤 했다. 그녀는 자신의 손가락을 깨물어봤다. 파란 핏줄이 거미줄같이 드러난 쥐똥나무 가지처럼 앙상한 손가락에 빨간 잇자국이 생겼다.

민서는 준서의 페이스북을 오후 내내 읽고 있다. 대부분 환자를 진료하고 수술했다는 내용으로 채워져 있지만 그의 일상을 옆에서 지켜보는 것 같아 가슴이 두근거린다.

'내겐 매일 반복되는 수술 중의 한 건이지만, 환자에게
는 앞으로의 삶이 걸린 일입니다. 장 절제를 하고, 골반
전체에서 혹시라도 있을지 모르는 병변을 찾아 모두 제
거하는 작업을 진행합니다. 하지만 난소의 1-2MM 크기
의 자궁내막종은 찾지도 못하고 마무리할 것입니다. 수
술에 성공하면 환자가 그동안 겪어온 통증에서는 해방될
겁니다.' 그가 어떤 환자의 수술에 들어가기 전에 쓴 듯
한 글이다.

민서는 자신이 그에게 수술을 받는 환자와 동일시되어
눈시울을 붉힌다. 그 환자의 수술에 성공하길 간절히 바
라며 본문 아래 달린 댓글을 읽는다. 많은 사람들의 응원
과 소망이 달려있다. 그녀도 댓글을 달고 싶었으나 얼른
클릭을 해버린다. 댓글 속에 그녀의 정제되지 않은 감정
선이 남을까 봐서다.

발코니로 나와 바닷바람이 실어오는 비릿한 갯내음을
들이마신다. 갯내음 속에서 세발낙지 냄새가 난다. 준서
와 처음 이곳으로 여행을 왔을 때다. 갯가 횟집에서 토막
이 쳐진 낙지다리들이 통깨와 참기름에 버무려져 접시 위

에서 꿈틀거리는 것을 보고 그는 침을 삼키며 좋아했다. 살아있는 낙지를 나무젓가락에 돌돌 말아 입에 넣고 우물거리는 그를 보고 헐크를 보는 듯한 표정을 짓는 그녀에게 그는 도리어 아주 맛있다는 듯 잘근잘근 씹어 먹었다. 짓궂은 그는 그녀가 산 낙지 먹는 체험을 할 수 있도록 분위기를 띄웠다. 결국 그의 장난에 말려들어 산 낙지를 먹었다가 식도에 달라붙어 혼이 났다. 그날 밤에 그녀는 악몽을 꿨다. 준서의 얼굴에 빨판을 붙이고 악착같이 달라붙는 낙지머리통이 그녀의 얼굴이었다. 그 꿈을 꾼 후 민서는 그와 키스를 할 때 낙지의 빨판이 생각나 그의 혀를 밀어냈다. 낙지귀신에 빙의되어 그의 피부 속으로 치아가 파고 들어갈까 봐 그와의 행위에서 소극적으로 대응했다. 하지만 그녀는 그와 결별할 때까지 꿈 이야기를 그에게 하지 않았다. 지금 돌이켜보면 그 꿈이 그녀로 하여금 그와의 관계를 종결짓게 했는지도 모르겠다.

해풍이 하얗게 물결을 일으킨다. 민서는 달력에서 음력 날짜를 확인한다. 때마침 보름이다. 그녀는 준서와 헤어진 다음에도 보름이 되는 때에 맞추어 가끔씩 이곳을 찾아오곤 했다. 달이 뜨는 바다를 보기 위해서다. 오늘은 노

256

을이 진홍색인 것으로 보아 달빛이 좋을 것 같다. 민서는 달빛과 파도가 어우러져 함께 부서지는 것이 미치도록 좋다. 지금 체류 중인 달맞이 방갈로를 빌린 것도 달빛과 파도의 격정적인 퍼포먼스를 보기 위해서다.

달빛이 방 안에 가득하다. 창문을 넘어 들어온 강간범 같다. 민서는 발코니로 나가 두 손으로 달빛을 움켜잡아 본다. 손에 잡힐 듯하다. 달의 숨소리가 들릴 정도로 사방이 적막하다. 낮의 세계에 속하는 모든 것은 잠들고 바람과 달빛과 파도만 깨어있다. 냉혹한 바람살을 따라 꼬리에 꼬리를 물고 일어나고 부서지고 일어나고 부서지는 파도와 달빛의 뒤엉킴. 민서는 몸을 후두둑 떤다. 추위 때문이 아니다. 물 위에 깔리는 농익은 과일 맛 나는 달빛을 타고 새가 되어 날아오를 것 같은 불안감 때문이다. 발바닥에 힘을 준다. 통유리에 머리를 들이받고 바다로 떨어지던 새가 생각난다.

달빛 속에 누워서 준서의 또 다른 글을 읽는다. '오늘도 태양을 보지 못했다. 13시간의 수술이 마무리됐다. 하루가 아니 일 년이 빛의 속도로 지나갔다. 수술실 앞에 서 있는 늙은 느티나무 이파리가 언제 새순으로 돋아나 단풍이 들었다가 떠났는지. 병원로비에 장식된 크리스마스트리를 보고 연말인 줄 알았다. …수면 속으로 빨려 들어가면서도 수술에서 놓친 것이 없는지, 실수를 하지 않았는지 생각한다. 침대에 널브러져 손도 까닥하기 싫다. 자야겠다'로 끝나고 있다. 민서는 그가 근무하는 병원 홈페이지를 클릭한다. 그의 외래 진료 요일까지 확인한다. 하지만 더 이상 진행하지 못한다. 그의 앞에 나설 자신이 없다. 환자가 아니라도 자신의 현재 모습을 드러내고 싶지 않다. 아니, 솔직히 그녀의 속을 까뒤집어보라면 그녀는 준서에게 자신의 치료를 부탁하고 싶다.

혜영이 쑤어두고 간 전복죽을 다 먹었다. 민서는 전복죽을 사려고 상어이빨 횟집에 들어간다. 수족관 유리벽에 전복들이 붙어있다. 상어이빨이 아는 체를 하며 웃는다. 민서는 그의 웃음으로부터 비켜서면서 주문한다.

"전복죽 3인분 만들어주세요."

"아이고, 예. 아가씨가 먹는다면 특급으로 만들어 드리겠습니다요."

그녀는 그가 전복죽을 끓이는 동안 홀의 의자에 앉아

수족관을 구경한다. 조개류가 있는 수족관 옆에 낙지가 가득 들어있는 수족관이 있다. 낙지들이 살아 꿈틀거린다. 빨판이 수족관 유리에 쩍쩍 달라붙어 있다. 저 수족관 속에 얼굴을 집어넣으면 하고 생각하니 몸이 오그라든다. 상어이빨이 다가와서 농담을 한다.

"아가씨, 전복도 좋지만 산 낙지가 몸보신에 최고지요. 산 낙지를 꼭꼭 씹어 먹으면 얼굴도 확 펴지고, 남자들도 좋아할 겁니다. 허허허."

"그러세요? 하지만 전 산 낙지 못 먹어요."

"아가씨, 요즘 얼굴이 산 사람 얼굴이 아닌데요. 원기회복에는 해삼도 좋아요."

"저, 아직 괜찮아요. 고마워요."

"여긴 자주 오네요. 왜 항상 혼자 오세요?"

민서는 상어이빨의 말을 들으며 준서를 떠올린다. 예전에 그와 자주 왔던 곳이다. 그녀가 침묵을 하자 상어이빨이 힐끗 건너다보고 주방으로 들어간다. 이른 아침 시간도 아닌데 횟집에 상어이빨의 와이프가 보이지 않는다. 여느 때 같으면 안주인이 계산대에 앉아 있거나 주방에서 움직일 텐데 상어이빨 혼자서 분주하다.

"사모님은 안 나오셨나요? 아이들 챙기느라 출근 전인
가 봐요?"

주방에 있는 상어이빨로부터 대답이 들리지 않는다. 주
방에서 바깥홀로 들락날락하며 얼추 1시간 정도 흐른 후
그가 큰 전골냄비에 전복죽을 담아 들고 나온다. 민서가
주문한 양보다 훨씬 많다. 주방 안에서 민서의 말을 들었
는지 그녀의 물음에 대한 답변부터 한다.

"여기가 싫다고 지 좋은 데로 떠났어요. 허허허. 아가
씨 피부미용에 좋으라고 해삼도 특별히 넣었습니다. 나름
정성을 들였으니 남기지 말고 먹고 원기회복하세요. 인생
이 덜 처량하려면 건강이 최곱니다. 먹고 죽은 귀신이 때
깔도 좋다고 하잖아요."

"고마워요. 사장님. 잘 먹겠습니다."

민서는 속으로 고개를 끄덕이며, 진심으로 고맙다는 인
사를 하고 횟집을 나선다. 뒤에서 상어이빨이 쯧쯧 하고
혀를 차는 소리가 들린다. 민서는 그에게 흔들리는 걸음
걸이를 보여주고 싶지 않아 있는 힘을 다해 허리를 펴고
걷는다.

하루의 일과처럼 준서의 페이스북을 클릭한다. 그의 생

일인 모양이다. 그동안 잊고 살았는데, 그와 만날 때 서로의 생일을 챙겼던 것이 기억난다. 준서의 글 아래 그의 생일을 축하하는 댓글이 달렸는데 그중에 눈에 띄는 글이 보인다. '여보, 생일 축하해요. 사랑해요'라는 댓글에 '고마워 여보. 나도 영원히 당신 사랑해'라는 그의 대댓글을 보자 가슴이 콱 막히더니 숨쉬기가 어렵다. 북 치는 인형의 배터리를 빼 버린 듯 몸의 모든 기능이 정지된 것 같다. 손아귀에서 스마트폰이 미끄러진다. 혼자서 중얼거린다.

"기억의 망각이 너무 무섭군."

민서는 접신을 한 듯 욕설을 뱉어내는 자신에게 빽 소리를 내지른다.

"민서, 네 걱정이나 해. 누구보다도 불쌍한 년이 누굴 보고 욕을 하니? 미친 것! 너의 비극이 뭔지 아냐? 넌 마녀사냥 당하지 않으려고 도망친 거야. 너 자신을 잘 들여다봐."

민서의 화가 펄펄 끓어 오르는데 혜영의 전화가 온다.

"진료예약은 했니?"

혜영이 묻는다.

"아직."

그녀는 혜영에게 짜증이 돋는다. 아직 하지 못했노라고 퉁명스럽게 대답한다. 혜영이 서운해할지라도 평상시의 목소리로 통화하기 어렵다. 생각 같으면 혜영에게라도 막 퍼붓고 싶다. 의아해하는 혜영을 무시하고 그녀 쪽에서 전화를 서둘러 끊는다. 방 안에 있으면 더 열불이 날 것 같아 바깥공기라도 쐴 겸 전골냄비를 돌려주려고 횟집으로 내려간다. 때마침 상어이빨이 혼자서 소주를 마시고 있다. 그는 안으로 들어서는 민서를 보고도 인사를 하지 않는다. 두 사람의 눈빛이 허공에서 한 번 부딪치고는 서로 외면한다. 민서가 냄비를 계산대에 올려놓고 돌아서 나오는데 상어이빨이 불러 세운다.

"아주머니, 술 한잔하고 가시오. 오늘 같은 날 술 마시기에 딱 좋은 날씨 아니오. 눈이라도 올 것 같은데…."

민서는 화들짝 놀란다. 이제까지 상어이빨이 그녀에게 아주머니라고 부른 적이 없다. 식사를 하러 가면 항상 아가씨라고 불렀다. 그녀는 대답을 하지 않고 유리문을 밀고 나온다. 그의 궁시렁대는 소리가 뒤따라 나온다. 그녀는 해변으로 나가 방파제를 따라 걷는다. 파도가 방파제 위에까지 스멀스멀 기어오른다. 바닷물이 고이지 않은 곳을 골라 디디며 무인등대가 있는 곳까지 간다. 밤에 침대에 누워서 바라보면 굉장히 공포감을 주는데 가까이 다가가니 인자한 인상이다. 무덤 속으로 들어가는 길 안내를 잘해줄 것 같다. 갈매기가 등대 발끝에 앉아 끼룩거리다 바닷물 위로 옮겨 앉는다. 갈매기가 앉았던 자리에 그녀가 쪼그리고 앉는다. 그녀에게 자리를 내주고 날아간 갈매기가 파도에 몸을 맡기고 물 위에 떠 있다. 그녀는 상어이빨이 아주머니라고 부르던 것을 곱씹어본다. 무시해도 될 호칭이 의외로 그녀를 위축시킨다. 물 위에 앉아있던 갈매기가 그녀 옆으로 날아와 앉지는 못하고 뒤뚱거리며 돌아다닌다. 민서는 갈매기에게 다시 자리를 내어주고 일어선다. 여긴 갈매기의 영역이다. 존재한다는 것은 자신의 영역을 지키는 것이다. 그녀는 그 옛날 '아주머니 분수를 알아야지'라는 호통에 고개를 숙이고 물러나고 말았다. 사람들은 자기 영역을 지키기 위해 프레임 싸움을 한다. 상대를 궁지로 몰아넣고 유리한 고지를 선점하는 방법 중 하나가 자격논쟁이다. 그녀도 자신의 영역을 지키고 싶었다. 그러나 불가항력이었다. 당시의 한국 사회에는 트럼프와 멜라니아의 조합은 당연시 했지만 마크롱과

브리짓의 조합은 반기지 않았다. 결국 준서와 헤어지던 날 그가 슬퍼하며 하던 말이 생각난다.

"우리 사랑은 영원할 거야. 하지만 우리의 현실은 여기까지가 한계인 것 같아. 당신은, 자기 자신의 영역을 지켜내지 못했어. 사람들이 만들어놓은 프레임에서 한 발짝도 빠져나오지 못하고 있어. 당신도 그러한 자신에게 넌더리를 낼 때가 올 거야. 그때쯤 내 말을 이해하겠지."

민서는 긍정도 부정도 하지 못했다. 다만 그가 끼워준 반지를 되돌려주며 '맞아, 나 여기서 당신 포기해'라고 속으로만 중얼거렸다. 준서의 말은 집요하게 그녀를 따라다녔다.

민서는 골똘히 생각에 잠겨 방파제를 몇 바퀴나 돈다. 흩어진 생각들이 정리되지 않는다. 답답해서 더욱더 골몰하다 방갈로를 올려다보는 순간 새 한 마리가 또 통유리에 머리를 부딪친다. 그녀가 '왜 저런 일이 벌어지지' 하며 통유리를 살피는데 그 통유리에 하늘과 구름이 비쳐 펼쳐져 있다. 새들이 머리를 들이받는 이유가 거기에 있었다. 순간 그녀 자신도 통유리에 비친 그림자를 보고 머리를 들이받은 것이 아닌가 하는 생각이 든다.

민서는 방갈로로 올라가기 전에 횟집을 들여다본다. 여전히 상어이빨 혼자서 술을 마신다. 그녀는 횟집을 지나쳐 간다. 계단을 다 올라가서 방문 앞에서 서성거린다. 그러다 다시 되돌아 내려온다. 횟집으로 빨려들 듯 유리문을 밀고 들어간다. 상어이빨이 술이 오른 눈으로 그녀를 바라본다. 그 눈빛이 방금이라도 눈이 내릴 것같이 흐린 하늘빛을 닮았다. 그녀는 발끝에 힘을 준다. 그가 턱짓으로 와서 앉으라고 한다. 그녀에게 물어보지도 않고 소주잔을 집어다 놓고 술을 따른다. 그러더니 잠시 기다리라 하고 낙지가 담긴 수족관에 손을 집어넣는다. 살아있는 낙지들이 그의 손등에 들러붙는다. 민서는 그것을 보고 눈살을 찌푸린다. 그가 손에 잡히는 대로 낙지를 들어내서 주방으로 들고 간다. 낙지들이 다리를 갈퀴처럼 들어올리며 꿈틀거린다. 그녀는 술잔을 비우고 그가 먹고 있던 매운탕 국물을 떠먹는다. 매운 고춧가루가 기도에 걸렸는지 연달아 기침이 난다. 그 사이에 낙지를 참기름에 버무려 들고 상어이빨이 뛰어나온다.

"괜찮으세요? 땡초를 사용했더니….

"괜찮아요. 목 안이 건조해서 그래요. 곧 괜찮아질 거예요."

"낙지가 원기회복에는 최곱니다. 작은 고추가 맵다고 세발낙지가 모타리는 작아도 힘 하나는 끝내주죠."

그녀는 기침 때문에 눈물까지 번진 눈으로 상어이빨을 바라본다. 술이 들어가자 그녀의 내면 깊숙이 숨어있던 말들이 쏟아진다. 그가 잇몸까지 들어내 놓고 웃는다. 민서의 눈에 그의 웃음이 횟접시에 누워 눈만 껌벅거리던 도다리와 겹쳐진다. 그녀는 더 마시면 안 되겠다는 생각이 들어 자리에서 벌떡 일어난다. 상어이빨이 소주잔을 든 채 술기운에 충혈이 된 눈으로 올려다본다. 그녀는 재빨리 이 자리에서 벗어나야 한다고 생각은 하면서 발이 떨어지지 않는다. 간신히 화장실에 다녀오겠다고 말한다. 그녀는 화장실로 가면서 문밖을 살핀다. 바깥에 어둠살이 낀다. 바닷물의 색깔이 짙은 먹청색이다. 하얀 파도가 굴러가다가 부서지는 것이 눈에 들어온다. 눈을 쏟아붓지 않으면 못 견딜 만큼 하늘이 무거워 보인다.

민서는 화장실을 다녀오는 길에 상어이빨에게 방으로 올라가야겠다고 인사를 한다. 몇 잔 마시지 않았는데 다리가 후들거린다. 그가 일어나 부축해주려 한다. 그녀는 순간 놀랐지만 자연스런 손짓으로 그를 밀어낸다.

민서가 계단을 올라오는데 하늘이 더 이상 못 참겠다는
듯 눈을 뿌리기 시작한다. 그녀는 발코니에 우두커니 서
서 눈이 떨어지는 바다를 바라본다. 4월의 낙화같이 분분
히 흩날리는 함박눈이 바다 위에 내려앉자마자 흔적도 없
이 사라진다. 민서는 그녀도 눈이 되어 바닷물 위에 사뿐
히 내려앉는 상상을 해본다. 준서가 '당신 자신에게 넌더
리가 날 때…'라던 말이 환청처럼 들린다. 혜영의 전화가
환청을 끊어놓는다. 진료예약을 하지 않았다면 자기가 대
신 해 놓겠단다. 그녀는 혜영의 말이 고맙기도 하지만 성
가시다는 생각이 든다. 이번 주말에 그녀를 데리러 온다
는 것을 다른 병원을 찾아보겠다고 하며 단호하게 거절해
버린다. 지금은 혜영이 그녀의 이러한 태도를 이해하지
못할 것이다. 그녀는 침대에 누워 다른 병원을 검색한다.
준서의 페이스북에 들어가지 않으려면 다른 것에 몰두할
수밖에 없다. 그녀의 생각이 상어이빨에게로 옮겨간다.
그가 하던 말을 떠올린다.

"나 같은 놈하고 술 마시는 거 쉽지 않을 텐데요?"

"왜 그렇게 생각하세요?"

"노는 물이 다르잖아요? 어쨌든 영광입니다요. 당신이 여기 왜 왔는지 정확히는 모르지만 내 보기에 이번 세상은 당신이 패배한 것 같습니다."

"그렇게 보여요? 저도 지금 그런 생각을 하고 있어요. 사장님도 자신을 포기하고 싶었던 적이 있었나요? 누군가가 그랬다죠. 진실을 대면하려면 이 세상을 벗어버려야 한다고. 요즘 와서 저도 그 말에 동의하게 되네요. 현실 속에서는 아무래도 자기를 방어하려는 마음이 강해 자신을 기만하기 쉽죠. 기만과 고통으로 누더기가 된 현실을 버리는 것이 진실에 이르는 길이라면 그렇게 해야겠죠."

"아주머니, 정신 차립쇼. 막말로 죽을 때에야 진실을 만날 수 있다는 것인데. 그깟 진실을 모르면 어때요. 아이돌 노래 가사처럼 가볍게 생뚱맞게 사는 겁니다. 그런 삶도 괜찮지 않아요? 맨날 진실 타령하며 탄식해봐야 더 괴롭기만 할 뿐이죠. 인생 그렇게 길지 않아요, 삼류 영화 같은 삶이 오히려 진실에 가깝지 않을까요?"

민서는 그의 말에 반박할 말을 찾지 못했다. 그의 말이 옳을지도 몰랐다. 그가 '서울에서 횟집 주방장으로 일하다가 이곳에 내려온 지 5년이 다 되어가요'하고 덧붙였다. 그도 지금 어두운 터널을 뚫고 나가는 것 같은데 현실에 대응하는 태도가 그녀와 사뭇 달랐다. 그가 그녀보다 자신이 있어 보였다.

민서는 그동안 자신의 화풀이를 받아준 혜영에게 미안한 마음이 든다. 그녀는 혜영에게 준서에 대해 얘기하려고 전화를 건다. 혜영과 통화를 하고 있는데 방갈로의 옆 발코니 쪽 창문이 열린다. 시커먼 물체가 창턱을 넘어 방 안으로 들어온다. 상어이빨이다. 그녀는 전화기를 든 채 숨을 죽이고 그를 주시한다. 전화기 속에서 혜영이 혼자 얘기하는 소리가 들린다. 그가 침대로 성큼 다가온다. 창문에서 침대까지 한 발자국이면 닿는 거리다. 온몸이 굳어져 버린 그녀는 눈을 꼭 감는다. 숨소리조차 내지 않고 있는 그녀를 그가 한참이나 내려다본다. 이 순간에 그녀가 할 수 있는 것을 찾아봤지만 아무것도 생각나지 않는다. 발끝에 힘을 준다. 그녀는 손이 축축해지는 것을 느끼며 손에 든 전화기를 끌까 말까 망설인다. 그가 이불을 걷어낸다. 그 순간 그녀가 놀라며 전화기를 놓쳐버린다. 그녀의 몸통이, 장마철 오랜만에 햇빛에 노출된 지렁이가 숨을 구멍을 찾듯 사지를 최대한 움츠리며 꿈틀댄다. 그가 침대 곁 방바닥에 꿇어앉는다. 그의 앉은키가 생각보다 작다. 그의 얼굴이 그녀의 얼굴 바로 위에 있다. 그녀의 단내 나는 콧김과 그의 술내 나는 콧김이 엉킨다. 그녀는 그 와중에도 그가 무슨 말이라도 하기를 기다리는 자신이 정말 생뚱맞다는 생각이 든다. 저항의지를 잃어버린 그녀는 더 이상 몸을 돌돌 말지 않는다. 그가 하는 대로 맡겨둔다. 그의 몸짓이 사시미칼처럼 날카롭고 날렵하다. 그가 그녀를 품속으로 끌어당겨 안을 때 그녀는 횟접시 위의 도다리처럼 눈만 껌벅인다.

혜영의 전화가 민서의 잠을 깨운다. 어느새 저녁햇살이 방 안에 가득 들어와 있다. 어젯밤 상어이빨이 나가고 난 다음 수면제를 먹었던 것이 기억난다. 맨정신으론 감당하기 힘든 서러움으로부터 도망칠 수 있는 유일한 방법이었다. 혜영의 목소리에 의문이 가득하다. 민서는 일부러 하품소리를 내며 혜영에게 주말에 올 수 있느냐고 화제를 다른 데로 돌린다. 혜영이 주말에 오겠다고 하면서 다시 의문을 화제로 당겨온다.

"너, 왜 하루 종일 전화를 안 받니? 간밤에 무슨 일 있었어? 신음소리가 많이 들리던데. 진료예약을 하라는 데도 왜 고집을 부려? 다음 주에 B병원 산부인과에 같이 가보자. 그 의사 그 분야에서는 전국단위로 유명한가 봐. 진료예약도 미리 해야 된대. 내가 네 이름으로 대신해 놓는다. 그렇게 알고 있어. 어젯밤 별일 없었으면 됐어."

민서는 전화를 끊고 어젯밤 상어이빨이 그녀의 몸을 저미어놓던 것을 떠올린다. 지금이라도 바다에 뛰어들까 하는 생각을 하며 발코니로 나가 저녁노을에 붉어지는 바다를 내려다본다. 바람을 타고 갯내음이 확 몰려들어온다. 그녀는 고래가 바닷물을 들이마셔 플랑크톤을 섭취한 후 다시 물을 뿜어내듯 숨을 크게 들이마시며 갯내음을 흡입하고 입안 가득 물려있던 그의 체취를 뱉어낸다. 그녀는 발끝을 내려다보며 한숨을 쉰다. 저녁노을이 너무 아름다워 바다에 뛰어드는 것이 부끄럽다는 생각이 든다. 그녀는 재빨리 어두운 곳으로 숨어들듯 빨랫감을 들고 욕실로 들어간다.

그날 이후로 민서는 방갈로 밖으로 나가지 않았다. 동물이 몸에 상처가 나면 굴속으로 들어가 자신의 혀로 상처를 핥듯 그녀는 며칠 동안 자신의 상처를 핥고 핥았다.

파도 소리가 방갈로 안까지 들린다. 민서는 오랜만에 발코니로 나가 밤바다를 바라본다. 파도가 바위를 끊임없이 때린다. 그녀는 몸을 내밀고 낭떠러지를 눈으로 쭉 훑는다. 나목들이 바람을 품고 버틴다. 하늘엔 반달이 은은한 빛을 낸다. 상어이빨의 횟집에서 사람들의 웃음소리가 왁자하다. 발코니의 난간을 손으로 만져본다. 발바닥에 힘을 주어 발코니 바닥을 꽉 밟는다. 무인등대가 우두커니 서서 그녀를 바라보다가 무표정한 얼굴로 돌아선다. 그녀는 진통제를 삼키면서 중얼거린다.

"세상에서 가장 고독한 사람에게도…. 통유리에 비친 그림자에 머리를 들이받고 만신창이가 됐지만, 새들은 겸허한 마음으로 내일 아침 햇살을 기다릴 거야."

민서는 오랜만에 밝은 목소리로 혜영에게 전화를 한다.

은사시나무

반석은 산새 소리가 좋다. 무슨 의미인지 해독은 안 되지만 느낌은 왔다. 떼거리로 시끄러운 소리를 내지르는 것은 집단 패싸움이 일어난 것이고, 둘이서 마주 보고 속삭이는 것은 연애 중이다. 그리고 은사시나무에 홀로 앉아 우는 소리는 유심의 독경소리 같다고 마음대로 생각했다. 그는 외출복으로 갈아입으면서 거울을 보고 싱글거렸다. 오늘은 산 중턱에 있는 옥련암에 가는 날이다.

석가 탄신일이 다가왔다. 반석이 옥련암에 가는 것은 4월 초파일 연등을 달기 위해 전선을 설치하기 위해서다. 하루종일 암자에서 보낼 수 있는 일거리였다. 그는 콧노래를 흥얼대며 산길을 올랐다. 산을 덮고 있는 수목들 구성을 보면 예전에 소나무가 차지하고 있던 정상 부근은 참나무가 차지하고, 소나무는 중턱으로 밀려 내려와 있었다. 반석이 살고 있는 골짜기 하단에는 이름 없는 잡목들이 뒤섞여 서로 햇볕을 차지하려고 아웅다웅 거리고. 반석은 걸음을 멈추고 잠시 앉아 봄의 향연이 펼쳐지는 숲을 바라봤다. 빛이 잘 들지 않는 구석진 골짜기에 군락을 이룬 키다리 은사시나무들이 겨드랑이를 들고 봄 햇살에 허연 수피를 말리는 것이 눈에 들어왔다. 봄빛에 반짝이는 매끈한 피부에 저절로 눈길이 갔다.

반석은 처음 산으로 들어올 때 심정을 떠올리면서 숨을 길게 들이쉬고 내쉬었다. 이렇게 숨을 자유롭게 쉴 수 있는 것이 얼마 만인가. 그는 마음껏 봄볕을 즐기면서 숲길을 걸었다. 가는 길에 눈에 띄는 산나물을 뜯어서 자루에 담았다. 옥련암에 가져가기 위해서다. 썩어가는 참나무에 돋은 백화고를 따면서 육색이 흰 유심을 생각했다. 암자에 갈 때마다 그녀는 눈을 내리깔고 인사를 했다. 반석이 말을 걸어도 엷은 미소 외엔 대답이 없었다. 왠지 반석을 아랫사람으로 보는 것 같았다. 경계를 짓는 눈빛이었다. 그때마다 무시당하는 것 같아 자존심이 상했다. 그래도 유심을 보면 가슴이 설레는 것은 감출 수 없었다.

그러한 유심에 비해 주지승인 성묵은 몸도 마음도 풍요로웠다. 털털한 이웃집 할머니 같았다. 공양주 말에 의하면 그녀는 늦깎이였다. 속세에 있을 때 자식도 낳았고, 서른 살이 넘어서 출가했다고 했다. 그래서 그런지 반석에게 음식상을 차려주는 눈빛이 어머니를 많이 닮았다. 옥련암에 가면 대부분 성묵과 대화를 나누다 내려왔다. 음식을 챙겨주는 것부터 일을 시키는 것, 옆에서 거들어 주고 나중에 품삯을 주는 것까지 모두 성묵이 했다.

그런데 유심을 대하는 성묵의 태도에 이상한 구석이 있었다. 그녀를 편하게 대하지 못했다. 공양주 말에 의하면 유심은 승가대학까지 나왔다고 했다. 학승이라서 주지승도 함부로 못 한다고 했다. 늘 방 안에서 옛날 책을 공부하고 있다고 했다. 그 말을 듣고 반석은 고개를 끄덕였다. 공부하는 학승은 본 적이 없어서 호기심이 가기도 했지만, 유심의 외모가 남달랐다. 그녀는 백인 혼혈의 외모를 가졌다. 처음에는 외국인인가 싶어서 신기했다. 유심에 대한 호기심은 반석으로 하여금 그녀의 방에 들어가 보고 싶게 만들었다. 하지만 남자가 비구니의 침실에 들어간다는 것은 있을 수 없는 일이다.

　사람의 마음이 요상했다. 한번 관심을 가지기 시작하니 자꾸 신경이 쓰였다. 어느 순간부터 그녀의 모든 것을 관찰하고 있는 자신을 발견하고 놀랐다.

　반석은 유심을 두고 온갖 상상을 다 했다. 요즘 와서는 밤마다 그녀의 승복을 벗겼다 입혔다를 반복했다. 그때마다 자위를 했다. 거의 매일 부처님께 백팔 배를 올렸지만, 몸도 마음도 통제하기 어려웠다. 모든 신경줄이 옥련암으로 뻗쳐 있었다. 암자에 갈 일이 없는 날도 참는 데까지 참다가 결국은 새벽녘에라도 올라갔다 내려오곤 했다.

　마침내 옥련암에 다다랐다. 여느 때와 같이 눈인사만 하고 방으로 들어가는 유심을 보는 순간 그녀가 승복에 갇혀있는 느낌이 들었다. 유심의 뒷모습이 평안해 보이지 않았다. 좁은 어깨를 움츠리고 있는 모습이 뭔가를 안고 사는 것 같았다. 반석은 달려들어 승복을 벗겨버리고 싶었다. 손에 힘이 들어가는 것을 가까스로 억제하면서, 유심의 옷에 거미가 붙은 것을 보고 입을 열었다.

　"스님, 옷에 거미가 붙었습니다."

　반석의 말에 유심은 별로 놀라지도 않고 가볍게 옷을

털었다. 유심의 반응에 오히려 반석 쪽이 머쓱했다.

"여기요."

반석은 거미를 집어내는 시늉을 하며 승복 위에 손을 댔다. 얇은 어깨가 손끝에 느껴졌다. 그녀는 얼굴을 살짝 붉힌 채 방으로 들어 가버렸다. 반석은 손을 코로 가져와서 냄새를 맡았다. 엷은 체취가 느껴졌다. 반석의 눈이 그녀의 뒷모습을 좇았다. 그러다 얼굴 표정이 들킬까 봐 바깥마당으로 몸을 돌렸다.

성묵이 텃밭을 손질하는 것이 보였다. 태연하려 애를 쓰면서 그쪽으로 다가갔다. 앉아 있는 모습이 돌부처 같다. 머리부터 발끝까지 완만한 곡선으로 이루어졌다. 장난기가 발동한 반석이 까치발로 다가가 등 뒤에서 일부러 목소리를 높여 일거리를 물었다.

"스님 안녕하세요? 중생이 왔습니다. 오늘 할 일이 뭡니까?"

"에구, 우리 처사님 어서 오셔. 올라오는데 숨은 차지 않구…"

"예, 스님 덕택에 많이 좋아졌습니다. 고맙습니다."

"나한테 고마워하지 말고, 부처님께 발원하셔. 건강하

게 해 주십사하고, 또 결혼도 하게 해달라고. 하하하."

반석의 장난에 성묵은 유쾌하게 웃었다. 그런데 웃음 소리가 이미 그가 다가오고 있는 것을 알고 있은 듯한 눈 치였다.

성묵은 몸통만 둥근 것이 아니라, 웃음도 둥글었다. 반 석은 자기도 모르게 나무관세음보살을 불렀다. 서당 개 삼 년이면 풍월을 읊는다더니. 그는 속으로 히죽 웃었다.

연등을 매달 줄을 쳤다. 성묵이 옆에서 도왔다. 반석은 작업을 하면서도 모든 신경이 유심의 방 쪽에 가 있었다. 오전에 일이 끝나지 않았다. 점심을 먹고 오후까지 해야 했다. 옥련암은 식구가 단출하기 때문에 밥을 먹을 때 온 식구가 한 방에서 같이 먹었다. 밥상만 따로 차렸다. 비구 니 둘은 한 상씩 각각 차리고 공양주와 반석은 같은 상에 서 먹었다. 상 위에 올리는 밥과 찬의 종류는 같았다. 반 석은 수도자들과 한 공간에서 먹고 마시는 것을 같이 한 다는 것에 기분이 좋았다. 외부인들을 차별하지 않는 성 묵의 처세가 마음에 들었다. 성묵과 유심은 불문의 의식 에 따라 바루 공양을 했다. 공양주도 그 비슷한 흉내를 냈다. 그도 그녀들을 따라 했다.

식사가 끝나자 유심이 밀짚모자를 쓰고 나갔다. 반석은 눈길만으로 그녀의 뒤를 따랐다. 유심이 암자 뒤쪽에 나 있는 오솔길로 들어섰다. 잡목들이 뿜어내는 연두색 물감이 봄 햇살을 받아 물고기 비늘처럼 반짝였다. 산들바람에 그녀의 옷자락이 팔랑거렸다. 그녀의 모습이 한 마리 작은 산새 같았다.

오솔길 주변은 연달래꽃 천지였다. 꽃이 산속에 피어 있는데 바람에 실려 오는 향기는 그녀에게서 나는 것 같았다. 반석은 침을 삼켰다. 그녀하고 연결되는 모든 것이 반석의 오감을 자극했다. 그녀가 간 곳으로 쫓아가고 싶었지만, 반석의 걸음은 마당가 진돗개들에게로 다가갔다. 사료포대에서 먹이를 한 바가지 퍼서 밥그릇에 부어 주면서 두 놈을 번갈아 쓰다듬었다. 개털을 쓸어내리는 손길이 부드러웠다. 개들이 기분 좋은 소리를 내면서 품으로 안겨 왔다. 반석은 팔에 힘을 주어 두 놈을 안았다가 내려놓았다.

오후 일이 시작되었다. 넓지 않은 암자 마당에 일정한 간격으로 줄을 쳤다. 해가 서쪽으로 기울어질 때쯤에야 마당에서 하는 작업이 끝나고 산문 밖 진입로로 나갔다. 암자로 들어오는 입구에서부터 그 아래로 내려가면서 가로수로 심어놓은 은사시나무에도 줄을 쳐야 했다. 반석은 손으로 은사시나무를 쓰다듬었다. 차가우면서 매끈한 감촉이다.

산문 밖에서 하는 일은 반석 혼자서 했다. 해가 지기 전에 끝낼 생각으로 빠르게 줄을 쳐나갔다. 그때 승용차 한 대가 지나갔다. 검은색 선글라스를 낀 젊은 남자가 운전을 했다. 반석은 지나가는 차겠거니 하면서 신경을 쓰지 않았다. 차가 지나가고 난 다음에야 저 차가 이리로 올라가면 그 끝은 암자인데 하는 생각이 들었다. 암자로 가는 차에 젊은 남자가 혼자서 타고 있다니, 다시 차를 돌아봤다. 차는 벌써 산문 앞 주차장에 들어섰다. 개들이 짖어댔다. 개 짖는 소리에 성묵이 산문 밖으로 내다봤다. 반석도 관심을 가지고 차에서 내리는 남자를 주시했다.

차에서 내린 남자가 성묵에게 정중하게 인사를 했다. 인사를 받는 성묵의 태도로 보아 서로 안면이 있는 사이는 아닌 것 같았다. 두 사람 사이에 잠시 대화가 오가는 것 같더니 성묵이 남자를 안으로 데리고 들어갔다. 반석은 그

다음 장면이 궁금했지만 하던 일을 계속했다. 한참 동안 일을 했는데도 남자의 차가 나오지 않았다. 일을 끝내고 남은 줄을 감아서 들고 산문을 향해 올라오는데 남자와 유심이 같이 나왔다. 반석은 가슴이 내려앉았다. 피가 머리 꼭대기로 쏠리면서 눈에 힘이 들어갔다.

남자가 차 문을 열어 놓고 유심에게 타라고 했다. 그녀가 타지 않으려고 하는 몸짓을 보였다. 그러자 남자가 옆으로 다가와서 밀어 넣듯이 차 안으로 들여보냈다. 유심이 하는 수 없다는 듯 차에 올랐다. 짧은 순간의 장면이지만 반석에게 예사롭게 보이지 않았다. 걸음을 빨리했다. 반석이 산문에 도착하기 전에 차가 출발했다. 차는 반석의 옆으로 지나쳐갔다. 반석은 차 안의 유심을 바라보았다. 그녀도 반석을 보는 듯하더니 시선을 돌린 채 앞쪽만 보고 있었다.

일을 끝내고 저녁을 먹고 집으로 내려올 때까지 유심이 돌아오지 않았다. 아무도 그녀가 왜 늦어지는지에 대해 말이 없었다. 낮의 일이 궁금했지만 내색을 못 하고 개들과 노닥거리면서 시간을 끌어 봤다. 암자 마당에 어둠살이 내려앉았다. 방 안으로 들어간 성묵도 별 기미가 없었다. 반석은 더 있어 보고 싶었지만 자신의 행동이 싱거워 보여서 휘적휘적 산문을 나섰다.

손발을 씻고 방으로 들어와 누웠다. 어둠으로 가득 채워진 천장을 올려다봤다. 반석은 자신이 왜 이렇게 궁금해하는지 다 알고 있으면서 딴청을 부렸다. 남의 일이니 그만 신경 끄고 잠이나 자자고 중얼거렸다. 몸을 이리저리 뒤척거렸다. 그럴수록 잠은 달아나버리고 오히려 정신이 말짱해졌다. 미칠 지경이었다. 눈이 따가웠다.

작업량이 많아서 몸이 피곤했지만 아무리 뒤척거려도 소용없었다. 머리만 터질 듯했다. 윗도리를 걸치고 밖으로 나왔다. 하늘에 사자자리, 목동자리, 처녀자리 등 봄철 대삼각형이 떠 있었다. 나무 벤치에 앉아 별자리를 살폈다. 산속에 들어와 살면서 혼자 익힌 별자리 이름들이다. 잠이 오지 않는 밤에 별자리를 찾는 것은 괜찮은 놀이였다.

검은 숲을 덮은 밤안개가 희뿌연 연못물 같이 일렁거렸다. 순식간에 별똥별 하나가 떨어졌다. 불길한 생각이 들었다. 깊은 한숨을 쉬면서 숲의 소리에 귀를 기울였다.

바람에 나뭇가지가 서로 부딪치는 소리가 들리고, 가끔씩 새가 깃을 쳤다. 먼 골짜기에서 알 수 없는 소리가 쩌어쩍거리고, 정확한 위치를 잡아낼 수 없지만 멧돼지 우는 소리도 들렸다.

뿌연 안개가 피어오르는 연못에 물뱀 두 마리가 엿가락처럼 꼬여 있었다. 멀리서 볼 때 한 마리였는데 자세히 보니 두 마리였다. 반석은 신기해서 연못으로 다가갔다. 가까이 다가서서 좀 더 자세히 보려고 눈을 비볐다. 뱀으로 보이던 것이 벌거벗은 남녀의 흰 몸뚱어리였다. 반석은 좀 더 가까이 다가갔다. 서로의 몸에 의지해 꼬여있는 흰 몸뚱어리는 반석과 유심이다. 반석이 놀라 물러서는 순간 발이 삐끗하면서 몸이 앞으로 기울어졌다. 반사적으로 몸을 바로 세웠다. 습기가 많은 봄 안개 때문에 몸이 부르르 떨렸다. 벤치에 앉은 채 잠이 들었던 모양이다.

새벽이 되려면 아직 멀었다. 반석은 헤드 랜턴을 찾아 끼고 산길을 올랐다. 그는 탑이 서 있는 암자 뒤편으로 돌아갔다. 옥개석이 별빛을 받아 고즈넉하게 빛났다. 탑을 바라보던 그의 눈에 사람의 모습이 띄었다. 유심이 탑신에 기대앉아 있었다. 그는 탑 주변의 아름드리 느티나무

뒤에 몸을 숨기고 그녀를 지켜봤다. 유심은 고개를 수그린 채 미동도 하지 않았다. 그렇다고 잠이 든 것도 아니었다. 거의 반 시간 넘게 지켜보던 그가 유심에게 다가갔다. 인기척을 느꼈는지 그녀가 놀란 눈으로 올려다봤다. 반석이 그녀를 덥석 안았다. 그녀의 입에서 술 냄새가 났다. 유심이 몇 번 반석의 가슴을 밀어냈지만 그녀를 안고 있는 그가 팔에 힘을 주자 더 이상 반응을 보이지 않았다. 유심의 밀어내기 동작이 멈추자 반석은 그녀를 안고 탑의 그늘 속으로 들어갔다.

반석은 개들이 짖는 소리에 눈을 떴다. 처마 끝에 벌써 햇살이 비추고 있었다. 희미하게 들리지만 연거푸 짖어대는 개들 소리가 옥련암 쪽에서 들렸다. 그는 반사적으로 달렸다. 가슴이 터질 듯이 아팠다. 줄 기침을 하고 나자 입안에서 피 냄새가 감돌았다. 핸드폰을 없앤 것이 후회가 됐다. 가파른 재를 올라가는데 다리가 헛돌았다. 호흡을 조절하며 천천히 걷다가 빨리 걷기를 번갈아 하면서 산문이 보이는 데까지 갔다. 산문 앞에서 사람들이 움직이고 있는 것이 보였다. 유심의 차 문을 열어놓고 누군가

를 기다리고 있었다. 가까이 다가오는 반석을 보고 공양
주가 반가움이 담긴 목소리로 고함을 쳤다. 성묵은 반석
에게 말없이 차 키를 줬다. 시동을 걸면서 뒷좌석에 누워
있는 유심을 돌아봤다. 얼굴만 내놓고 이불에 둘둘 말려
있었다. 검게 변색된 얼굴이었다. 눈꺼풀에 힘이 풀려 있
고, 입술에 거품이 물려 있었다. 독극물을 마셨다는 판단
이 들자 앞뒤 생각할 겨를도 없이 발이 가속페달을 밟았
다. 차가 산길을 날듯이 달렸다.

　반석은 유심을 안고 응급실로 뛰어 들어가면서 외쳤다.
　"약을 먹었어요!"
　이불 속에서 나온 사람이 비구니라는 것을 본 사람들이
의심스런 눈초리를 보냈다. 성묵이 따라 들어오면서 미안
하다는 표정으로 사람들에게 합장을 했다.

　위세척을 하는 동안 반석은 성묵과 함께 밖에서 기다
렸다. 의사가 밖으로 나왔다. 보호자를 찾았다. 의사가 성
묵과 이야기를 나누었다. 어려운 용어를 사용해도 내용은
맹독성인 농약을 마셨기 때문에 회복 가능성이 거의 없다
는 거였다. 그 말을 듣는 성묵의 몸이 휘청했다. 반석의 몸
에서도 힘이 빠져나갔다. 반석은 자리에서 일어나 의사에

게 다가섰다. 꽁지머리를 산발하고 눈에 핏발이 선 남자가 다가서자 의사가 뒤로 몇 발짝 물러섰다. 순간 성묵이 의사 앞에 무릎을 꿇었다. 그리고 입에서 울음 섞인 말소리가 튀어나왔다.

"선생님, 우리 아이를 살려주세요."

반석도 성묵 옆에 꿇어앉았다.

의사는 매우 부담스럽다는 표정을 지었다. 옆에 서 있던 간호사가 울고 있는 성묵을 일으켜 세웠다. 의사는 경과를 더 지켜보자는 말을 남기고 자리를 떴다. 반석은 성묵을 부축해서 의자에 앉혔다. 돌부처 같던 모습은 그 어디에서도 찾아볼 수 없었다.

한참 동안 소리 죽여 울던 성묵이 반석에게 암자에 좀 다녀오라고 했다. 공양주에게 부탁하여 입원생활에 필요한 것들을 챙겨 오라는 것이다. 반석은 차를 몰고 옥련암으로 향했다. 한산이 수봉우리 암봉우리를 품고 무덤덤하게 누워 있었다.

암자에 도착하니 공양주가 성묵과 유심의 짐을 이미 챙겨 놓았다. 반석이 혹시 빠진 것이 있을지 모르니 유심의 방에 들어가서 한번 둘러봐도 되겠느냐고 해봤다. 공양주가 스님들 방에 남자가 함부로 들어가면 안 된다고 막아섰다. 마음 같았으면 공양주를 밀치고 들어가 보고 싶었지만, 짐이 든 바랑을 차에 싣고 다시 병원으로 향했다.

한산 자락의 꼬부랑길을 달리면서 살아온 날들을 떠올렸다. 산속으로 들어 온 지 3년이 다 되었다. 병원에서 폐결핵진단을 받았을 때였다. 반석은 올 것이 왔다는 생각에 도시생활을 접었다. 처음 폐결핵을 앓은 것은 고등학교 3학년 때였다. 신체검사 결과지를 받았을 때 다른 아이들은 서로 돌려보면서 찢고 까불었지만 반석은 혼자 교실을 빠져나왔다. 화장실에서 결과지를 다시 확인하고 쓰레기통에 던져 버렸다. 짝이 보여 달라고 했을 때 "십새캬, 뭘?"하고 윽박질렀다. 반 친구들 몰래 몇 달 동안 약을 복용했다. 소변 색깔이 친구들과 달라 늘 그들이 없는 틈을 타서 화장실에 갔다. 그런데 치료가 끝났지만 흔적이 남았다. X-레이 사진을 찍을 때마다 얼룩이 진 달 표면처럼 부옇게 나타났다. 낙인처럼 찍혀 일상생활에 알게 모르게 영향을 줬다. 직장에서 단체로 신체검사를 할 때면 혹시나 해서 X-레이 촬영을 건너뛰었다. 나중에 혼자서 다른 병원에 가서 촬영을 해보고 안도의 한숨을 쉬곤 했다.

반석은 산으로 들어오기 전까지 택시기사였다. 도로 위에서 노새같이 살았다. 그 와중에 또 결핵이 재발했다. 회사에 발붙일 수 없게 되었다. 더 이상 굴릴 수 없는 몸이 됐다는 것에 두려움이 엄습해왔다. 병균이 폐를 갉아먹는 속도보다 정신이 부패하는 속도가 더 빨랐다. 하루에도 몇 번씩 벼랑 끝에 매달려 대롱거렸다. 마지막 잡고 있는 굽은 나뭇가지를 놓을까 말까 씨름을 했다. 방구석에 소주병 줄을 세웠다. 담배꽁초가 쓰레기통에서 넘쳐났다. 몇 달 동안 햇빛도 달빛도 보지 않았다. 어둠의 시간을 헤매는 동안 각혈이 쏟아졌다. 피를 보자 무서웠다. 반사적으로 억울하다는 욕설이 튀어나왔다. 방문을 박차고 뛰어나왔다. 꼬리에 불붙은 개새끼같이 도로를 달렸다. 눈에 아무것도 뵈지 않았다. 병원으로 뛰어 들어갔다. 의사의 책망이 오히려 고맙게 들렸다. 몇 달 동안 입원 치료를 받았다.

퇴원을 하는 날 바로 짐을 싸서 산으로 들어왔다. 부모님 산소가 있는 이곳으로 찾아왔다. 산소 옆 골짜기에 텐트를 쳤다. 겨울이 되기 전까지 텐트 생활을 하면서 양지바른 곳에 단칸 짜리 오두막을 지었다. 다람쥐가 겨울을 나기 위해 식량을 모으듯이 부지런히 겨울날 준비를 했다. 내일 당장 죽음이 찾아오지 않는다는 확신이 들자 몸을 보호해야 한다는 생각밖에 없었다. 골짜기를 돌아다니면서 호흡의 길이를 늘려나갔다. 처음에는 30분도 걷기 힘들었다. 오르막길을 걷는 것은 생각도 못 했다. 어린아이가 걸음마를 배우듯이 한 발짝씩 앞으로 내디뎠다. 날이 갈수록 숨쉬기가 수월해졌다. 숨가쁜 것이 차차 사라졌다. 오르는 산의 높이가 조금씩 높아졌다. 산을 오르는 시간이 늘어나자 식욕도 생겼다. 그동안 약 기운이 강해서 아무것도 먹고 싶은 것이 없었는데 어느 순간부터 음식에 대한 욕구가 생겨났다. 맛있는 음식들이 눈앞에서 어른거렸다. 산골짜기에서 쉽게 구할 수 없는 음식이 있는 곳은 옥련암뿐이었다. 옥련암은 산 중턱에 있었다. 먹고 싶은 음식을 얻으려면 그곳까지 가야 했다. 매일 매일 옥련암을 향해 걸음 수를 늘려나갔다. 나무가 태양을 향해 가지를 뻗치듯이 사력을 다해 다가갔다.

병원에 도착하니 유심이 입원실로 옮겨져 있었다. 바랑을 메고 병실을 찾아갔다. 수액을 맞고 있는 유심 옆에 성묵이 앉아 있는데 망연자실한 모습이다. 몇 시간 만에 얼굴이 파삭 늙어 보였다. 반석은 공양주가 따로 챙겨준 염주를 성묵에게 건넸다. 성묵은 받아든 염주를 정신없이 돌렸다. 반석은 옆 눈으로 슬쩍 성묵이 염주 돌리는 것을 보고 잠이 들어 있는 유심의 얼굴로 시선을 옮겼다. 유심의 입술이 터져 부풀어 올라 있는 것이 안쓰러웠다. 간호사에게 환자의 상태를 물었다. 돌아온 대답은 아직 지켜봐야 한다는 것이다.

반석은 나무 벤치에 앉아 하루가 다르게 푸른 기가 짙어 가는 한산을 올려다봤다. 가을 색은 봉우리에서 시작하여 발부리로 내려오더니, 봄 색은 발부리에서 허리를 지나 봉우리로 향하고 있었다. 기나긴 봄날에 두 손을 묶어 놓은 듯이 아무것도 하지 못하고 해바라기를 했다. 해가 서산으로 넘어갔다. 어둠이 숲을 삼키는 것을 지켜봤다.

이틀이 지나도록 암자에선 아무런 소식이 없었다. 사라지는 길을 더듬어 찾으면서 옥련암으로 올라갔다. 공양주에게 병원 소식을 물었다. 공양주는 아직 연락받은 것이 없다고 하면서 울먹였다. 공양주와 헤어져 나오면서 암자 뒤편에 있는 탑으로 갔다. 유심을 안았던 탑의 그림자 속에 앉았다. 그녀의 살 냄새가 코끝에서 감돌았다. 탑돌이를 하면서 소원을 빌면 이루어진다고 하던 말이 생각났다.

다리가 뻐근해졌지만 두 손을 합장하고 나무관세음보살 나무아미타불을 쉬지 않고 불렀다. 한밤중이 넘도록 돌고 돌았다. 돌면서 부처님께 떼도 쓰고 하소연도 했다. 그믐달이 허옇게 빛바랜 얼굴로 내려다봤다. 그믐달에게도 빌었다.

반석은 새벽녘이 다되어서 산문 밖 주차장으로 내려왔다. 유심의 차에 탔다. 차 안에서 그녀의 체취가 났다. 눈을 감고 숨을 천천히 들이마셨다. 차 안에 고여 있는 냄새를 폐 깊숙이 빨아들였다. 폐로 들어오는 냄새 속에 담배 냄새가 섞여 있었다. 미약하지만 차 시트에 배인 냄새였다. 글로브박스를 열었다. 온갖 잡동사니들이 들어 있었다. 그는 그 물건들을 하나씩 꺼냈다. 자동차 등록증, 자동차 보험 카드, 선글라스, 털장갑, 은색상자 하나. 그는 어둠 속에서도 반짝이는 은색상자를 열었다. 뜯어진 담뱃갑과 라이터가 들어 있었다.

반석은 가슴이 싸 해졌다. 담배에 불을 붙였다. 오랜만에 담배 한 개비를 다 피웠다. 담배를 피우면서 결핵 진단을 받고 나서 줄담배를 피웠던 그때를 떠올렸다. 하루에도 몇 번씩 죽음으로 뛰어들고 싶었던 시간이었다. 때로는 아무 저항도 못 하고 죽음으로 떠밀려 가는 것이 너무 두려웠던 시간이기도 했다. 유심도 그런 시간 속에서 살았는지 모르겠다. 담배 연기 때문에 눈이 매웠다. 차 문 유리를 내렸다. 새벽바람이 불었다. 어두운 숲에서 희끄무레한 은사시나무가 차 안을 들여다봤다. 나무는 여린 소리를 내면서 잎을 떨었다. 은사시나무와 유심이 많이 닮았다. 마음이 불안했다. 담배 한 개비를 더 피웠다.

잠시 눈을 붙이고 병원으로 갔다. 성묵은 처음과 똑같은 모습으로 앉아서 염주를 굴리고 있었다. 반석에게 눈인사만 건네고 더 이상 말이 없었다. 유심의 얼굴은 푸른 기가 도는 검은 흙색을 띠었다. 눈을 감고 있어서 자는지 깨어 있는지 알 수 없었다. 간호사는 여전히 좀 더 지켜봐야 한다고 했다. 간호사의 말에는 희망도 절망도 담겨 있지 않았다. 직무적인 답변일 뿐이다. 그는 마음이 급했지만 병원에서 할 일을 찾지 못했다. 병실을 들락거리는 그에게 성묵도 더 이상 아는 체를 하지 않았다. 병실 사람들의 호기심 어린 시선이 느껴졌다. 유심의 손이라도 한번 만져보고 싶었지만 기회를 만들지 못했다. 성묵에게 눈인사만 하고 병실을 나섰다.

산으로 돌아왔지만 일이 손에 잡히지 않았다. 옥련암에 올라가서 개들을 한 번씩 안아주고 공양주와 인사를 했다. 공양주가 반석을 보고 반색을 했다. 석가탄신일이 코앞에 다가오자 벌써 연등을 신청하는 전화가 많이 온다고 했다. 읍내에 가서 연등 만들 재료를 사다 달라고 했다. 공양주가 메모해 주는 대로 재료를 사 왔다.

점심 식사를 끝내고 공양주와 같이 연등을 만들었다. 예전 같았으면 성묵과 유심, 공양주가 연등을 만들고 반석은 그것들을 줄에 매다는 일을 했을 것이다. 연등 만드는 일을 할 때면 성묵의 우스갯소리도 빠지지 않았다. 그때마다 공양주와 반석은 배꼽을 잡았다. 하지만 유심은 같이 웃었던 적이 없었다. 입을 다문 채 자기 할 일만 했다. 일을 하다가 잠시 휴식을 취할 때면 자기 방으로 들어가 버렸다. 그때마다 반석의 눈은 그녀의 모든 행동을 쫓아다녔다.

반석은 등에 연꽃잎을 하나하나 붙였다. 유심의 몸에 꽃장식을 하듯이 정성을 다했다. 생각에 잠겨 말없이 꽃잎을 붙이는 반석을 보더니 공양주가 조심스럽게 이야기를 시작했다.

"스님은 속세에 있을 때 원래 동두천에서 일을 했어. 그때 나도 같은 업소에서 일을 했고. 그러다가 미군 아이를 임신하게 되었지. 그 당시에는 그런 일이 생기면 대부분 낙태를 했는데, 스님은 그렇게 못했어. 하지만 처녀 몸으로 애비를 모르는 아이를 키울 수 없었어. 할 수 없이 탁아소에 맡겼지. 몇 년 동안 돈을 악착같이 모으더라. 그리고 무슨 생각이 들었는지 출가를 하더라구. 나중에 옥련암 주지가 되자 아이를 데려왔지. 그 아이가 유심이야."

성묵과 유심의 관계에 대해서였다. 반석은 병원에서 봤던 일로 미루어 짐작했지만 아는 체를 하지 않았다.

반석은 그 둘의 관계보다 찾아온 젊은 남자가 더 궁금했다. 그래서 그냥 지나가는 말처럼 젊은 남자에 대해 아느냐고 물었다. 공양주는 잘 모른다고 했다. 그런데 이야기가 무르익어가자 그날 밤에 일어난 일을 자세하게 말해줬다.

"유심이 그 사람과 다투다 같이 나갔네. 그리고 밤늦게 술에 취해 들어왔지. 비틀거리며 들어오는 유심을 성묵이 나무랐어. 그러자 도리어 성묵을 비웃더라구. 술에 취한 위장이 더 이상 못 견디고 먹은 것을 게워내듯 자신의 한을 모두 토해냈어."

"…"

반석은 공양주의 말을 듣고만 있었다. 공양주는 불쌍하다는 어조로 이야기를 계속 이어나갔다.

"불쌍한 것이 끝까지 속을 다 털어 놓지는 않았지만, 무언가 말 못 할 사정이 있긴 있는 것 같아. 그것을 성묵과 나에게 털어놓는 것이 자존심이 허락하지 않는 모양이야. 자신을 드러내 보일 용기도 필요한데…. 자기 자신을 마주보기 두려워 이렇게 된 것 같아. 암띤 것이. 우리가 얼마나 애지중지 키운 줄도 모르고. 부처님 앞에서 자기를 낳은 사람을 죽이고 싶다고 하더라고. 그 말에 성묵의 손에서 염주가 미끄러졌지."

공양주는 긴 한숨을 내쉬더니 무엇인가 기억이 난다는 어투로 말을 했다.

"찾아온 남자는 대학 때 유심을 사랑했던 선배라나. 유심도 그 사람을 많이 사랑했고. 무엇 때문인지 모르지만 유심이 자기 소재를 알리지 않고 잠적했던 거야. 우리는 감쪽같이 몰랐지. 그때가 아마 유심이 승가대학에 다시 들어갔을 때인 것 같아. 사실 성묵은 유심을 미국으로 유학을 보내고 싶어 했어. 그런데 유학 가는 것을 포기하고 승가대학에 가겠다고 하는 거야. 성묵과 유심 사이에 몇 차례 언쟁도 있긴 했어. 성묵은 유심이 승려로 살아가는 것을 원하지 않았거든. 다른 아이들처럼 살기를 바랐지. 대학을 졸업하면 암자를 떠나기를 바랐어."

반석은 공양주의 이야기를 들으면서 꽃잎을 꾹꾹 눌러 붙였다. 꽃잎이 반석의 손끝에서 뭉개져 찢어졌다. 공양주는 반석을 건너다보고 가볍게 핀잔을 주고 다시 원망 조로 이야기를 이어갔다.

"대학을 졸업하고 몇 년 동안 소식이 끊어졌던 사람이 다시 찾아온 거래. 다른 여자하고 결혼하게 됐음을 알리고, 그 불쌍한 것과의 관계를 정리하고 돌아갔대. 다른 여자하고 결혼하려면 찾아오지나 말지. 안 찾아왔으면 우리 애한테 이런 일도 생기지 않았을 텐데. 불쌍해 죽겠어."

공양주의 이야기를 들으면서 반석은 유심의 목숨을 틀

어쩐 그 무엇이 그녀의 방 안에 도사리고 있을 것만 같았다. 유심의 방에 반드시 들어가 봐야겠다는 생각이 들었다. 사다리에 올라가서 등을 달면서 자연스레 기회를 만들었다. 공양주에게 주차장에 세워 둔 차에 가서 두고 온 물건을 가져다 달라고 부탁했다. 공양주가 밖으로 나간 사이 재빨리 유심의 방문을 열었다. 방 안에서 오래된 책에서 나는 냄새가 났다. 제일 먼저 눈에 들어온 것은 한쪽 벽면을 가득 채운 서가에 꽂힌 책들이었다. 애석하게도 침대는 없었고, 앉은뱅이책상 하나가 얌전하게 놓여 있었다. 반석은 조금 실망했다. 방 안에 여성용품이 있을 거라고 생각을 했는데 아무것도 눈에 띄지 않았다. 가지런히 정리된 서가 빈틈에 목질이 연한 은사시나무로 조각을 하다가 그만둔 계란만 한 조각상이 놓여있었다. 조각은 머리 부분에서 시작하여 이마의 경계선까지만 윤곽선이 파져 있었다. 반석은 재빨리 조각상을 주머니에 넣었다.

반석이 유심의 방에서 나왔을 때 공양주가 울면서 들어왔다. 방금 병원에서 전화가 왔다고 했다. 그는 공양주에게 다가가서 다급하게 자동차 키를 받아들었다. 신을 신는 그에게 공양주가 잠시만 기다리라고 했다. 유심의 법구를 모시는데 필요한 물건들을 챙겨가야 한다는 것이다. 그는 공양주의 '법구'라는 말에 그 자리에 주저앉았다. 부처님이 원망스러웠다.

공양주가 물건들을 챙기는 동안 간절한 마음으로 그는 다시 등을 달았다. 법당에서 부처님께 제일 잘 보이는 곳에 흠결이 전혀 없는 연등을 골라 달았다. 부드러운 봄바람이 법당으로 불어 들어왔다. 방금 달아놓은 등이 이리저리 흔들렸다. 문을 열어 놓은 법당 안으로 산새 한 마리가 날아들었다. 산새가 연등에 앉아서 그네를 탔다.

암자 마당에 성묵과 공양주가 연화대를 만드는 동안 반석은 참나무를 준비했다. 참나무 사이에 은사시나무도 섞었다. 가장 좋고 정갈한 것으로 골랐다. 다음 생에는 유심과 온전한 부부의 연을 맺기를 발원했다. 다비장을 준비하는데 꼬박 일주일이 넘게 걸렸다. 장례준비가 끝나고, 그동안 읍내 병원에 보관했던 유심의 법구를 모셔왔다. 다비식에 참석한 사람은 성묵과 공양주와 반석이었다. 성묵은 모든 절차를 불문의 장례법에 맞추었다. 참나무에 불을 붙이는 거화를 거쳐 연화대에 하화를 할 때 성묵의 독경 소리가 끊어졌다. 공양주의 흐느끼는 소리만 들렸다. 거의 한 시간쯤 지나서야 목탁소리가 다시 이어졌지만 독경 소리도 염불 소리도 더 이상 이어지지 않았다. 해가 저물었다. 하늘을 잔뜩 덮었던 먹장구름이 열리고 별들이 돋아났다. 한줄기 돌개바람이 허공에서 맴돌다가 잘 타오르지 않고 머뭇거리는 불꽃 위를 지나갔다. 그러자 거센 불길이 일어나면서 연화대에서 소용돌이쳤다. 불티들이 하늘을 향해 솟아올랐다. 반석은 눈을 감고 아미타불을 불렀다. 성묵은 밤새도록 목탁만 두드렸다.

유심이 입적하고 다시 봄이 왔다. 계곡물이 얼었다 녹았다를 반복했다. 허옇게 바위를 덮고 있는 얼음 속으로 물이 타고 내리면서 미세하게 얼음과 바위 사이를 분리했다. 물이 지나가는 자리마다 얼음이 투명하게 변하더니 큰 얼음 덩어리가 맥없이 떨어져 나갔다. 반석은 물의 움직임을 관찰하다 손때가 묻어서 반질거리는 유심의 얼굴이 완성된 조각상을 물에 띄워 보냈다. 그리고 두 손으로 물을 퍼서 달게 마시고는 느릿느릿 작은 산새가 울고 있는 숲속으로 사라졌다.

해설
정직한 시선이 포착해내는 삶의 이면
—박산윤 소설집『여우를 품은 남자』

김성달 · 소설가

1.

소설가는 현실과 동떨어져 존재할 수 없다. 소설이 우리 주위에서 벌어지는 여러 가지 일상적인 삶의 모습들과, 거기에서 발생하는 이런저런 문제들을 보다 의미 있게 부각시킨 형상화의 과정을 통해 창조되기 때문이다. 따라서 소설에서 무엇보다 중요한 것은 작가의 삶에 대한 태도, 즉 현실을 바라보는 시선이라고 할 수 있다. 어찌 보면 삶이나 현실이라는 말은 매우 추상적인 개념이다. 사람들이 살아가는 일상적 삶의 공간이 현실은 맞지만 그 구체적인 모습들을 제시하고 우리가 그것을 느낄 수 있어야 비로소 의미를 지니는데, 박산윤 작가의 첫 소설집 『여우를 품은 남자』는 그런 면에서 충분한 가능성을 내포하고 있다. 일상적 삶의 공간이자 모든 행위와 가치의 출발점이기도 한 현실에 대한 작가의 정직한 시선이 삶을 재구성하고, 의미 있는 해석을 부여하기 때문이다. 그래서 우리는 박산윤 작가가 이 혼돈의 현실에서 무엇을 이야기하고자 하는가를 기대와 설렘을 가지고 지켜볼 수 있다.

박산윤 작가의 소설집 『여우를 품은 남자』에는 김 화백과 허 사장 그리고 호숫가 커피숍 여주인, 세신사와 미라클 부동산 투자부대 아줌마들, 사막의 여우와 몽골 여자와 그리고 승진. 형사와 형사의 아들 그리고 백만불의 딸, 골프장의 캐디와 회장들, 설잠과 독짓는 노인 그리고 도운, 횟집의 박 씨와 리조트 관리업체 장가와 청소부들, 유기견 복남과 노숙자 출신 아저씨, 보름달 뜨는 바닷가의 민서와 횟집 주인 상어이빨, 비구니 유심과 택시운전사의 등의 다양하고도 폭넓은 인물들의 삶을 통해 우리가 흔히 이해하는 것보다 훨씬 다층적이고 복합적인 양상의 현실을 보여주고 있다. 시장에서부터 암자에 이르기까지 폭넓은 배경 공간은 그런 소설 속의 현실을 튼실하게 뒷받침한다.

이번 소설집을 통해 '자만으로 똘똘 뭉친 사악한 인간,

자기가 만든 프레임에 갇혀 절망하는 인간, 분노하는 인간, 허영에 찌든 인간, 상처를 치유하는 인간, 화해하는 인간, 사랑을 품은 인간, 이용당하고 버려지는 인간, 자기 정체성을 찾아가는 인간, 고독을 극복해가는 인간'을 그리고 싶었다고 말하는 작가는, 우리들에게 어떤 상황에서도 현실의 삶과 동떨어진 가치란 존재하기 어렵다는 사실을 일깨워주면서, 복잡다단한 삶의 현실을 예술적으로 승화시키려는 노력을 보이고 있다. 작가는 또한 일상적인 사건들을 단순히 기록하는 차원을 넘어서는 미적, 정서적 차원의 여과 과정을 고심하고, 자칫 이념에 압도되어 생경한 구호와 나열에 그치는 우를 범하지 않는다. 그래서 현실적 상황이 만들어내는 상당히 다양하고 구체적인 요소들을 깊이 있게 통찰하고, 시종일관 정직한 시선으로 분석해 의미를 부여하고 있는 박산윤 작가의 만만찮은 저력을 느낄 수 있다. 소설의 궁극적인 목적이 인간성을 구현하는 것이라면 이를 효과적으로 드러낼 수 있는 현실을 찾아내고 거기에 인간의 옷을 입히고 살아 숨 쉬게 하는 작가의 솜씨는, 현실과 동떨어진 추상적이고 단순한 허구적 사실들의 소설이 적잖게 떠도는 요즘 정공법의 묵직한 무게로 다가온다.

이 소설집에서 한 가지 눈여겨보아야 할 것은 바로 욕망에 관한 문제이다. 인간의 내면에 들어있는 인간의 배역과 허위, 그 어둠의 심층을 조명하려는 작가의 노력은 어느 한곳에 머물지 않는다. 그 결과 소설 속에서 인간이 지닌 선하고 아름다운 면만이 아니라 죄와 욕망에 더럽혀지고 물들여진 인물의 영역을 실감 나게 조망하고 있다. 그것은 작가가 현실에서 존재하는 인간이나 사건들을 인식의 명제가 아니라 생명 있는, 즉 살아있는 인간으로 그려내기 때문이다. 그래서 인물 내면 속의 자기모순과 분열과 대립을 들여다보면서도, 그 속에서 불가사의하게 도사리고 있는 죄악과 욕망을 정직하게 직시하면서 신의 손길까지도 감지하는데 그것은 내면의 욕망과 고통을 파고들면 들수록 가엾은 생각, 즉 연민을 느끼고 공감하는 작가의 시선 때문이다. 그 시선은 우리를 삶의 이면을 입체적으로 이해할 수 있도록 인도하면서도, 우리가 날마다 접촉하고 보고 있는 현실을 기계적인 해석이 아니라 처음 보는 것처럼 새로운 각도로 보여주고 있다.

2.

　「**섬에서 섬으로**」는 일종의 예술가 소설이다. 호수 근처에서 카페를 운영하는 아영은 호숫가를 산책하는 김 화백을 보며 언제나 변함없는 저런 모습으로 요즘 세태를 어떻게 살아갈까 싶다. 김 화백은 그림을 시장 바닥에 내놓을 수 없다는 예술가의 자존심 때문에 경매시장에서 그림을 판매해본 적이 없다. 아영의 카페 건물 주인이기도 한 부동산 임대업자 허 사장은 그런 김 화백의 그림이 돈이 될 만하다는 것을 알고 온라인 미술품 경매사이트에 그림을 매매하는 계약을 성사시킨다. 아영은 그런 김 화백이 조마조마하다. 독일에서 유학생활을 끝내고 그곳에서 20년 동안 기타연주를 하다가 권태와 우울을 불러온 매너리즘 때문에 귀국을 한 아영은 결핍을 채우기 위해 돈 대신 예술을 선택했다는 김 화백이 허 사장의 손아귀에서 온전할까 싶다. 아영의 우려대로 두 사람 사이에 다툼이 일자, 허 사장은 김 화백에게 손해배상을 청구하고, 김 화백은 그림을 옮긴다.

"이놈들 모두 나의 분신과 같소. 그러니 이것을 낳은 사람의 정신이 썩어버리면 작품도 한낱 쓰레기에 불과하오. 난 한평생 예술가연하면서 살았소. 이제 나의 위선에 넌더리가 나오. 진실을 추구한다고 떠들면서 오히려 진실을 왜곡하고, 나와 이해관계가 없으면 진실이 지옥으로 처박히고 있는 현실인데도 대응 한 번 제대로 못하고, 세상 탓만 하면서 돼지처럼 먹이통만 뒤졌으니…. 내가 평생 이놈들(예술)을 우려먹었으니, 이젠 보낼 때가 됐어요."(「섬에서 섬으로」)

스스로를 사막 같은 예술 세계에서 낙타처럼 살아가는 몸이라고 생각해온 김 화백은 마지막 자존심을 그렇게라도 지키고 싶어 한다. 그 후 아영의 커피숍을 찾지 않던 김 화백이 노란 수선화 꽃잎이 떨어져 호수 속으로 가라앉고 있는 그림을 보내온다. 그림을 들여다보던 아영은 갑자기 '호수 속으로 떨어지는 꽃잎이 순간 낙타로 변해' 물고기 길을 따라가는 것을 보며 태풍이 와서 호수를 뒤집어 바닥에 무엇이 있는지 보고 싶은 강렬한 욕망에 사로잡힌다. 현실에 무기력한 속성의 예술가와 자기중심적인 부동산

업자의 갈등은 하나의 사건 자체에 지나지 않지만, 낙타와 호수의 상징이 예술가 정신의 현실적 구체를 발현하는 모티브로 작용하면서 인간 욕망의 밑바닥을 들여다보고 있다. 예술과 돈, 이 상반된 것의 맨얼굴을 동시에 보여주는 이 작품은 예술가의 고난을 강조함으로써 예술의 필연성을 드러낸다. 김 화백의 말에서 느껴지는 예술에 대한 묵직한 사명감과 진지함은 다름 아닌 인간에게 주어지는 신탁이다. 그래서 우리들은 오늘도 실패할 수는 있어도 중단할 수 없는 삶의 탐색을 감행하고 있다.

「우아한 부족으로 살아남기」는 세태소설의 전형을 보여주고 있다. 이혼녀 성란이 미라클 부동산에서 관리하는 투자 전문 아줌마 부대에 들어가 일확천금을 꿈꾸는 이야기는 재미있으면서도 우리의 현실과 욕망의 현장을 정확하면서도 서늘하게 그려내고 있다. 성란은 투자전문 아줌마 부대를 따라 골프장을 드나들며 한껏 우아해지는 기분이고 청담동 주민이라도 된 것 같다. 낙찰계를 하다가 중고 소나타 한 대 값을 날려 남편으로부터 이혼을 당한 성란은 세신사로 들어간 호텔 사우나에서 미라클 부동산 대표를 만나 시키는 대로 했더니 단기간에 쏠쏠하게 재미를 본 후부터 그녀를 우상처럼 모시고 다닌다. 골프장이라고 예외는 아니다. 라운딩이 끝난 후 집으로 돌아온 성란은 임대기간이 끝나 내일 돌아가는 고양이 얄밉에게 살코기 통조림을 부어주면서 선심을 쓴다.

> 그녀에게 이별의 이미지는 두려움이다. 남편과의 이혼도 그랬지만 어린 성란에게 아버지의 죽음은 할머니의 넋두리 속에서 되새김질되었고, 어머니에 대한 기억은 할머니의 욕설과 함께 저장이 됐다. 네 애비는, 네 어미년은 하는 단어를 그나마 얻어들을 수 있었던 할머니마저 저세상으로 떠났다. 가족에 대한 기억은 추운 겨울날 새벽의 싸늘한 방바닥처럼 서러웠다. 날도둑 같은 세태 속에서 그녀에게 저장된 기억마저 왜곡될까 봐 두려웠다.(「우아한 부족으로 살아남기」)

세상은 정해진 길을 따라간다면 살아볼 만하다. 그러나 인간은 너무나 인간적이어서 길을 잃기도 하고 악몽도 꾼다. 그러면서 삶은 이별과 상실의 복구불능 상태로 빠져든다. 이런 끔찍한 삶의 이면을 경험한 성란에게 마지막으로 남은 안식처는 우아하게 살아가는 것이다. 그렇게 하려면 무조건 그들의 말에 순종해야 한다. 성란은 총무가 재수 없는 사람이 투자를 같이하면 큰 손해를 보니 이번 투자를 양보하라는 협박에도 마지못해 따른다. 하지만 돈 많은 부인을(사주카페 주인) 모임에 들이려 자신을 쳐내려고 한다는 사실을 알고 '우리 할머니가 살았더라면 혓바닥을 뽑아 튀겨버릴 년들'이라고 욕설을 퍼붓는다. 우아하게 살아가려는 성란의 안간힘이 미라클 부동산 아줌마 부대 총무와 대립을 이루면서 그 경계선의 할머니 욕설이 묘한 흡인력으로 독자들에게 다가온다. 할머니의 그 욕은 다름 아닌 성란의 탈출 욕망이면서도 고향의 품으로 돌아가고픈 절묘한 이중 언어 플레이다.

표제작인 「**여우를 품은 남자**」는 소설의 배경이 매우 치밀하면서도 상징적이다. 사막, 여우, 첨성대가 삼각형 꼭지를 이루면서 시종일관 긴장감을 유지한다. 문명의 혜택이 느린 몽골의 순후한 삶과 배경은 전통적인 삶의 리듬으로 다가오지만, 사막의 여우와 여인의 죽음은 운명의 절박함을 암시하고 있다. 소설 곳곳에 얌전하고 조심스러운 감성과 거친 감성이 전혀 다른 질감인데도 묘한 어울림으로 다가온다. 군 입대를 앞두고 몽골로 간 승진은 울란바로트에 살고 있는 나싼토그스와 연락이 닿아 낮에는 그들 가족의 일을 돕고 밤에는 불빛 없는 사막으로 들어가 별을 관측한다. 그때마다 나싼토그스 여동생 올리나가 길 안내를 하는데 둘은 유성우가 내리기를 기다리며 섹스를 한다. 올리나는 승진을 따라 한국으로 가고 싶어 하지만 군 입대 때문에 어떤 약속도 못 한다. 올리나에게 청혼이 들어온 후에 승진은 한국으로 가자고 하지만 올리나는 거절한다. 짧았지만 달콤했던 기억에 울컥해진 승진은 올리나와 함께 밤공기를 가르며 차를 달린다. 올리나와 첫 키스를 할 때 매끈하게 뻗어 오르는 그녀의 목선이 여우의 목선처럼 날렵했다. 여우가 먹잇감을 놓치지 않으려고 온 힘을 다해 달라붙듯이 그의 입술을 놓치지 않으려고 힘을 주어 목을 바짝 치켜세우는 그녀의 자세는 '밤하늘을 향해 포효하는 암여우.' 같았다. 밤을 새워 달려온 승진과 올리나는 모닥불을 피우고 보드카를 마시며 춤을 추다 서로를 격렬하게 탐닉하며 영혼이 하나로 합체되는 희열을 느낀다. 뒤늦게 피 냄새를 맡고 달려든 여우들에게 둘러싸인 올리나가 어깨를 물어 뜯긴다. 결국 올리나는 죽었고 장례식은 조장鳥葬으로 치렀다. 한국으로 돌아와 군복무를 마친 승진은 경주로 내려와 부모로부터 물려받은 집을 게르 형태로 개조해 고분군 근처에 커피숍을 차린다.

> 커피숍 실내에 토울이 흘렀다. 그는 유리창을 통해 고분군 유적지를 내다봤다. 무덤 위에 반쯤 걸린 저녁 햇살이 첨성대를 감싸 안고 있었다. 11월의 차고 건조한 바람이 커피숍 앞 벗나무 이파리들을 휩쓸어갔다. 주근깨투성이인 진홍색 이파리 하나가 핑그르르 떨어졌다. 이파리를 따라가던 승진의 눈에 왕릉들이 들어왔다. 사막의 모래언덕 같았다. 그는 고비사막을 떠올렸다. 우주의 숨소리가 들리는 곳. 인간을 겨자씨쯤으로 만들어버리는 곳. 그는 첨성대를 막막한 눈길로 바라봤다. 첨성대가 사막의 여인 같았다. 올리나가 그리웠다.(「여우를 품은 남자」)

커피숍의 셔터를 내린 승진은 천체 망원경을 메고 첨성대 몸통을 안고 거미처럼 한발씩 옮겨 첨성대 정상에 올라 올리나와 함께 사랑했던 별자리에 렌즈의 초점을 맞춘다. 승진에게 그 시간은 '신성한 적막의 시간, 그와 그의 가슴속에 웅크린 여우에게 축복의' 순간이다. 신선한 상상력을 바탕으로 사막의 밤을 달리는 장면은 압도적이면서 역

동적인 생명의 흐름으로 다가온다. 하지만 올리나의 죽음으로 생명의 감각은 축소되지만 승진의 시선이 천체를 향해 열린다. 여우를 닮은 여자 올리나를 잃은 상실감을 견디는 승진만의 방법이 첨성대를 오르는 것이다. 그곳에서 승진은 우주의 탐색자가 되어 다른 어느 별에 반드시 존재할 것 같은 여우를 닮은 여자를 찾는다. 생명력이 넘치고 순수하고 인간적인 여자를… 그것이 승진에게는 열린 우주이기 때문이다.

「반복과 변주」는 현실과 유년의 회상, 그 이중구성을 통해 인물들의 감정선을 세밀하게 포착한다. 통상적인 시간질서를 거부하는 이 작품은 현재의 시간을 토막 내 과거의 시간을 끼워 넣은 분열증적 시간을 통해 그 시절과 인물들을 불러내 온전히 회복시키고 있다. 경석에게 과거는 난폭하고 고통스러웠지만 그 시간의 떨림이 과거와 현재 사이를 질주하게 만드는 힘이다. 마약 공급책인 현호를 체포하기 위해 오랜만에 동기회에 참석한 경석은 그곳에서 명희를 본다. 어린 경석은 노래 잘 부르는 백만불의 딸 명희를 좋아했다. 같이 술을 마시려면 돈이 백만 원이 있어야 한다고 해서 백만불로 불리던 명희 어머니는 무당

딸로 무척 예뻤는데 태풍에 집이 날아가는 와중에 금고를 지키려다 바다에 빠져 죽었다. 경석은 명희가 현호가 일하던 카바레에서 노래를 부르다가 업소 사장에게 강제로 성폭행을 당해 아이를 낳고 버려진 충격으로 정신병원에 입원한 사연을 듣지만 현호가 명희 병원비까지 챙긴다는 말이 의아하다. 현호는 명희를 많이 괴롭히는 아이였다. 현호에게 시달리는 명희를 도우려던 경석은 현호의 눈빛에 주저앉는다. 아버지의 손목에 수갑을 채우던 현호 아버지가 떠올랐기 때문이다. 경석은 그날 하굣길에 나란히 앉았던 명희의 모습이 선명하다. '발등을 덮은 토끼풀꽃을 한 움큼 꺾어 쥐고' 일어난 명희는 '꽃묶음을 마이크처럼 들고 노래를' 했다. 명희는 눈물이 나오려고 할 때마다 용궁에 살고 있는 어머니가 들을 거라 생각하고 이곳에 와서 노래를 부른다고 했다. 과거 생각에 경석은 마음이 착잡하지만 현호 손목에 수갑을 채우는 유일한 기회를 놓칠 수 없어 명희를 노래방으로 보낸다. 술잔을 기울이던 현호가 경석에게 명희를 부탁한다며 덧붙인다.

"사실은 명희가 내 누이다. 우리 아버지하고 백만불

이 젊었을 때 그렇고 그런 사이라 하더라. 우리 집 영감
님이 돌아가실 때까지 아무도 몰랐지. 임종이 가까워
지자 나를 부르데. 명희를 부탁한다는 거야. 나는 영문
을 몰라서 되물었어. 무엇 때문이냐고. 그랬더니 너희
엄마에게는 알리지 말고 끝까지 돌봐주라는 거야. 우
리 가족은 아무도 몰랐는데 영감이 가족들 몰래 명희
면회도 가곤 했던가 보데. 영감의 얘기를 듣는 순간 배
신감에 욕지거리가 올라오는 것을 간신히 참았어. 그
런데 다시 생각해보니까 내가 지금까지 명희를 떼버
리지 못하고 여기까지 온 것이 무언가 다른 끈이 있었
기 때문이라는 생각이 들었어. 아, 씨팔. 더러운 핏줄이
야. 처음에는 견디기 힘들었어. 엄마도 불쌍하고, 영감
얘기 듣고 보니 백만불도 불쌍하데. 무당 딸이면 어떠
냐. 피 색깔이 더 탁하냐. 예쁘기만 하더만. 여하튼 그
렇다. 더러운 집구석이다. 우리 집안 똥 덩어리를 너한
테 넘기는 것 같아 미안하다만 어디다 부탁할 데가 없
다. 그 기집에 신세가 그렇다. 결정은 네가 해라.”(「반
복과 변주」)

  언뜻언뜻 맨얼굴을 드러내는 현호의 고백에는 굳은살
같은 부채의식과 죄책감을 동반하고 있다. 사람 사이의
인연을 통해 배태되는 현실에 고통을 부여해, 도리어 그것

을 살려내어 더 생생한 고통을 만드는 작가의 의도가 일정한 성과를 이루고 있다. 현호가 보여주는 이중적인 자기 희생은 타성화 되어 내장된 우리 내부의 허위와 억압을 벗기면서도 그 끝이 어디인가는 불편하다. 그래서 그의 행위 자체를 갱신하는 의식으로 작가는 현호를 바다에 뛰어들게 한 것일 수도 있으리라.

「무지개 인간」은 '저 달이 가짜가 아닐까 하는 발칙한 상상'을 하는 캐디 은정의 삶이 라운드 위를 구르는 골프 공처럼 굴곡지게 그려지고 있다. '널따란 하늘에 자리 잡고 앉아 히죽거리는 달'을 보며 골프장 홀을 도는 은정은 이런 달밤이 싫다. 꼭 함정에 빠져 허우적대는 기분이 들기 때문이다. 그러면서도 밤하늘에 보이는 달은 은정이 현실의 고달픈 생활에서 벗어날 수 있게 하는 마법의 주문이다. 내기 골프를 둘러싼 정 회장, 장 회장, 김 회장이 속고 속이는 현장은 마치 우리 인생사의 축소판이다. 은정은 경기 중에 상대방을 속이는 정 회장을 보고도 눈을 감아버리는 자신이 한심하고 힘들지만 그것 역시 인간사라 생각한다. 반칙을 눈치챈 장 회장과 김 회장이 정 회장의 과거를 들먹이면서 힐난하다가 캐디가 눈앞에서 그것도 못 보느냐고 불평을 한다. 하지만 그런 사실을 인정하지 않는 정 회장이 내민 만 원짜리를 은정이 거절하자 그의 입에서 "C발년, 내 돈은 똥 묻었냐? 왜 안 받아!" 하는 욕설이 튀어나온다. 은정은 두려움을 느끼면서도 말싸움을 계속하는 그들의 꼬락서니가 마치 희극배우 같아 목소리를 빳빳하게 세운다.

"고객님들 이러시면 안 됩니다. 뒤 팀에서 연락이 왔습니다. 무슨 일 있느냐구요. 제 입장에서 우리 팀의 험담을 얘기하고 싶지 않습니다만…. 장 회장님이 먼저 준비를 하세요. 여러분도 제가 페널티 받는 것 원하지 않으시겠죠? 빠른 진행을 위해 세컨샷 지점으로 이동할 때 반드시 카트에 탑승해주세요. 문 워크 추면서 게걸음 마시고."(「무지개 인간」)

은정은 생활이 허옇게 드러날지도 모른다는 현실적 두려움으로 유혹에 굴복하는 것이 아니라 일시적이고 기만적일지라도 흔들리지 않는 안정을 맛보고 싶다. 그래서 이처럼 결연한 태도로 상황을 명료하게 정리한다. 이런 은정의 모습은 주어진 상황에 체념해 버리고, 그 속에서 자신을 지키려는 수동성에서 벗어나려는 몸부림이다. 주어진 현실을 아무 반성 없이 그대로 받아들이는 것이 아니라 상황을 바꿔보려는 몸짓이 밤하늘을 비추는 달빛과의 교감을 통해 한껏 빛나는데 그것은 삶에 대한 증오보다는 애정을 앞세우는 은정의 태도 때문이다.

「청회색의 봄」은 인생의 진면목을 들여다보려는 작가의 노력이 봄기운이 스며든 녹는 물, 풀리는 대지, 일렁이는 아지랑이 속에서 더불어 녹고, 일렁이고 풀리는 사람들의 형상에 스며들어 차분하게 보여주고 있다. 교원 평가에서 낮은 평가를 받은 이유를 외모 때문이라 생각한 도운은 전근한 학교에서도 생쥐라는 별명으로 불리다가 결국 성추행범으로 몰려 학교를 떠난다. 남산 용장계곡을 오르내리며 가까스로 마음을 추스르며 지내던 도운은 전통 옹기제작법을 고집하다가 망해서 날품팔이로 떠돌다 다시 가마를 장만한 노인의 전화 벗이 되어 주면서 결이 다른 인생을 생각한다. 설잠이 살았다고 전해지는 용장사 터에 자주 오르는 도운에게 '산죽더미에서 싸그락 거리는 댓잎 소리'가 세상의 시끄러운 소리에만 정신 팔지 말라고 질책하는 것 같이 들린다. 도운은 산봉우리 전체를 싸안고 있는 형상의 삼층탑 기단이 인간 세계의 욕망을 지그시 밟아 누르는 것 같다. 넓은 평야 위에 여기저기 들어선 건물들은 아름답지만 그 속으로 한발만 들어가 보면 이야기가 달라진다. 온갖 시기와 질투가 만들어내는 배신과 야합이 활개 치는 복잡한 도시의 거리와 인간을 버리고 자연의 품속으로 들어온 도운은 봄날 아지랑이 속에서 설잠과 노인을 만난다.

> "…부득탐승不得貪勝이 제일 상수지, 허허허. 흙탕물은 맑은 물로 정화된다네. 잔재주가 필요 없네."(「청회색의 봄」)

이해할 수 없어 도운이 난처한 표정을 짓자 설잠이 '가서 네 집 뒷간 청소부터 하라'고 벼락처럼 소리를 지르자 노인이 '젊은이들은 아직 모르지요. 더 살아보면 알겠지요' 하면서 껄껄껄 웃는다. 그 웃음소리에 눈을 뜬 도운은 방금 꾼 꿈이 너무나 생생하다. 주위는 어느새 '붉은 노을이 시나브로 청회색으로' 바뀌고, '봄 산도 하늘빛을 닮아'가는 것을 보고 하산을 서두르는 도운은 노인의 전화를 받는다.

　　"귀찮게 구는 노구의 얘기를 끝까지 들어줘서 고맙
　네. 복 받을 거야. 아무리 힘들어도 이 세상은 살아갈
　만한 곳이지. 살다 보면 좋은 시절 다시 올 거야. 떠
　나는 노인네 말이라고 하찮게 여기지 말게."(「청회색
　의 봄」)

　설잠, 노인, 도운은 어떻게 보면 모두 현실로부터 소외
된 사람들이다. 자신의 욕망을 억압당해본 당사자들이다.
작가는 다소 거칠기는 하지만 절망에서 솟아나는 삶의 열
망을 도운의 꿈을 통해 드러내고 있다. 그렇게 우주를 향
해 열려 있는 삶의 열망은 대립이 아니라 들에 가면 풀이
될 것 같고 산에 가면 나무가 될 것 같은 합일의 정신으로
귀결된다. 그래서 이제 도운에게 가능한 것은 잔재주가
필요 없이 빈 공간을 채우는 행위의 삶만이 남아있다. 그
삶은 순간적으로 공간을 뛰어넘는 초월이 아니라 열심히
꾸벅꾸벅 걷다 보면 어느새 넘어가 있는 현실의 포월을 가
능케 하는 것이다. 노인이 말한 '살다 보면 좋은 시절이 다
시 올 거라'는 의미는 거의 제자리에 그냥 머물고 있는 듯

한 것이 현실이지만 그래도 땅에 발을 붙이고 그렇게 자꾸 가다 보면 아득한 경계를 넘어간 것을 깨달을 수 있다는 뜻이다. 그때서야 비로소 자신이 서 있는 공간이 맨 처음 떠나온 그때의 공간이 아니라는 것을 안다. 그 공간은 이 세상이 무의미한 반복이나 순환의 공간이 아니라, 생산적이고 실천적인 곳이었다는 것을 증언한다. 그래서 이 작품은 잘못 떠돌지라도 그 허무한 행위가 죽음보다는 낫다는 것을 알려주고 있다.

「에어돌」은 현실을 살아가는 군상들의 형상을 다채롭고도 생동감 있게 묘사해 재미있게 읽힌다. 아내와 함께 횟집을 하면서 저녁에는 리조트 경비원으로 출근하는 박 씨의 인생이 '바람이 부나, 비가 오나 사장이 하는 대로 일어섰다 주저앉기를 반복하면서 매일 밤 말뚝이 춤도 추고 로봇 춤도 추는' 에어돌과 같다. 그래서 점포세를 놓은 가게 앞에 버려지듯이 서 있는 에어돌을 보며 하는 박 씨의 넋두리가 아프다.

요새 들어와서 놈은 한 번 앉아보지 못하고 24시간 서서 버텼다. 저렇게 살아 있다고 몸부림쳐야지, 쯧쯧.

주저앉은 날은 쓰레기장으로 실려 가는 날일 것이다.
하기야 시장통에 에어돌 같은 사람이 어디 한둘이겠
나.(「에어돌」)

삶의 정곡을 찌른 박 씨의 넋두리는 물리고 물어뜯는
현실에서 어떻게 살아야 하는지 모르지만, 생명만이라도
유지하자면 어떻게 할 것인지를 알려주는 소시민의 절규
이다. 소설의 도처에 깔려있는 이런 태도는 상황을 정당
하게 자신과의 대결에서 파악하지 않고 모든 것을 스스로
의 잘못으로 돌리는 소시민성과의 결별을 고하는 선언처
럼 들린다. 공사가 마무리되면서 단기계약으로 시설관리
를 맡은 장가는 재계약이 불투명하자 박 씨에게 은밀히 고
용 승계가 불확실한 청소 아줌마들을 내세워 데모를 지시
한다. 자신을 평생 꼬봉처럼 부려먹는 장가 덕분에 경비
원을 하는 박 씨는 시키는 대로 한다. 숱한 우여곡절 끝에
리조트의 시설관리 용역을 따내는 데 성공하지만 장가는
인건비 상승분 때문에 청소부 아주머니 전원의 재고용 약
속을 지키지 않는다. 그러자 팀장이 박 씨의 사주로 데모
를 했을 뿐만 아니라 리조트 관계자들을 협박할 동영상이

있다는 말까지 풍기는 바람에 고용승계가 어렵게 된 박 씨는 장의 턱주가리에 회심의 어퍼컷을 날린다.

　　술에 취해 인사불성이 된 박 씨가 호프집 앞에서 춤을 추는 에어돌에게 다가갔다. 기적이라는 몸통의 글자가 탈색이 되어 거의 보이지 않았다. 그는 바지 지퍼를 내리고 오줌을 갈겼다. 오줌줄기를 맞으면서도 놈은 계속 춤을 췄다. 그가 눈을 까뒤집고 에어돌을 노려보더니 마누라가 숨겨둔 회칼을 찾아 들고 와서 마구 휘둘렀다. 복부를 찔린 에어돌이 피시식 고통스런 소리를 냈다. 맥없이 하수구로 처박히던 놈이 그 앞에서 미친 듯이 웃는 그를 후려쳤다. 그 바람에 에어돌을 머리에 뒤집어쓰고 그도 같이 하수구에 빠졌다.(「에어돌」)

　박 씨의 이런 행동은 작가 나름의 고발이며 항변이다. 작가가 궁극적으로 표현하고 싶은 것은 현실의 우울하고 어두운 단면이 아니라 그것을 이해하고 극복하려는 노력이다. 그러나 우리는 작가의 이러한 노력이 화해적 결말을 얻기보다는 차라리 더욱더 처절하고 우울한 허무의 벽에 끼어드는 느낌을 받는다. 그래서 이 장면은 시사점이 크면서도 가슴 아프게 다가오는데 그것은 왜 먹고살기 위해 몸부림치는 선량한 소시민이 결국은 패배와 굴욕을 감수해야 하는가 하는 회의에 도달하게 만든다. 그러면서도 그들이 살아있는 한 삶은 계속 되어야 하기에 어퍼컷을 날리는 것이다.

「**그래도 우리는**」은 표면적으로 유기견 복남이 이야기를 하면서 사업부도 후에 노숙자로 살던 아저씨의 삶이 교직으로 이어지면서 둘의 우정을 담담하게 그린다. 개와 아저씨 사이의 감정교감을 그들을 둘러싼 현실과 밀접하게 조응시켜 우리가 잊고 있는 원초의 그리움을 불러온다. 식당이 폐업하면서 함께 버려진 복남은 개장수에게 잡혀가다가 간신히 탈출해 시골 아저씨 집에서 살고 있다. 눈길도 주지 않던 초복이가 떠돌이 똘만이와 새벽안개가 자욱한 날 붙어버리는 것을 본 복남이는 억장이 무너져 미칠 듯이 날뛰지만 성대수술을 한 목에서는 쇅쇅 소리만 나올 뿐이다. 복남은 다음날 새벽에 보란 듯이 나타나 또 초복이와 붙은 똘만이의 목을 기어코 물어뜯는다. 그런 모습을 지켜보던 아저씨는 마치 자신이 싸움에서 이긴 것처럼 막혔던 기맥이 뚫리면서 오랜만에 온몸이 뜨겁다. 여세를 몰아 초복에게 덤벼들어 교미에 성공한 복남은 아저씨가 보란 듯이 짖는다. 하지만 아저씨의 관심이 배가 불룩해지는 초복이에게 쏠리자 복남은 견딜 수 없는 질투와 불안감에 먹이를 주러 온 아저씨를 보고도 으르렁거린다. 자기 밥그릇에 오줌을 싸고 밥도 잘 먹지 않은 채 지붕 위에 앉아 먼 산만 바라본다. 걱정이 된 아저씨가 오래오래 같이 살자고 달래서야 지붕에서 내려와 아저씨 앞에 무릎을 꿇었지만 복남의 불안은 사라지지 않는다. 초복이 낳은 귀여운 새끼 한 마리를 솔개가 낚아채 가는 바람에 초복은 며칠 동안이나 울었다. 천방지축 돌아다니는 새끼들 돌보기에 바쁜 복남은 닭고기를 먹다가 뼈에 찔린 위장의 통증이 점점 심해진다.

아저씨와 초복이 서쪽 하늘에 그믐달이 사라질 때까지 복남의 임종을 지켰다. 옆에서 끝까지 지켜주는 그들에게 복남은 반쯤 내려 감긴 눈으로 올려다보면서 꼬리를 힘없이 흔들었다. 마지막 소리를 내고 있었다. 그 소리는 사람이나 개나 다를 바가 없었다. 격렬하게 뱉어내던 숨소리가 바람에 떠는 문풍지 소리 같이 바뀌었다. 더 이상 버티지 못하고 무너지는 몸통과 함께 그 소리도 멀지 않아 멈췄다. 복남이 숨을 거두자 옆에

서 지켜보던 초복이 복남의 코를 마구 핥았다. 명퇴 후
제대로 울어보지 못했던 그가 소리죽여 울었다.(「그래
도 우리는」)

복남의 마지막은 우리에게 많은 것을 생각하게 만든다.
사람이든 동물이든 연민이 쌓여야 사랑이 되고 빈 마음을
채워야 사랑이 되는 것이다. 복남과 아저씨의 관계가 그
런 것이다. 연민과 결핍으로 서로를 채워주는 동반자의
모습은 오랫동안 머릿속에 남을 형상이다. 복남이와 아저
씨는 우리에게 아픔이 겸손해지고 슬픔이 겸연쩍어지는
연민과 사랑을 알려준다. 그래서 더욱 눈물겹다.

　「날아오르는 새」는 이 소설집의 작품들과 사뭇 다른 풍
경과 분위기이다. 민서의 절망을 양각하는 작가의 문체는
'잔뜩 흐렸던 하늘에서 빗방울이 떨어진다. 섬들이 비에
젖고 있다. 바다가 비를 삼킨다. 커다란 괴물이 입을 벌리
고 있는 것'과 같이 독특하며 섬찟하다. 질병휴직을 한 민
서는 자궁내막증일 가능성이 높으니 종합병원에서 검사
를 받으라는 의사의 말을 듣고도 미적거리며 추억이 서린
바닷가의 펜션을 찾는다. 친구 혜영이 산부인과 명의라

고 소개한 의사가 황보준서라는 말에 민서는 의과대학 도서관을 떠올린다. 도서관 사서였던 민서는 남들 눈에 띄지 않는 곳에서 전공서적을 읽던 준서를 기억한다. 민서는 준서를 생각하면 '귀중한 보석을 수장고 깊숙이 보관해두고, 그곳에 있다는 것만으로도 가슴이 뿌듯해지는 그런 기분'이다. 준서와 함께 이 바닷가로 여행을 왔던 민서는 그와 헤어진 후에도 보름에 맞추어 가끔씩 이곳을 찾아오곤 했다.

달빛이 방안에 가득하다. 창문을 넘어 들어온 강간범 같다. 민서는 발코니로 나가 두 손으로 달빛을 움켜잡아 본다. 손에 잡힐 듯하다. 달의 숨소리가 들릴 정도로 사방이 적막하다. 낮의 세계에 속하는 모든 것은 잠들고 바람과 달빛과 파도만 깨어있다. 냉혹한 바람살을 따라 꼬리에 꼬리를 물고 일어나고 부서지고 일어나고 부서지는 파도와 달빛의 뒤엉킴. 민서는 몸을 후두둑 떤다. 추위 때문이 아니다. 물 위에 깔리는 농익은 과일 맛 나는 달의 숨소리를 타고 새가 되어 날아오를 것 같은 불안감 때문이다. 발바닥에 힘을 준다. 통유리에 머리를 들이받고 바다로 떨어지던 새가 생각난다.(「날아오르는 새」)

욕망의 그림자인 보름달과 파도가 어우러져 기묘하고
도 아름다운 영상을 만드는 이 장면을 통해 작가는 인간
자체의 비극성이 현실의 비극성 속에 침잠 당하는 관능의
순간을 예리하게 포착하고 있다. 현실의 매 순간이 희망
과 꿈의 투영이 아니라는 회의에 젖어 있는 민서는 준서
앞에 나설 자신은 없지만 치료를 부탁하고 싶다. 페이스
북에서 준서의 생일을 확인하던 민서는 그가 결혼한 것을
알고 '기억의 망각이 너무 무섭다'고 중얼거리다가 전복
죽을 담아온 냄비를 돌려주려 횟집으로 간다. 혼자서 소
주를 마시던 횟집 주인 상어이빨이 한잔하라는 소리에 횟
집을 나온 민서는 방파제를 걸으며 헤어질 때 준서가 하던
말을 떠올린다. '우리의 사랑은 영원할 거야. 하지만 우리
의 현실은 여기까지가 한계인 것 같아. 당신은 자기 자신
의 영역을 지켜내지 못했어.' 집요하게 민서를 따라다니
는 말에 떠밀리듯이 횟집 유리문을 밀고 들어간 민서는 상
어이빨과 마주 앉아 술을 마시며 '기만과 고통으로 누더기
가 된 현실을 버리는 것이 진실에 이르는 길이라면 그렇게
하겠노라' 한다. 상처를 추억이 아니라 그냥 상처로 기억

하는 것이 상처에서 벗어나는 길임을 아는 민서는 술 냄새를 풍기는 상어이빨이 자신을 덮쳐도 '횟접시 위의 도다리처럼 눈만 껌벅'이며 저항하지 못한다. 민서가 상어이빨을 거부할 수 없는 것은 그녀 내부에 불가능한 정도의 강렬함이나 거스를 수 없는 본능이 작용했기 때문이다. 그것은 불치의 자학이다. 그래서 민서에게 실존은 입을 벌리는 괴물이고, 현실은 폭력적이고 사랑은 허무하다. 그날 이후 방갈로 밖으로 나가지 않고 동물처럼 웅크리고 자신의 상처를 핥던 민서는 오랜만에 발코니로 나가 밤바다를 보며 '새들은 겸허한 마음으로 내일 아침 햇살을 기다릴'라고 중얼거린다. 이처럼 지독한 절망과 욕망 속에서도 삶을 소유하려는 민서의 모습은 세계를 바꾸는 것이 아니라 자신을 바꾸려는 양상으로 나타난다. 그러기 위해서 스스로를 극한의 경지까지 내몬다. 그 결과 삶을 체험하고 절망과 욕망의 관념성을 극복하고 삶의 무게를 줄여 날아오르는 새로 변화하는 것이다. 이런 비상을 통해 스스로 삶을 개척하는 민서의 모습이 강렬하게 와 닿는다.

「**은사시나무**」는 업을 가진 사람들의 아픈 이야기이다. 옥련암으로 올라가는 반석의 눈에 '구석진 골짜기에 군락을 이룬 키다리 은사시나무들이 겨드랑이를 들고 봄 햇살에 허연 수피를 말리는 것이 눈에' 들어온다. 택시기사를 하다가 폐결핵에 걸린 반석은 부모님 산소가 있는 산속에 들어가 둥지를 틀고 호흡량을 늘리기 위해 근처 옥련암까지 오르곤 한다. 반석은 백인 혼혈의 어여쁜 외모를 가진 옥련암 유심 스님을 두고 혼자서 온갖 상상을 다한다. 사월초파일 연등을 달 줄을 치려고 올라와서도 그의 신경은 온통 유심의 방에 가 있다. 반석이 산문 밖 진입로에 나가 은사시나무에 줄을 치는데 승용차가 한 대가 올라오더니 젊은 남자가 내린다. 잠시 후 싫다는 유심을 태우고 승용차는 사라진다. 일을 끝낸 반석이 저녁을 먹고 내려올 때까지 유심은 돌아오지 않는다. 쉽게 잠들지 못하고 뒤척이다 옥련암으로 올라간 반석은 절의 탑신에 기대앉아 있는 유심을 발견하고 그녀를 안는다. 이튿날 반석은 독극물을 마신 유심을 태운 자동차를 몰고 병원으로 달린다. 그 후 이틀이 지나도록 소식이 없어 반석이 옥련암에 뛰어 올라가지만 공양주는 병원소식을 모른다. 반석은 유심을 안았던 탑의 그림자 속에서 코끝에 감도는 그녀의 살 냄새를 맡는다.

새벽바람이 불었다. 어두운 숲에서 희끄무레한 은
사시나무가 차 안을 들여다봤다. 나무는 여린 소리를
내면서 잎을 떨었다. 은사시나무와 유심이 많이 닮았
다. 마음이 불안했다. 담배 한 개비를 더 피웠다.(「은
사시나무」)

반식은 공양주로부터 유심 스님이 옥련암 주지 성묵 스
님의 딸이고, 성묵 스님이 동두천의 여자로 살 때 낳은 아
이라는 것과, 유심을 찾아온 젊은 남자는 대학 때 사랑하
던 선배라는 사실을 알게 된다. 유심 스님의 방에서 조각
을 하다만 은사시나무 조각상을 들고나오던 반식은 그녀
의 사망소식을 듣는다. 암자 마당에 성묵과 공양주가 연
화대를 만드는 동안 반식은 참나무를 준비하면서 은사시
나무도 섞었다. 거센 불길이 연화대를 태우자 '다음 생에
는 유심과 온전한 부부의 연을 맺기를' 발원하며 반식은
아미타불을 부른다. 다시 봄이 오고 반식은 유심의 얼굴
이 완성된 조각상을 물에 띄워 보낸다. 이 작품은 서로에
게 벗어나지 못하는 업 때문에 운명의 덫에 걸린 인물들의
신음이 가득하면서도, 현재의 고립에서 벗어나 미래에는

다른 인간으로 태어나 전혀 새로운 삶을 살고 싶다는 인물들의 염원이 교차하고 있다. 그래서 용서받지 못할 반석의 욕망에도 연민이 생긴다. 반석의 욕망은 그가 지닌 연약함이나 외로움에서 온다. 사랑보다 강한 것이 미움이고 미움보다 강한 것이 연민이다. 작가는 이 연민의 바다를 어떻게 건널 작정일까?

3.

위에서 살펴본 것처럼 박산윤 작가의 소설 『여우를 품은 남자』의 사건은 인물을 묘사하기 위한 배경의 입체감을 지니고, 인물이 사건을 지배하는 것이 아니라 인물이 사건을 처리하고 있다. 그 결과 작품들은 고르게 현실 속 삶의 이면을 중층적으로 담아내고 있다. 겉으로는 거대하지만 속으로는 오히려 분절화, 파편화되는 사회에서 누구도 전체의 삶을 발견할 수 없다. 하지만 이 소설집에 실린 10편의 작품 인물들은 부단히 빛과 어둠의 자기 초극을 감당하면서 전체 안의 각자 삶을 견딘다. 그 과정에서 고통이 수반되는 개인의 상실과 분열의 현장이 독자들에게 깊이 각인되고 있다. 그것이 어떤 현실이든 자신의 품에 안으려는 작가의 따뜻한 품성이 선과 악, 의지와 감정, 불안과 동요 등과 같은 삶의 이면을 정직하게 보여주어 외부로 향해 자신을 열어보려는 개방성을 획득하고 있기 때문이다.

작가가 의식했든 안했든 의도적이든 아니든 간에 그가 만들어 낸 작품은 그것을 둘러싸고 있는 전체적인 삶의 조건과 현실을 기본적으로 깔고 있다. 이 말은 소설이 삶의 현실과 조건을 그대로 재현해 반영한다는 것이 아니라 기존 조건의 억압에서 해방되어 새로운 삶의 조건들을 생산하려는 의지의 반영이라는 말이다. 이런 의미에서 박산윤 작가의 소설집『여우를 품은 남자』는 익숙함의 낯섦이라는 현실의 재해석을 통해, 독자들의 예상을 무시한 새로운 방식의 집을 지어보겠다는 작가의 의도가 집약되어 나타나 있다.

박산윤 작가는 첫 소설집에서 눈부신 미래를 그리기보다는 고통스럽고 흉한 현실을 비판하는데 역점을 둔다. 그것은 현실을 보는 작가의 시선이 그만큼 정직하고 강렬하다는 반증이다. 그 정직한 시선 때문에 작가는 분노의 유혹을 거부하지 못한다. 진정한 소설은 바로 그런 이면의 얼굴을 하고 있기 때문이다. 작가의 첫 소설집 발간을 진심으로 축하드린다.